可以悦读 · 外国文学

仪式
CEREMONY

[美]
莱斯利·马蒙·西尔科
著

徐颖 译

浙江文艺出版社
Zhejiang Literature & Art Publishing House

CEREMONY
Copyright © 1977, Leslie Marmon Silko
All rights reserved
本书中文简体字版版权,浙江文艺出版社独家所有。
版权合同登记号:图字:11-2016-382 号

图书在版编目(CIP)数据

仪式/(美)莱斯利·马蒙·西尔科著;徐颖译. —杭州:浙江文艺出版社,2023.5
ISBN 978-7-5339-7098-7

Ⅰ.①仪… Ⅱ.①莱… ②徐… Ⅲ.①长篇小说-美国-现代 Ⅳ.①I712.45

中国国家版本馆 CIP 数据核字(2023)第 003025 号

策划统筹	曹元勇
责任编辑	苏牧晴
责任印制	吴春娟
装帧设计	付诗意
营销编辑	耿德加　胡凤凡
数字编辑	姜梦冉　诸婧琦

仪式

[美]莱斯利·马蒙·西尔科 著
徐　颖 译

出版发行	浙江文艺出版社
地　址	杭州市体育场路 347 号
邮　编	310006
电　话	0571-85176953(总编办)
	0571-85152727(市场部)
印　刷	上海盛通时代印刷有限公司
开　本	889×1240 毫米　1/32
字　数	220 千字
印　张	9.75
插　页	1
版　次	2023 年 5 月第 1 版
印　次	2023 年 5 月第 1 次印刷
书　号	ISBN 978-7-5339-7098-7
定　价	59.00 元

版权所有　侵权必究

谨把
此书
献给我的外祖母
杰西·戈达德·莱斯利
和祖母
莉莉·斯塔格纳·马蒙
还有我的儿子们
罗伯特·威廉·查普曼
和
卡齐米尔·西尔科

诚挚感谢罗斯瓦特基金会阿拉斯加州凯奇坎溪分会，
他们慷慨地为驻地艺术家提供了资金。
同时也感谢国家艺术基金会和作家协会1974年的资助。

致约翰和梅梅：
充满爱意地感谢你们在本书创作过程中持之以恒的支持。

作者前言

  我们1973年春从亚利桑那州的钦利镇搬到了阿拉斯加州的凯奇坎市。我的大儿子罗伯特·查普曼7岁,小儿子卡齐米尔才18个月。凯奇坎是约翰·西尔科的故乡,他刚好上任凯奇坎市律师事务所的监事。我则是因为理查德·西维尔的关系和维京出版社签了出书合同,西维尔是维京的编辑,他从肯·罗森编的选集《送雨云的男人》中读到了我的几个短篇小说。当时我对合同有点疑问,因为出版社指定交稿或是一部短篇小说集,或是一部长篇小说。我那时还没有代理,也没人来告诉我出版社大抵是偏爱长篇小说的。我本意是只为维京写一部短篇小说集,因为我对这一体裁得心应手,另一个原因是我在英文系时并没有修过长篇小说这一课程,尽管从10岁时我就遍览群书。我才不会自曝短处呢。短篇小说才是我所擅长的。我从国家艺术基金会得到一笔奖金,得以送卡兹①上托儿所,罗伯特白天则去学校。

  凯奇坎市坐落于雷维利希赫尔岛,距南面的西雅图市750英

---

① 卡齐米尔的昵称。——本书注释若无特殊说明,均为译者注

里，以阿拉斯加的标准而言，算是气候温和，主要得益于日本暖流带来的温暖洋流。这里年均气温48华氏度，年降雨量180英寸。钦利的年降雨量，年景好的话是12英寸。我习惯于美国西南部明亮的阳光，因为好天气，常年可以做户外运动，而在阿拉斯加的东南部，高耸入云的云杉树、沉重的乌云、雾霭和绵绵细雨，以及陡峭的山峰把城市重重包围。在西南诸州，放眼望去，视线可及40至50英里之远。我习惯于抬头就可见明媚的蓝天、星空和月亮。

气候上的巨大差异对我影响极大，整整三个月，从六月到八月，我萎靡不振，因为缺乏阳光陷入抑郁。其间我只勉强写了一个短篇，是关于一个投河自杀的女人，故事不怎么样，但一定程度上表明了我的心理。九月来临，孩子们各自去了托儿所和学校，我试图在家中写作，但无法集中精力，身旁脏乱的餐具和衣服令人分神。

也就在这时，我得到了理查德·惠特克的帮助。迪克[①]和他的家人住在西尔科父母家街对面，他为当地的印第安部落代理印第安法案方面的案例，大力支持阿拉斯加律师协会，我丈夫就受聘于那个协会。迪克喜爱小说，尤其是库尔特·冯内古特的小说《上帝保佑你，罗斯瓦特先生》。当我谈到需要一个专门的写作空间时，迪克·惠特克邀请我使用他事务所的法学图书馆，尽管它只有壁橱般大小。他的事务所在律师协会那栋楼的二楼。时至今日，那座建筑犹存，俯瞰凯奇坎溪，旁边是伫立于米逊街和斯特德曼街的约翰逊大酋长图腾柱，上面雕刻着乌鸦和雾女。

我就在图书馆伏案工作，随身携带的只有一台爱马仕便携式打字机和一支钢笔。稿子一打出来，我马上用笔在上面修改。每天我

---

① 理查德的昵称。

都是先读前一天的书稿,然后开始写作。幸运的是我的写作生涯才刚开始,没有太多稿件,笔记也不多,当然我也不能把打印稿抛得到处都是,因为迪克·惠特克和他的同事们时不时地会查阅图书馆的法律书籍。就这样,我在图书馆完成了短篇小说《摇篮曲》。我正准备写《仪式》,但纳什和阿达·查基车祸身亡的噩耗传来,我搁下手头工作,写了一个悼念他们的短篇。

六个月后,律师协会搬到了市中心,我也随之搬动。新地方有间没有门的很小的办公室,《仪式》早期的部分草稿是用印着事务所信头的废弃稿纸写的,就写在稿纸背面。我在那儿写了几个月,后来迪克·惠特克跟我说他找不到人承租以前的办公室,就干脆把整个地方给我免费使用,暖气和照明都有,最好不过的是,没有电话。

他的事务所的外间是个接待室,里面的办公室有几扇窗户,窗外就是乌鸦、雾女,还有凯奇坎溪。办公室有一把椅子和一张嵌入墙壁的宽大的胶合板办公桌,形状像鸟翼。我搬过去后第一件事就是买了一罐中国红珐琅油漆,把桌面重漆了一遍。我从家中拿来一个旧渗滤壶烧热水,用来做速溶咖啡。有时候我去了办公室,并不想写作,就给我的一些新朋友写信,他们是我 1973 年 6 月在威斯康星州史蒂文斯角市开作家年会时结识的。有时我把打字机和手稿推到一边,伏身在宽大的桌子上小憩。

我给自己定下的规矩是这样的:不管我写不写得出,我得待在那个办公室。等我终于给梅梅·贝森布鲁日还有劳森·稻田写完信,这两个诗人是我的挚友和精神支柱,或是午觉睡醒后,我会踱到窗前,抬头观看图腾柱顶部巨大的乌鸦。柱子下方靠近中部是乌鸦的两个帮手,吉萨努克和吉萨科克,他们的喙奇异地弯曲着,和脚下的火焰融为一体,他们帮助乌鸦把火带给人类作为礼物。再下方就是乌鸦的雕像和他的妻子雾女,她手里抓着两条三文鱼的鱼尾。这些悦目的雕刻鼓励了我,让我终于打破僵局,重又回到桌旁写作。

那时我对约翰逊酋长还有乌鸦和雾女的故事所知不多,后来才知道我的写作地点是个多么幸运的地方。图腾柱是约翰逊酋长1901年建造的,用来庆祝他给"乌鸦"①特林吉特部落举办的夸富宴②。图腾柱上的雕刻讲述了乌鸦的妻子雾女是如何用乌鸦的云杉根雕帽创造了第一条三文鱼,乌鸦由此变得富有。乌鸦骤富之后,开始忽视雾女。有一天他又对妻子恶语相向,他的妻子跑到海边,转眼变成了一片雾气。乌鸦安慰自己说,这没什么大不了,但回家后他发现储藏的干鱼全部复生,游回了大海,他和以前一样一文不名。柱子上的雾女面朝大海,就在三文鱼溯游回溪水产卵的入口。雾女的礼物三文鱼从此使得凯奇坎人衣食不愁。

午饭一般简单。平林夫人咖啡馆只有半个街区远,正对着码头和渔船。平林夫人和她母亲一起经营着咖啡馆。店里有一长条白色大理石柜台,带有高脚凳,渔夫们很喜欢来此歇脚。咖啡馆前窗外有几棵年份颇久的一品红,以前那儿可能是饮料机。平林夫妇像其他的日裔美国人一样,在战争期间被关进了拘留营。他们的儿子,戈登·平林,和其他人一直致力于要求美国议会处理战争罪行,为受害者平反。

平林夫人热情地欢迎顾客,她年老的母亲则待在灶炉后面,羞怯地笑着,点头致意。我总是点同样的菜:一杯绿茶和一碗猪肉面。除了我还有几个年长的特林吉特部落和海达部落的顾客外,平林夫

---

① 指特林吉特部落的图腾鸟卡朱克(Kadjuk),可译作"乌鸦"。
② 夸富宴(potlatch)是北美印第安部落的传统盛宴,在位于西北海岸的部落中尤为盛行。宴席上人们会大量赠送或毁坏财物,目的是为了炫耀财富和提升名望。

人的客人大都是穿着长筒橡胶靴和灰色羊毛打鱼外套的渔民。天总在下雨。1973年,我在那儿的第一个十月,凯奇坎31天内下了42.5英寸的雨。吃完面条用完茶后,我一般直接回办公室,一直工作到三点,然后去托儿所接卡兹,等我们到家时,罗伯特也从学校回家了。

要是雨下得不大,有时我会在凯奇坎市中心闲逛,看看渔船、巨大的邮轮,还有被拖船拖去纸浆厂的云杉原木,像舰队一样在水上漂着。肥硕的乌鸦在码头嬉戏,寻找着渔船上剩下的吃食,但最令我大开眼界的是十几只巨大的白头鹰,或是静立树枝,或是在云杉树顶盘旋,找机会潜入水中捉三文鱼。我好一会儿才醒悟过来,原来城市的主人还是乌鸦和白头鹰。部落里老一辈分别属于逆戟鲸氏族、灰熊氏族和狼氏族,也有些人属于比目鱼氏族、帝王鲑氏族和钢头鳟鱼氏族,还有一些零散的海洋氏族、溪流氏族和雨水氏族,这些水行氏族听起来似乎更无害。图腾柱上经常刻着一些小小的苍白的人脸,寓意"溺水之人",通常刻在主要角色之间——我不会游泳,还晕船——其中的一张白脸可能就是我。

一旦我开始写作,抑郁暂时消失,但是可怕的偏头痛又开始了,比我十年级那阵还要厉害。有一次头痛发作,天旋地转,我待在黑暗的卧室,在床上足足躺了八个小时。幸运的是,随着主人公塔尤逐渐从病中恢复,我的健康也好转起来,头痛的次数也减少了。这时小说已成了我的避难所,我的神奇飞舟,带我重回西南的土地,重见砂岩台地、湛蓝的天空,还有炎炎烈日。我细心描绘着砂岩间的泉水、蜘蛛、水中的小虫、麻雀、响尾蛇,通过文字我重新创造了故乡,我不再待在千里之外的一个阴雨连绵的岛屿上。我回家了,尽管在千里之外,在久远的时光之外,很久以前老一辈就是这么告诉孩子们的。

我不仅思念故乡的山岩和烈日,我还想念故乡的人和故事,因此在写小说时,我编入了老一辈讲述的关于蜂鸟和绿头苍蝇的故事,他们帮助人们净化了小镇,找回了玉米母亲。小说的标题《仪式》来自迪纳族①和普韦布洛②传统故事中的治疗仪式。我曾在迪纳大学教学两年,那两年的生活和教学经历丰富了我对故事叙述和治疗仪式之间关系的理解。在本书创作过程中,我有意识地编织了种种不同的叙事传统,包括口头叙事和文字叙事,来歌颂故事讲述。我沉迷于民俗民风,因为这些老故事使我记起了在拉古纳部落度过的童年时代,美好的时光。

也就在这时,我的小儿子卡兹开始对潮湿的气候过敏,因为严重的哮喘,他已经两度入院。祖母莉莉有一次来凯奇坎探望时心脏病发作。我忙于处理一个接一个的危机,完全把小说抛到脑后,等尘埃落定,想重新回到写作的正轨难如登天。小说是我的避难所,我记忆犹新,我是多么讨厌周末,因为我想一直写下去。我有点怀疑我写的东西是否能称为"小说"。

这部作品本来是一个关于哈利的喜剧短篇,他是一个二战退伍兵,他的家人徒劳地帮助他戒酒。可当我写到哈利对酒精不可抑制的渴求时,他的故事不再可笑,我觉得我应该深究退伍老兵背后的故事,他们中的大多数都是巴丹死亡行军③的幸存者,我也有堂兄弟

---

① 即纳瓦霍族,是美国西南部的一支印第安原住民族。"纳瓦霍"族名由西班牙人所取,但他们自称 Diné,在纳瓦霍语中是"人"的意思。
② 普韦布洛(Pueblo)指在美国西南定居的印第安人的部落,他们的房屋大多由晒干的黏土泥砖筑成,通常为多层。本书作者西尔科所属的拉古纳普韦布洛即是位于新墨西哥州的印第安部落之一。
③ 二战期间日军强迫在菲律宾巴丹半岛上投降的美军和菲律宾士兵徒步迁徙到150公里外的战俘营,途中不给或是只给少量的水和食物,几万战俘因此死亡。

和其他亲戚经历二战，他们返家后终生酗酒。然而并不是所有的退伍老兵都酗酒，当大人们忙于工作，老兵们待在家中，照顾我们这些孩子。他们温柔善良，帮助我训练我的第一匹马。童年时代我就已经知道他们没那么糟糕，但是他们确实经历了一些什么。是什么呢？

就在我写关于哈利酒后的历险这个喜剧短篇时，他的一个朋友——我从来没有动念要写这个人物——塔尤闯进了故事。我有些不安，因为塔尤的情形没什么笑料。在我动手写关于哈利的喜剧短篇之前，我曾经两次创造一个年轻女性，试图让她成为小说的主角，但我发现那只是我的一厢情愿，我无法使这个虚构的女性角色独立自主地发展，而不是过多依照我的形象。这些笔记、几次弃之不用的开篇，还有短篇的不同版本的开头最终形成了《仪式》一书，它们现今存于耶鲁大学图书馆的档案中。

1974年2月，我中断了小说的写作，到阿拉斯加州伯特利市的一个中学做为期三周的访问作家。伯特利距白令海80英里，气温零下50华氏度，即便如此，我还是喜欢伯特利胜于凯奇坎，至少在这儿，冻原之上是蓝天，放眼远眺，一望无垠。我记得有一天与我在伯特利的朋友罗斯·普林斯一起吃午饭，我告诉她和她的朋友，也许我可以写一个故事，有关印第安巫师如何创造了欧洲人使用的一切物品。我做了笔记，但是直到1974年6月参加州立大学作家会议时，我才动手写关于巫术的那一部分。当晚宣读文章前我工作了几小时，一气呵成。那晚也是我首次见到诗人詹姆斯·A.赖特①。我和大概⼗至⼗⼆位年轻诗人分在同一组，其中包括梅梅·贝森布鲁日和劳森·稻田。赖特的诗歌对于参会诸人有着重大的影响。《仪

---

① 詹姆斯·A.赖特（James A. Wright, 1927—1980），当代美国诗人，"深度意象派"主将之一，代表作有《树枝不会折断》等。1972年获普利策诗歌奖。——编者注

式》出版后，赖特给我写信，我们开始了一系列书信往来①，这是我们友情的见证，我无比珍惜。

从伯特利回到凯奇坎后，我一时半会儿接不上小说的创作，于是趁机完成了短篇《讲故事的人》。尽管我只在伯特利待了一个月，但是我听到的故事，那些关于冻土和尤皮克部落的故事，萦绕于心海，久久不去，这些故事甚至到了影响我写《仪式》的地步，直到我把伯特利地区的人和物写入短篇小说。

《仪式》快到结尾时，我知道应该如何收尾，而我要做的就是照办。我还记得打出最后一个词语"日出"时，那种如释重负感，我很高兴小说和这一"仪式"终于完成了。我后来又改了一点结尾，但是小说在1975年7月的第一个星期就完稿了。八周后，我们离开了凯奇坎，搬回了新墨西哥州。

我邮出了两份文稿，一份给维京出版社的理查德·西维尔，另一份给诗人梅梅·贝森布鲁日。我对它是否能称为"小说"还是存疑，所以接下来我焦虑地等待回音。梅梅马上来电，非常兴奋。她说她特别喜欢小说没有传统的章节。"哦，天哪！"我突然记起，她还在那头说话，"我就知道我忘了点什么！"（所以说我就是该去上那门叫作"长篇小说"的课程。）"没关系，"我安慰自己，"你可以给西维尔打电话，告诉他你会寄去一部带章节的修订本，一两天就可以办完，很简单。"可是当我开始给小说分章节时，我意识到这本书就是没章节的，因此也不再修改了。

几天后理查德·西维尔来了电话，对小说满意之至。他只提出一个修改意见：我常常用更口语化的"like"（像），而不是更正规的

---

① 后结集为《如蕾丝般柔韧》一书，于1980年赖特去世后出版。——编者注

"as if"（仿佛）。例如,"他跑起来像一条狗"对比"他跑起来仿佛是一条狗"。我查了字典,又了解到诺曼·梅勒①被允许在他的小说中使用"like",所以我拒绝更正这一词。我那时没有代理,当迪克·西维尔暗示要是我不接受修改意见,他和珍妮特·西维尔"无法支持此书"时,我最终决定妥协,部分原因是全书中只有六处我用了"like"而不是"as if"。

在出版期间,珍妮特·西维尔是我的代理,她与艺术部门合作,在封面上用了我父亲拍摄的泰勒山②和阿科玛部落③的照片。泰勒山,又名茨皮娜,是小说中意义重大的圣山。

《仪式》于1977年3月出版。西维尔夫妇在他们位于中央公园西区的家中为我举办了一场盛大的鸡尾酒晚会。我住在市中心的沃特街,附近就是华尔街,可当我准备打车去上城区时,没人提醒我尽管街上有上百辆出租车,但是你叫不到一辆车,因为华尔街的人包下了所有的出租车。所以我只能穿着漂亮的晚会长裙和摩登的高跟鞋步行去找地铁,结果我又坐错了线,还得走一截路才到中央公园西区。我迟到了,浑身是汗,蓬头散发。幸运的是,大家已经喝得醉醺醺的,没人在意。

格斯·布莱斯德尔在他阿尔伯克基市④的书店"活批"⑤替我办

---

① 诺曼·梅勒(Norman Mailer,1923—2007),美国著名作家,曾两度荣获普利策文学奖,主要作品有《裸者与死者》《刽子手之歌》等。——编者注
② 一座位于新墨西哥州西北部的层状火山,是纳瓦霍人的四座圣山之一,同时也是拉古纳部落的圣山。印第安人认为这座山是女性,但白人却将其命名为泰勒山,以纪念当时的美国总统扎卡里·泰勒。
③ 位于新墨西哥州的印第安部落之一,毗邻拉古纳部落。
④ 新墨西哥州最大的城市,位于州的中北部。
⑤ 活批书店(Living Batch Bookstore)位于新墨西哥大学附近的康奈尔街,创建于1969年,于1996年关闭,是新墨西哥州最古老的书店之一。

了一场出版晚会,彼时我在新墨西哥大学任教。我的第一本书没有巡回展,但是在马龙·白兰度的提议下,杰拉尔多·里维拉和《早安,美国》节目对小说做了一篇短评。白兰度读过《仪式》,后来我们一起合作拍过一部电影,他有时会提起书中一些连我都不记得的细节,他有着照相机般的记忆力,对任何看过或读过的东西过目不忘。

小说出版后,有些读者评论书中的男主角和许多男性角色对于用英文创作的女性作家来说是开先河之举。我童年是在母系氏族的普韦布洛中成长,女性拥有家产,孩子归属母亲的氏族。二战后返乡的退伍士兵的故事只能从一个男性的角度讲述,于是我毫不犹豫地采取了这一视角。此外,男性作家一直在写以女性为主角的小说,所以我要写男性角色。

在本书创作和一切有关《仪式》一书的问题上,我觉得祖先们在祝福我,看顾我,保护我,还有那些给我讲故事的人——阿摩老奶奶、苏西姨妈以及汉克爷爷。希望读者和听众也同样受到他们祖先的祝福、看顾和保护。

莱斯利·马蒙·西尔科
2006

目　录

仪式 / 001
译后记 / 281

仪　式

兹-伊兹-兹-娜科,思想女人,
　　坐在她的房间
　　　凡她所思
　　　马上显现。

她想到她的姐妹们
瑙-兹-伊蒂-伊和伊-蒂兹-伊蒂-伊,
她们一起创造了宇宙
　　　这个世界
　　和地底的四个世界①。

思想女人是只蜘蛛,
　　给事物命名
　　只要她赋予名字
　　他们皆尽诞生。

她正坐在她的房间
想着一个故事哩

我现在讲的这个故事
　就是她正在编织的。

---

① 印地安人相信,在如今人类居住的世界(第五个世界)之前,还曾存在过四个世界,它们的生成和消亡,象征着生命的演化。——编者注

仪式

我要告诉你一些关于故事的事情,
(他说)
它们并不只是供人取乐。
不要被骗了。
要知道,它们是我们仅有的了,
我们唯一可以用来对抗
疾病和死亡的武器。

要是没有故事的话
你一无所有。

他们非常邪恶
但还是抵挡不了我们的故事。
所以他们想着法子毁灭故事
让故事含糊不清,湮灭成灰。
他们可想这么做了
他们乐不可支
因为那时我们就会不堪一击。

他抚摸着肚皮。
我把它们藏在这儿呢
(他说)
这儿,你用手摸摸看

瞧,它在动呢。
这儿孕育着生命
我族人的生命。

在这个故事的脐腑中
仪式和庆典
仍在成长。

她说：
唯一的治愈方法
就我所知
是一次完美的仪式。
她如此说道。

日出。

塔尤那晚没睡好,在旧铁床上翻来覆去。就是躺着不动,床底的弹簧也吱呀作响,令他想起漆黑的夜晚潮湿的梦,巨大的轰响卷起他像洪水中的残骸滚来滚去。今晚出现的首先是歌声,从铁床中瘆人地挤了出来,一个男人咏唱着一首西班牙语歌,是首老情歌的调子,就两个词反复重复着,"Y volveré①"。有时候先出来的是嘈杂愤怒的日语,把歌声推得老远,恍惚间他感到风向的变化,像是下午的微风缓缓拂过,一点点偏离南方,朝西,然后声音就变成了拉古纳②语;他可以听到乔赛亚舅舅在喊他,那是很久以前,那次他生病时乔赛亚给他拿来退烧药。但是在乔赛亚出来之前,那些狂热的声音先是飘荡,旋转,然后又浮现——日本士兵冲他喊叫的命令声、于丛林水汽中飘出的潮湿声响,以及女人的声音。它们忽大忽小,他几乎发狂,以为是他母亲用拉古纳语在说着什么,但是等他想弄明白话里的意思,声音突然变成一种他听不懂的语言;这时所有的声音都被音乐吞没——从一个硕大的音乐盒传出震耳欲聋的音乐,盒身闪烁着红蓝色的灯光,黑暗被拖得更近了。

塔尤很早就醒了,他躺在床上,盯着床上方又高又窄的窗户。铅灰色慢慢褪去,在晨光的照耀下,它在对面的墙上投下一片白色

---

① 意为"我会回来",是智利乐团"黑人天使"于1971年发表的一首歌曲的名字。
② 位于新墨西哥州西北部的印第安部落之一。

的方框。他看着房间一点一点变亮,伴随着初升的太阳,那片浅浅的白色方框也一点点暖和起来,越来越多的黄色随之铺满方框。他已经有一阵子睡不着觉了,久到所有的事情拧在一起,错综复杂,好像他和乔赛亚拉着一串小马驹上山。每匹马的缰绳都套在前一匹马的尾巴上,而头马的缰绳则拴在乔赛亚的墨西哥马鞍旁。他现在都能看见它们——乳白色和栗色相间的马、通体鲜红的马、灰中掺杂了五色杂毛的马——阳光从身后山丘照过来,黄色的光芒洒在马驹身上。它们被夏天滋养得光滑的皮毛散发着光泽,跟在乔赛亚的马后仿佛是从前的马队。他没法睡着,记忆总是与现实重合,纠缠不休,好像外婆柳条筐里缠绕在一起的彩色线团。他小时候曾拿这些线团到屋外去玩,它们从他手中滚进夏天的草丛,四处乱窜,他得在姨妈察觉前把它们捡回来。他能够感觉到它们就在他的脑袋中——细细的线团被扯得到处都是,一路纠缠,他试着解开它们,重新绕好,但是它们反而越缠越紧。那样的夜晚,当思绪乱成一团,塔尤会直冒冷汗;他得绞尽脑汁想某样东西,某样不那么紧密纠缠,不与过去搭边的东西,它自成一体,就好像鹿一样孤独站立。要是他能在脑海中抓住那只鹿的图像,让它待久一点,他的胃就不会那么痉挛,他可以稍稍安睡一会儿。只要鹿独自游荡,只要他能让灰鹿待在荒凉的山上,这法子会管点用。但是如果他没有抓紧,它就会像旋风一样越过他,变成他和罗基杀死的那只鹿。记忆的闸门打开,变成最后 天他和罗基坐在一起,在太平洋某个不知名岛屿的丛林中给枪管上油。他们用光了罗基罐里的最后一点油,于是转而谈起罗基猎杀的那只鹿。坐在他们身旁的下士一个劲摇头,喃喃自语,说他梦见日本人那天将要抓住他们。

当下士一遍又一遍讲述他的噩梦时,潮湿的空气汗湿了他的脸颊,嘀答淌了下来。塔尤第一次觉得那个人的皮肤跟他没有区别。皮肤。他不断地注意到尸体上的皮肤,它们堆满了路边的沟渠,路上全是泥泞——黑黝黝的皮肤油亮发光,覆着肿胀的手;白人死了后变得更黑。他们肿胀着,爬满了苍蝇,没什么黑白的区别。那是塔尤见过的最糟糕的事情,甚至当他们活着时,在塔尤看来也没区别。当上尉下令朝高举双手、在岩洞前排成一列的日本士兵开枪时,塔尤没法扣动扳机。酷热使他颤抖,汗水刺眼,他看不清楚;那一刻他看见乔赛亚站在那儿,阳光在他脸上投下阴影,他好似眯着眼睛,就要朝塔尤微笑打招呼。所以当其他人开枪时,塔尤站在那儿,一阵恶心,四肢僵硬,他眼睁睁地看着乔赛亚倒下去,他知道那是乔赛亚;即便罗基摇着他的肩膀,让他停止哭泣,躺在地上的还是乔赛亚。他们把药灌进塔尤的嘴里,接着罗基推搡他来到尸体旁,让他瞧清楚,血已经跟丛林的泥浆混在一起,呈暗红色,其中几块鲜红的斑点微微闪烁。罗基让他瞧清楚那具尸体:"塔尤,这只是个小日本!这是小日本的军服!"他用腿踢着尸体,把它翻了个身:"瞧,塔尤,看看这脸。"这时塔尤尖叫起来,因为那不是小日本,那是乔赛亚,眼睛缩进了头颅,死亡带走了它们黑亮的光泽。

上尉叫来了军医,有人卷起塔尤的衣袖;他们让他睡下,第二天他们装作若无其事的样子。他们说这是战争疲劳症,说疟疾发热能让人产生幻觉。

罗基试图与他理论,那个死人不可能是乔赛亚,因为乔赛亚是一个拉古纳老人,离菲律宾丛林和日军有几千里远。"他可能正在某个山丘上砍柴呢。"罗基说。他笑起来,摇着塔尤的肩膀:"嘿,我知道你想家。可是,塔尤,我们得待在这儿。这是我们接到的命令。"

塔尤点点头,机械地拍打着虫子,眼睛越过丛林绿叶死气沉沉的湿气,直勾勾地盯着前方。他反复琢磨着罗基跟他解释的事实和逻辑,确切的事实否定了他看见的东西。接着他打了个冷战,它先是从指尖开始,然后钻进胳膊。他颤抖是因为所有的事实、所有的理由再也没用了;他能听到罗基说的话,他能跟上罗基的逻辑,但是除了腹部的一个肿块,他什么也感觉不到,那是一块巨大的忧伤,往上顶,噎住了他的喉咙。

他得忙起来;他得不断忙碌,眼睛后的肌肉才不致松动,不会转向头颅内部,奔向早已等在那儿的景象。趁还能看见对面墙上黄色的方框,他赶紧爬起了床。他套上了战前穿的牛仔裤和棕色的靴子,红色的格子花呢衬衫是他从战场回来那一天外婆给他的。

屋外的空气还是凉飕飕的,闻起来带着夜晚的潮气,有着微雨的气息。他在风车旁的铁槽里就着冰冷的水洗了把脸。梳头时,那只黄条纹的猫咕噜着,蹭着他的腿。她在前面带路,来到了羊圈。当他跪下来给一只黑山羊挤奶时,她钻到他的左腋下。塔尤用一个陶瓷咖啡壶的盖子给她倒了一点奶,然后打开羊圈放出了羊,它们贪婪地跑向沙地上刚冒出来的嫩草。羊羔几乎过了吃奶的年龄,但它仍跪在母羊脚下,挤进去寻找奶头,昝来昝去,想让奶流淌得更快些。它欢快地摇着尾巴,直到母羊跳起来把它赶走。几周以来,断奶的情形都是这样。但是母羊对嫩草更感兴趣,因此断奶的课程断断续续。当塔尤离开时,羊羔又回来衔着奶头,不过这次小心了许多。

太阳爬上了天空,在空荡荡的清晨,它看上去很小。他知道他应该吃点东西,可他不再感到饥饿。他坐在厨房的一张小方桌旁,咖啡罐的盖子上有一根白色的蜡烛,已熔化成一坨烛块。他好奇蜡烛在那儿有多久了,他在想乔赛亚是不是最后一个点上蜡烛的人。他以为他又会哭,想起乔赛亚,想象他是如何在这儿生活,触摸这一切,坐在这张椅子上。他猛地别过头,视线转向咖啡壶黑乎乎的壶底。他不会浪费柴火去热昨晚的咖啡,也许那是前晚的。他已经失去了时间的概念。

　　旱季又回来了,就好像二十年代战后一样。那时他还是个孩子,他们用老马车载着大木桶给羊儿们运来水。羊圈附近的风车早已干了,所以灰骡拖着马车去溪边取水。他们慢腾腾地走着,水不时从木桶边缘溅出来。他坐在瘦骨嶙峋的骡背上,紧挨着他的舅舅。他们先把水倒给羊儿们喝,接着烧掉仙人掌①边缘的刺。他们退到车旁,看着奶牛小心翼翼地走近仙人掌,嗅着呛人的灰,很有耐心地等待着灼热的绿浆冷却,然后伸出阔大的长满斑点的舌头,吃那些奇怪的混合物。那些年山丘荒凉,只有仙人掌可以生长。

　　如今马车和木桶早已不见了踪迹。那头灰骡早就死了,据说是在阿科玛附近不小心吃了毒草,剩下的这头也瞎了,它站在牧场的风车旁,啃着风沙中的黄色草茎。它的足迹从草地到水槽,周而复始,细窄的足印形成一个又一个不规则的圆圈。瞎骡把嘴探进水槽中,水慢慢溢了出来。它这样每天滋润嘴唇四五次,确认水还在那儿。干燥的空气令木桶收缩,它们一提起来就垮了。畜栏后方是四下零散生锈的铁箍,依稀是基奥瓦②箍舞者在盖洛普③庆典

---

① 原文中提到 cholla 和 prickly pear 两种仙人掌,都是新墨西哥州常见的植物。前者类似仙人柱,枝丫呈棍状,布满毛刺,遍布于墨西哥北部和美国西南部;后者为常见的低矮、圆状叶面的仙人掌。
② 基奥瓦人是现居住在俄克拉何马州一带的北美印第安人。
③ 位于新墨西哥州西部的一个城市,毗邻亚利桑那州,有"世界印第安之都"的美称。该市大部分居民为印第安人,主要来自纳瓦霍部落、霍皮部落以及祖尼部落。自 1922 年以来,盖洛普每年都要举行盛大的部落传统才艺展览。

上留下的遗迹。箍舞者把铁箍掷到地上，再钩起来抛向空中，落下来时从他的头滑向肩膀直到脚踝，像变魔术一样。塔尤踏进一个半埋入红色沙土的铁箍，用靴尖把它挑了起来，然后又让它滑入沙土。

二月下旬风就刮起来了，一直持续到四月。他们说自他参战后六年以来都是这样。这些年来，他们总是仰望天空，期待积雨云的到来。现在是五月下旬，塔尤离开时让房门敞开着，正对着干燥空旷的山丘和淡蓝色的天空。他像乔赛亚多年前一样，凝视着远处黑山的天空，因为有时当雨终于降临，是从西南方来的。

丛林雨没有开端和结尾，它像枝叶一样在天空生长，分杈，垂向大地，有时是茂密的灌木缠绕着岛屿，有时是岸边云朵里卷须般的蓝雾。丛林吐纳着永恒的绿，令人发热，直到他们挥汗如雨，仿佛久旱的树叶在雨中淅沥。正是在那儿，塔尤开始明白乔赛亚的话：没有什么是绝对的好或绝对的坏，一切取决于环境。丛林雨隐伏在空中，缓慢推进，令人窒息；它浸透了靴子，脚指头的皮肤坏死脱落，伤口转成霉绿。这不是他和乔赛亚祈求的雨，这些绿叶不是他们在砂岩峡谷盼望的春天的使者。当塔尤走在前往战俘营的泥泞的路上，他祈求的是干燥的空气，干得仿佛是从百年黄沙里挤出来似的，挤干罗基腿上化脓的伤口，蒸发罗基眼上的汗珠。雨水积满了车辙，路面泥泞不堪，下士撑不住，滑倒了，连带着被泥毯裹着的罗基。塔尤痛恨这淫雨，好像罪魁祸首是这丛林绿雨，而不是长途行军或是炸伤了罗基的日本手榴弹。假如日本士兵看见下士这么蹒跚，那是因为这雨；假如他们看见罗基这么虚弱，过来用枪托砸碎他的脑袋，是这雨和这无止无尽的绿联手谋杀了他。

塔尤在后面抬着毛毯担架的另一端，不停地安慰下士，告诉他就快到了,终点就在山下不远处。他讲了个故事来鼓舞士气。词语从他口中流出,仿佛有形体实质,沙砾和石头浮起来托住下士,让他的膝盖不发软,以免毯子从他手中滑落。

  雨声愈来愈大,敲打着林叶,冲刷着车辙;雨水飞溅到他头上,声音在他脑海中回响。它一路淌至他的脸颊和脖子,好似蝇蚁蠕动。他想腾出手来抹去雨水,他想放下毯子,哪怕只一小会儿。但是只要下士还站着,还在行走,他们都得跟上。在哗哗的雨声中,他听见夏季洪水的声音,压抑着的轰隆声,还有远处洪水在峡谷中肆虐的声音。他可以闻到翻腾的泡沫,满载着一路席卷而来的瓦砾废墟,吸纳了污水废物,还有动物的尸体,盈盈满怀,不堪重负。他试着屏住呼吸,但是从沿海山峦刮来的山风,把雨水抽打成蒙蒙的灰浪,遮住了他的眼。下士摔倒了,扯翻了手中的毛毯担架。他感觉罗基的脚擦过他的腿肚子。他顺势跪了下来,摸索着毯角,开始咒骂:"真该死,要命!"这些话在脑海回旋,带走了他胸膛的最后一点温热。他像吟唱般诅咒这雨,趁日本士兵没看到这一切,他蹲下来,在泥水中摸到了下士,拉着他站了起来。他的诅咒声不绝于耳。他要他的咒语化成万里无云的晴空,犹如夏日惨白的阳光穿过宽广无垠的地平线。词语在他内心聚合,给他力量。他紧紧抓住下士的胳膊,扶着他站稳。做这一切时,他听到自己的声音在诅咒着雨。

夏日时分
伊卡陶-阿卡-额-雅——芦苇女人

总是在洗澡。
她花了整天
蹲坐河中
挥溅着
夏日的雨水。

可是她的姐姐
玉米女人
成天劳作
阳光下挥汗如雨
双手酸痛
待在玉米地。
玉米女人厌烦了这些
她生气了
责备着
她的妹妹
因为她成天洗澡。

伊卡陶-阿卡-额-雅——芦苇女人
于是离开
她回到
最初的诞生地
深藏地底。

从此再也没有雨。

夜晚干涸
所有的植物
玉米
大豆
枯黄萎缩
开始随风
凋落。

人类和动物
饥渴不已。
他们在挨饿。

所以他把雨咒走了,干旱持续了六年,草变得枯黄,停止了生长。放眼四顾,塔尤可以看见他祈祷的后果:灰骡憔悴不堪,山羊和羊羔每天必须遛得更远才能找到可吃的草和灌木。黄昏时它们站在棚前,反刍着胃里的食物,等着他;瞎骡则睁着玻璃弹珠般的眼睛,站在门后。他丢给它们一捆干草,上面撒点碎玉米。母羊把羊羔从玉米旁赶开。骡子倚靠着摇摇欲坠的门轻声哼哼,塔尤从咖啡罐抓出一把玉米,放在骡子嘴下,感觉到轻颤的双唇。玉米吃光后,骡子舔着他的手,吸吮着最后一丝盐味;它的舌头粗糙湿润、暖烘烘的,精确地穿过他的手指。塔尤看着它唇边长长的像触角一样的白须,喉咙又哽咽起来,他为所有的生灵哭泣,为他所做的哭泣。

有很长一阵他是白色的烟雾,出院后他才意识到这一点,因为烟雾是没有自我意识的。它消散于病床和墙壁组成的白色的世界;医生对着隐形的弥散的烟雾讲话,他们的话语轻而易举地把他吸走。他看见饮桌了灰色的轮廓、他们塞进他嘴里食物的轮廓,只是轮廓,像他看见的所有东西。他们看见的只是他的轮廓,但不知里面已被蛀空。他走在弥漫着蜡味和消毒水味的地板上,看着自己双脚的轮廓;他一边走着,日子和季节在他的眼角消失成一道朦胧的光线,他必须出其不意地扭转脑袋,才能透过窗棂瞥见绿叶的影子。

他居住在遥远的麋鹿山上,冬雾笼罩,那里猎人永世迷失,他们的白骨界定边界。

　　站在洛杉矶火车站外,阳光晒在身上暖洋洋的。他盯着几棵棕榈树,枝干枯黄,死灰般的叶片掉落,散落一地。那一刻,他的身体好像又有了实质,世界变得清晰可见,他醒悟到他为何在那儿,然后他记起了罗基,哭了起来。车站屋顶的西班牙红瓦渐渐模糊,但他没有动,也没擦去眼泪,因为他很久没有为任何人哭过了。雾气总是那般稠密,往昔的回忆和画面刺不穿那块地方。他在五颜六色的雾气中穿行,没有痛苦,只有床对面的北墙和无尽的灰白。药物挤干了他枯瘦肢体里的记忆,取而代之的是眼睛后朦胧的雾云。不要为雾气笼罩的远山哭泣。如果不是他们给他穿好衣服,领着他上车,他还要待下去,沿着北墙飘荡,消失在灰色的晨光里。

　　新来的医生问他是否有人曾能看见他,塔尤轻柔地回答,他很抱歉,但是没有人被允许与隐形人交谈。新医生很有耐性,他每天都来,他的问题渐渐融化了厚雾的边缘,他的声音也越来越大了。阳光驱散浓雾。一天,塔尤听到一个声音回答医生:"他不能与你说话。人们看不见他。他的话是由一根看不见的舌头说出来的,它们没有声音。"

　　他把手伸进嘴巴去揪舌头,它干枯萎缩,像一具细小的啮齿动物的残骸。

　　"待在这儿容易隐形,是不,塔尤?"

　　"是啊,直到你来。到处是白色,烟的颜色,雾气。"

　　"我送你回家吧,塔尤,你明天搭火车回家。"

　　"他不能走。他经常哭。有时他哭得想吐。"

　　"他为什么哭呢,塔尤?"

"他哭是因为他们都死了,所有的东西都奄奄一息。"

他可以看得清楚医生了,医生的手伸了出来,手背上长着浓密的黑毛。

"哭吧,塔尤,想哭就哭吧。"

他正想朝医生尖叫,但是被这句话呛住了,他咳出了泪水,尝到嘴里的盐味。然后他闻到杀虫剂、尿臊味,混合着呕吐的味道,呛得干呕起来。他从房角的洗手槽起身,撑住水槽的两侧,抬起头看着医生。

"讨厌死了,"他轻声咕哝着,"瞧你干的好事。"

他提的手提箱上有张硬卡片,触手可及。上面写着他的名字,还有编号。他很久都没想过拥有一个名字。

售票员告诉他下趟火车在 4 号轨道,还有 25 分钟;他指着通道门,说塔尤可以在那儿候车。塔尤全身发虚,边走边觉得腿在消失,自己又开始隐形了;他头重脚轻,当头与地面平齐时,他又会迷失在烟雾里,一大片的雾气里。他闻到屋外的气味,像是火车的味道,柴油和机油粘在铁轨上。他靠着墙,直淌冷汗,声音慢慢地形成轮廓,传到他耳朵里的是空洞和模糊。他知道他马上又要隐身了,就在那儿。来不及寻求帮助了。他待在原处,等待死亡如同雾气消散,随风飘荡,顺着漩涡打滚,越来越淡,直到消失。他最后的念头是,他们慷慨地把他一个人扔在洛杉矶的火车站,他终于可以死了。

他躺在水泥地上,倾听四周的声音,轻柔的遥远的声音。他们先是用英语问他,没有答复,四周人声嘈杂,嗡嗡作响,其中日语特别清楚。他再也搞不清自己在哪儿了,也许又回到了丛林;一阵恶寒流过全身,像是姨妈讲过的天使的影子。他挣扎着醒来,睁开眼时,他以为会有一杆枪指着他的鼻子。也许比这还要糟糕:在白雾里沉浮许久,醒来时还在战俘营。他死的时候再也不想隐身了,就放纵这一次,最后一次。

那个日本女人双手牵着两个孩子,身上挂满了包裹和行李,其中一个正看着他。

"你生病了吗?"她问。

他试图回答,但是喉咙咔咔作响,发出了干呕的声音。他直直地瞪着她,想搞清楚发生了什么。

"我们报了警。"她解释道,微微地弯下腰,印花的裙边拂过膝盖。一个穿制服的白人走过来。他看着塔尤,然后又瞧瞧女人和孩子。

"他怎么了?"

他们摇摇头。女人说:"我们下车时刚好看见他倒下。"她退后了点,跟孩子们待在了一起。她弯腰,双手各提起一个购物袋,又瞧了塔尤一眼。他用胳膊撑起身,看着他们离开,他们的裙脚和行李带起一阵微风。其中一个孩子回过头来,一只手仍被妈妈牵着,扭转身子看着塔尤。他戴着一顶跟他年纪不相称的军帽,见塔尤也在瞧他,小男孩笑了起来,然后消失在车站的大门之后。

乘警扶起他,查看行李上的标签。

"需要我给退伍士兵医院打电话吗?"

塔尤摇摇头,他又全身颤抖起来。

"那些人,"他指着女人和孩子消失的方向,"我以为他们被关起来了。"

"哦,那是几年前的事了,发生在珍珠港事件之后。但是现在他们出来了,被遣返回家。我猜医院里消息没那么灵通吧。"

"是啊。"塔尤的声音低低的。

"你没事吧?"

他点点头,低头瞅着铁轨。乘警瞥了一眼怀里的金表,然后踱开。

塔尤的喉头发紧,靠着灰色的砖墙,对着个大垃圾桶吐了起来。呕吐物的酸味和垃圾的臭气涨满了他的脑袋,他吐得天昏地暗,胃里直抽筋。他依旧看见小男孩的脸,回过头来,冲他笑着。他想把那张笑脸呕吐出他的脑海,因为那是罗基的笑脸,童年时他们玩耍的笑脸。他再也吐不出任何东西,可那张脸还在。他抽泣起来,为何时间不能改变一切,为什么千山万水、丛林密叶也不能令死者安息。时光不再牢固,人们可以推开时间的栅栏,穿梭时空。也许这就是真相,只不过他刚刚才知道罢了。

他坐在床上,倚着泛白的墙,阳光透过窗户洒进来,墙上的小石灰点熠熠生辉。他松了口气,山羊们已放出了羊圈,黄猫也在喝奶。太阳从东边的天空渐渐升起,墙上阳光形成的方框变得愈发大而稀薄,清晨耀眼的黄色光芒消失了。石灰墙上的晶莹也像黎明的群星般逐一熄灭。

他知道墙上的光线迟早会塌陷进他的脑海,变成灰白的蛛网,牢牢抓住一切与他相关的东西,然后他的胃又会痉挛。他捂住胃,压下体内的翻江倒海,赶在呕吐之前冲到屋外。

小股的热风卷起院子里的榆树叶,与它们嬉闹着。下午的空气渐渐闷热起来,几个小时后红色的沙土会布满山谷上方的天空。劲风刮起地面的红沙,翻腾着卷过红土地。雾蒙蒙的蓝天看上去又远又陌生,他回想起和罗基一块儿去爬骨丘,山丘下方是位于梅西塔市西南边的山谷,天空如此之近,似乎触手可及。他相信站的方位以及云的状态能决定你是否可以触到天空。他曾坚信,某些夜晚,当满月从天空的一角冉冉升起,站在山丘高高的悬崖上可以够得着月亮。时空亘久永存,讲述着同一个故事。它们不是障碍。你必须找对了办法才能登上月亮,这都取决于你是否知道方向——确切的方向,以及如何前行才能到达目标;这还在于你是否听过前人旅途的故事。他曾经那么相信听到的那些故事,但是印第安学校的教师们让他别信那些"胡言乱语"。可是他们错了。乔赛亚曾到过那儿,他去过丛林。塔尤眼见着他死去,却又无能为力。

哈利骑着一头黑驴前来时,塔尤正坐在榆树的荫凉下。驴子拼命朝右,似乎想转身走向相反的方向。哈利将缰绳用力朝左扯,结果驴子的头被拧得向北,它的身子和四蹄却打横移向东方。每走几百步,哈利得停下来调整驴子的方向。他抽打着驴子的臀部,马鞭是那种墨西哥老人常编织的样式;驴臀四周腾起尘土,遮住了哈利。瞥见了塔尤,他指挥驴子朝树走去,但是毛驴完全忽略指令,径自走向另一边,在水槽前停了下来。它的头倔强地昂着,神情傲慢,等哈利走到榆树底下才开始喝水。

"那头驴子肯定恨你,哈利。"

哈利大笑道:"从没人骑过它,我老爹把它带到卡萨布兰卡①时,可能有几个孩子试过。"

"它颠你吗?"

"它想这样来着,可我太重了,它跳不高。"哈利长得厚壮敦实,"再说我的脚几乎可以够得着地。"

---

① 位于拉古纳部落西边的一个小村庄。

塔尤又笑了起来。他的嘴角僵硬。哈利跟勒罗伊·瓦尔迪兹和鄂摩都在威克岛①待过。他们都佩戴着紫心功勋章凯旋。哈利看起来好像没受战争的任何影响;他还是微胖,像以往那样喜欢逗笑,插科打诨。

"嘿!你不会刚好有啤酒吧?"

塔尤摇头:"炉子上倒是有点咖啡。"

"谢了,他们说咖啡对你不好。"他咧着嘴,塔尤会心一笑,哈利以前根本不喜欢啤酒,也许这就是战后他不一样的地方。他现在可是成打地喝啤酒。塔尤记得八年级时他们曾跟踪老本尼,看他把酒藏在哪儿。老本尼步履蹒跚地穿过盐碱灌木丛,摇摇晃晃来到长满河柳和柽树的河边,一路紧抱着一个棕色的购物袋。他最后啜了一口酒,旋紧盖子,把酒瓶放回袋子,然后在沙滩上小心翼翼地挖了个洞,用白沙埋住袋子。他们伏在落满枯叶的沙地上,透过柳叶窥探:本尼依依不舍地看了酒最后一眼,好像是要死命记住埋酒的地方,接着佝偻着爬上山坡,慢慢离开了河边。当本尼的背影消失在山坡后,他们马上跳起来,冲向藏酒地,那儿已是一汪水洼。罗基和塔尤拿走了红酒,因为袋中只有一瓶啤酒。

"这还将就,哈利,"罗基说,"啤酒口感差多了。"

"哦,你哪知道。你又没尝过。"哈利边说边用刀尖撬开瓶盖。

"他讲得没错,哈利。乔赛亚有次让我们尝了一小口。"

葡萄酒甜腻浓稠,有点像止咳糖浆,他们勉强倒入口中。要想喝醉就得这样。哈利终于打开了啤酒,先灌了一大口来补上没喝够的瘾。他面露痛苦状,眼睛鼻子挤作一团。整个下午他都对着河水

---

① 美国的无建制领地,位于中太平洋,处于关岛和夏威夷之间。二战期间被建成美国海空军基地,1941 年被日军占领,1945 年由美国收回。

呸个不停,一边抱怨:"呃,难喝死了!像毒药一样!"塔尤和罗基几乎笑岔了气。接着他又开始呸起来,用袖子擦着嘴巴。

哈利蹲在塔尤身旁,脚指头描摹着地上的图案。塔尤闭上眼,往后一靠,背倚着树干,双腿在身前曲着。他们都不吭声。风又大了一些,呼啸着经过西南角的牧场,屋檐下的一块旧锡片叮当作响。塔尤觉得他可以这样睡着,也许能弥补之前糟糕的睡眠。风声里有一种平和的沉默,这寂静里没有人的痕迹。它是干裂的岩土和枝丫泛白的老松树的静默。

但是哈利烦躁不安,塔尤能感觉到这一点。他在泥地上涂涂抹抹,然后一遍又一遍地抹去它们,似乎在气恼他不能画得像塔尤一样好。塔尤站起来,挣扎着保持清醒。哈利咧嘴笑着。

"我们干的可是轻活,是不?所有的畜群都在蒙塔诺①放牧,我们这些战斗英雄啥事都不用干,只要睡大觉就行了。"当说到"战斗英雄"时,他轻轻戳了一下塔尤的肋骨。

"我起先还想过去帮他们,你知道,当他们刚把牛群和羊群赶去那儿时。那个时候你还病着。"哈利摇摇头,"说真的,伙计,我是想帮忙来着。我跟我老爹说:'嘿,让我来干吧。我保证不会搞砸。真的。'"哈利在地上画着一个复杂的图案,食指转来转去。

"可你知道后来的事,他们不想再让我去那儿了。他们说我在这儿照看牧场就行了。像你一样。"哈利抬头瞥了一眼塔尤。

"你知道我什么意思,塔尤,"他急急地辩解,"你刚退伍时真的

---

① 原文的 Montanō 是西班牙文"山区"的意思。在西班牙占领时期,拉古纳部落四周的土地曾被西班牙政府夺走。新墨西哥州成立后,拉古纳部落和政府达成协议,收回了这些土地。此处的"蒙塔诺"特指根据《蒙塔诺土地授权书》(*Montanō Land Grant*)收回的这些土地。有关"土地授权书",可参考 203 页注释①。

病得非常厉害,我他妈的可没任何毛病。"

塔尤点头表示赞同,可却在想哈利在蒙塔诺牧羊时发生了什么,他不确定哈利说得对。

蒙塔诺的干旱没那么严重,所以拥有大群牲畜的人都从草枯水干的保留地迁移到了蒙塔诺,他们会在那儿待到雨季来临,或者直到那儿的草被啃光。哈利曾为他的家人牧羊。他们扔给他一顶小方帐篷,隔两三天给他送来食物和补给。他有一只牧羊犬做助手,还有一匹马可以用来赶羊。他的家人很欣慰见到哈利乐意做这份工作,因为哈利自战后返家就一直无所事事,总是酩酊大醉,不是与鄂摩就是与其他的退伍老兵干仗。

可一周后,哈利留下羊群独自觅食,只剩牧羊犬忠实地谨守职责,他自己却骑着马跑上高速公路。当他们找到马时,它被拴在栏杆上,孤零零站在那儿,马鞍早就被人偷走了。哈利却不见踪影,几天后他才从洛斯卢纳斯的监狱姗姗而归。等他们回到蒙塔诺山区时,漫山遍野都是走散的羊只。到营地时他们发现牧羊犬被野兽咬死了,尸体扯得零碎。野兽们还咬死了三十只羊。

"那只狗和羊儿们太惨了。"塔尤评价道。

哈利没心肝地笑了,边摇着头边纵声大笑:"它们根本不值几个钱,又干又瘦,郊狼们得咬死半数才能吃上一顿美餐。"他又哈哈大笑。

塔尤觉得脊背发凉,哈利的笑声中有种他从来没听到过的东西。但是哈利自己没任何感觉,用喋喋不休和神经质的大笑来掩饰。哈利站起身来,塔尤不确信他是厌倦了讨论羊还是蹲累了。

"我愿意用任何东西来换一罐冰啤。"他边说边打量着四周的房子、荫凉和畜栏。

"他们没给你留下卡车,对吧?我甚至没见到乔赛亚的马车。"

"它就在畜栏旁边的棚子下面,但没东西拉它。"

"那只灰骡怎么样?"

"它是瞎的。"

"伙计,他们可是把你整了。我猜他们也不想你四处乱逛。"

塔尤知道他指的是迪科西酒馆的那件事,当时他差点杀了鄂摩。现在他们扯平了,塔尤讥讽被咬死的羊,哈利提起那次斗殴。

"我想自个儿待着。这是个不错的地方。"

"好吧,但我可不想。我老娘拿出菲利浦斯66号公路地图,琢磨了整晚,终于瞧中了保留地上离酒吧最远的一块地方。要是我老爹没有说服她把我送到牧场的话,我现在本该在那儿,住在高地。"哈利抬头看了看西南方牧场的方向,"操,那可是最远的角落了。"

塔尤耸耸肩。他们现在待在保留地边界的另一边,离酒吧有25至30英里。人们称那片区域为"战壕线",因为沿着66号公路建着密密麻麻的酒吧,一间连着一间,从布德维尔延伸六七英里,路经圣菲德尔①,一直蜿蜒到麦克卡兹②附近怀廷兄弟开的加油站。

"他们可拦不了我,我不懂他们为何乐此不疲。像上次他们把我框在那个鸟不拉屎的鬼地方,可他们忘了放干卡车的汽油。我搭了根线发动引擎,照样他妈的开到了圣菲德尔。我本来可以神不知鬼不觉地溜回来,但车在帕拉耶③没油了。"哈利忍不住笑了。他的眼睛闪闪发光。这是一次不小的胜利,他算计了所有人——他的爸妈、兄长们,每个试图使他远离酒吧和麻烦的人。

---

① 位于拉古纳部落西北部附近的一个小镇,是以前西班牙人设立的定居点,不属于保留地。

② 阿科玛部落中的一个村庄。

③ 拉古纳部落中的一个村庄。

"这可是我头一次骑着驴穿过保留地的边界,塔尤,说真的,"他停下来搔搔屁股,"这可是我最后一次了。"他踱来踱去,踢着塔尤的鞋带:"走吧。起来。不要老待在树下。我说,走啊,伙计。"

塔尤摇头,双臂伸到身前,仿佛要把这个念头推开。

"嘿,来吧。我们可以刷新世界纪录,比如史上最远骑驴买醉纪录之类的。印第安世界的记录。"当哈利用那样的腔调说话时,所有的过去——死羊、酒吧斗殴,甚至监狱——都那么遥远。哈利固执地伸着手,塔尤终于抓住了它,一使劲站了起来。

塔尤进屋去拿钱包,出来时,看见哈利站在风车旁。寒风吹得他的帽檐贴上了额头,他正扯着灰骡要把缰绳拉过它长长的灰色耳朵。

骡子看起来瘦骨嶙峋,尖锐的尾骨仿佛要穿透灰色的皮毛,如同断骨刺穿残骸。连年干旱令它瘦得皮包骨头。母羊产下瘦弱的羊羔,奶牛春天不再产崽。要是还不下雨,所有的畜群都会被卖掉,就像三十年代那样,来自阿尔伯克基和盖洛普的买主几乎不费分毫就可以带走牛羊。但再怎样,看着它们被买走总胜过眼睁睁看着它们渴死。草儿枯死了,连仙人掌也挤不出任何汁水给它们喝。鄂摩总喜欢指着滚滚尘风和无云的晴空,指点着拴在高速公路旁栏杆上咀嚼的瘦马,激愤地说:"瞧瞧在这儿等着咱们的是啥。睁大眼瞧瞧。这就是印第安大地母亲!又干又老的死货!"塔尤的手因为愤怒颤抖。鄂摩错了,大错特错。

哈利把缰绳递给塔尤,灰骡的尾巴在双腿间晃荡。"你没有马鞍吗?"哈利问道。塔尤摇了摇头。"要不拿条毯子当马鞍?那骡子的背脊骨可要刺穿你的要害。"他们同时大笑。哈利跑进旧车库,塔尤可以听见里面的瓶罐叮当作响;哈利笑得龇牙咧嘴,出来时手中抖落着四条麻布袋,风鼓吹着它们仿佛风筝一般。塔尤不动声色地瞧着,除了哈利和他的大笑声,他感觉不到任何东西。他像灰骡一样背风站着,觉得自己可以永远站下去,也许直到永恒,好似一道栏杆或一棵树。他费尽了力气把自己装在这个叫作"人"的模子里,但随着风声呜咽,太阳西斜,他的精力渐渐流逝。哈利站在骡子的脑袋旁耐心等候。塔尤先是横着跳上骡背,随后叉开双腿;哈利扶稳麻袋直到塔尤坐好。塔尤觉得自己仿佛又变成了孩子,好像回到了8岁那一年,乔塞亚也是这般扶着他坐上西奥的花马。

哈利把一根绳索拴在骡子的辔头上以便领路,但是灰骡毫不费劲地跟着驴子。它警惕地抬着头,长长的耳朵竖立,鼻孔张大,探试着前路未知的危险。塔尤甚至无须牵着缰绳,他用小时候乔塞亚教的方法打了个结,两股缰绳并排在骡子的颈边。这样骡子不会把缰绳颠出他的手中,他也不会轻易掉下一根。当你小得不得不攀着栏杆或石块才够得着马的缰辔,这些细节至关重要。

西南方吹来的风吹打着塔尤的右肩。风声太大无法交谈,因此塔尤闭上了眼。他双腿放松,垂挂在骡子两侧,身子佝偻着,微微前倾。他厌倦了反抗梦境和幻声,厌弃了抗拒一切触发他回忆的地方和事物。他放纵自己,随着骡子一前一后地迈步,感觉着身下坐骑呼吸的起伏。风声中偶尔传来哈利咒骂黑驴的声音,嘟囔着要是有枪的话这畜生的下场该是如何。

狂风使天空变得红扑扑灰蒙蒙一片。两三小时后,哈利拉下帽檐挡住眼睛,打着盹,双臂抱着黑驴的脖子,撑住自己。黑驴一定感觉到了哈利打盹时缰绳松紧的变化,因为它慢慢地从右侧踱到路当中,那儿有一些长满杂草的沙丘,迅速地嚼了一口野草,接着继续赶路,小心翼翼地不让哈利感觉到任何变动。随后它又踱到路的左侧,其间它步履平稳,继续愚弄哈利,直到它完全离开大道,花了约半个小时终于走完了这个大圈。塔尤看着黑驴精心设计着每一步,可是它的固执愚昧使得他完全可以预见它的下一步。每隔15分钟哈利便强勒着它的脑袋朝右拐,同时用马鞭抽打它的肚皮,迫使它重新回到主路。他们以这种弧形的方式步履蹒跚地往北前行。塔尤想到动物们,马和骡子,还有它们在风中行进的方式,若有所思。乔塞亚说只有人类才克制忍耐,因为他们抗拒除自身以外的一切东西。动物从不抵抗,它们一心前进,因为它们已变成风的一部分。"进入风中,塔尤,进入风的腹部。"于是动物们随着风雪前行,成了暴风雪的一部分,一路磕碰着树木和栅栏。当它们冻毙于风雪中,身体僵硬,倚靠着栏杆,暴风雪是否依旧在它们头顶盘旋?"唉,塔尤,"乔塞亚叹了口气,"暴风让它们以为自己就是冰雪呢。"塔尤希望乔塞亚这时在场,即使不能像他所祈愿的那样永久在身旁,但就只待上一小会儿也行,足够塔尤倾诉自己近来的感受,诉说他是如何几乎就相信自己变成了脆裂的黏土,一天天地消逝于风中。

哈利在山顶上停下,拉了一泡尿,这儿的风不像在平地上那般猛烈。黑驴咀嚼着附近页岩上的一绺干草,然后尽力去够着另一丛稀拉的草堆。灰骡则警惕地望着四周,灰白的大眼炯炯有神。他们看上去如此神似——灰骡和老外婆。她冬天窝在屋角的灶旁,夏天坐在一个苹果板条箱上,待在榆树卜来凉。她像灰骡一般,既盲眼又固执。她单调地重复罗基对她的承诺,他说过会用他的退伍金给她买一个煤油炉。她喋喋不休,哪怕塔尤刚出院回家,哪怕她知道单单提到罗基的名字就会令塔尤失声痛哭。

"别哭,塔尤,别哭。你晓得他想给我一个煤油炉的。他可不想你哭。"最后姨妈从保险金中取出40美元,让罗伯特去镇上带回了一个装着自动温度计的老炉子。炉子点着后,只要在外圈的木架上放上一小桶油就行了。这装置省时省力,不用任何人替老外婆照料炉子。去年冬天最冷时,圣何塞镇的溪水都结冰了。姨妈去了商店,留下外婆一人在家,炉子却熄火了。每当故事讲到此时,姨妈总会停下手头的活计,抗议道:"妈妈,我们回家时,炉火还温着呢。"外婆假装没听见,继续唠叨罗基原打算替她做这个做那个。他们就以这种方式怀念罗基,谈论他上大学的计划和未来的足球生涯。塔尤很快意识到奇怪的时空错位:罗基才是活着的那位——他给外婆买了前门带有开关的炉子,他参加了足球比赛,上了《阿尔伯克基日报》体育版的头条;而他,塔尤,则是死去的那位。只是不知怎的尸体被混淆了,不知怎的他还未被埋葬。

他啜泣起来。当哈利回头看时,塔尤并没有试图抹去泪水或假装被风沙迷了眼。他全身骤冷,空虚乏力,十指缓缓松开了缰绳,似乎纯粹被重力带着前行。灰骡蹚过溪涧,水花四溅,仿佛永无尽头。他两手抱着灰骡的脖子,慢慢失去了意识,接着双手下坠,膝盖碰到了泥地。他似乎听到尖叫声和骨头的碎裂声,看见刺刀下被丛林雨水冲刷得惨白的头颅。溪水浑浊,混掺着血泥和皮肉的碎屑。他的绷带已干,伤口变作棕褐色。

哈利扶着塔尤站起来。他拍去塔尤衬衣上的沙土和草屑,把帽子递给他,扶着他到沙丘的背阴处坐下。灰骡一瘸一瘸地走近黑驴,他用一根长绳把两只牲口绑在一起,让它们到峡谷入口处啃食盐木丛稀疏的叶片。砂砾触手冰凉。他紧攥着双拳,直到沙土沁出的水滴布满两手。哈利在塔尤身旁坐下,用袖口抹了一把脸。

"你中暑了,塔尤,他们一早就警告过我这个。我们早就该停下来歇息了。"他仔细打量塔尤,"你还好吧?"

塔尤点点头,他想开个玩笑,说"去他妈的中暑,是风把我吹倒了"之类的话,但他虚弱得甚至动不了嘴皮,也无法使句子成形。不远处热气氤氲,风沙弥漫了视线。干涸的河道上方仡立着悬崖,杜松突兀于橙黄色的巨石,淡红的天空折射出梦幻般的色彩。塔尤盯得越久,就越觉得恶心。他在身旁的沙土中挖了个洞,阳光越发强烈,刺得他闭上眼,他转向右侧,大吐特吐起来。

在新拉古纳火车站下车时,他双腿颤抖,衣袖依旧充斥着呕吐物的酸臭味,尽管他已经在车上的盥洗间冲洗过衣物。他不想人们知道他病得多重,是如何整晚待在厕所,倚靠着冰冷的墙壁,肚皮发紧,忽冷忽热。

但是姨妈以她惯有的方式审视他,看穿了他的内心,召唤出他的过去,好像这就是他的未来,而一切都会如常。他们一下子达成默契:当他缠绵病榻时,姨妈会好好照顾他。如今她照料他是因为塔尤是她仅有的一切,而多年前她照料他是为了遮掩她妹妹做下的丑事。眼下她站在床头,盯着他。要是他突然睁开眼,就会遇见她探究的目光,仿佛在怀疑着什么,搜寻新的耻辱。这次会是什么?她记得老傻瓜乔塞亚做过的事,一点不逊于小妹与那个白人的丑闻。在村中,她不惜一切保护他们不受流言伤害,可她也总是提醒他们,别忘了她为他们所受的苦。这就是为何塔尤知道姨妈不会送他去退伍士兵医院简单了事。

他把脸埋进枕头。她照看他甚至比她抚养罗基还仔细,因为罗基是她的儿子,她尽义务而已。她为死去的妹妹的混血儿子做出的牺牲远远胜于她为罗基所付出的。罗基去世后,留下的只有床头柜上相框里青春永驻的模样。他的死亡甚至被用来当作保护塔尤的新借口:她已经失去太多。但是这法子日久也失去效果。她需要新的战斗、新的机会,来反击好事者,告诉他们她是多么不幸,又摊上一份新的职责,这终究会证明她是一个基督徒。事情将会循此轨迹发展——塔尤回家的第一个下午就得出了这样的结论。

第一周快结束时,她走进他的卧室换洗床单。他注意到她仍旧把羊绒毯的四角折入干净的床单,把枕头塞进头天浆洗熨烫过的枕套,犹如乔塞亚和罗基仍旧在世。最后,她来到了他的床边,揭开夜壶的盖子,查看是否需要清换。

"你感觉还好吗?"

他知道更换床单时他应该下床,于是他坐起来,两腿哆嗦着够着了地板,起身摇摇晃晃走向床脚的椅子,可她扶着他的胳膊让他到罗基的床上歇下。他想甩开她的手,径自走向椅子,可是一动他就恶心头晕。她推他回到床上,并顺手拿来夜壶。他缩起腿蜷成一团,以此压制干呕。身下的旧床垫曾见证了罗基短暂而精彩的一生,可容不下塔尤的身骨,好比棺材中锦缎织就的内里,华丽而丰盈,包裹着尸体,紧紧抓牢了他。他大声呼救,手脚并用,想弓身起床。他的心脏剧烈跳动,甚至盖过了呼救声;他隐约听到外婆的回应,但是姨妈没有来。她最终从前廊进房,袖口高高卷起,双手湿漉漉的,沾满漂白粉的气味,怒气冲冲地把他从床上拽起来。

他无力地指着窗户:"那光弄得我头痛。"

她拉下了窗帘。他感受到她不友善的目光,矇眬的光线似乎不影响她瞧穿他的谎言。但军医告诫她和罗伯特,战争疲劳症起因成谜,甚至他们也知之甚少。他缓过气来,黑暗中他瞧不清毛毯在床上的形状,也看不清床头柜上相框里的照片。他盯着罗基的毕业照,黑暗带来慰藉,他终于可以为罗基曾有过的所有梦想痛哭。他为乔塞亚长哭,哭那斑点牛,一切一切都随风而逝,似泡沫,似幻影,消失无踪。外婆静坐在炉边,享受黑暗带来的静逸。他意识到她听得见他的哭声,她也听得到他揭开夜壶搪瓷盖的声音和呕吐声。

刚开始,外婆和罗伯特除了说"早安"和"晚安"外,对他避而不见;他们不知如何面对他的疾病和日夜哭泣。姨妈全权照料一切。塔尤偷听到她低声告诫他们不许提罗基和乔塞亚,他知道她担心的是什么。

有次罗伯特刚从牧场回来,塔尤就从床上坐起,喊他进来。

"牝马刚产了崽,是匹小马驹,栗红色的毛发,脸弯弯的,像这样。"罗伯特轻声细语,用一根手指在自己额头上比画马驹额头的纹记。

塔尤突然明白,他其实一直不了解罗伯特。当乔塞亚和罗基活着时,罗伯特在他看来只不过是外婆和姨妈的跟班,沉默寡言。他一直那样静默不语,无论是当姨妈和外婆为该卖多少羊和乔塞亚起争执,或是当两个女人因为乔塞亚的墨西哥情妇掀起轩然大波。在与姨妈成婚的那么多年里,他一直有意识地装聋作哑。他总是面容平静,对他们有着无穷的耐心,因为他无欲无求。羊群、马群、田地——所有的一切都是他们家族的,当然也包括这个家族的盛名。现在罗伯特承担起了本该由乔塞亚担当的责任,他看起来疲惫不堪。

"我前些时候帮我妹婿耕种了田地,但他们知道我这边也挺忙,不让我做重活。"

"等我好起来,我就可以帮手了。"

罗伯特微笑着点头。"那挺不错,"他还是那般和声细气,"别急,慢慢来。首先你得好起来。"说完,他站了起来。他个头不高,身材单薄,长着一张黝黑且棱角分明的脸。他扶住塔尤的胳膊,"我很高兴你回家了,塔尤,"他诚心实意地说,"的确很高兴。"

他又是哭着醒来。他梦到乔塞亚像儿时一样亲热地拥抱他,他甚至还闻到乔塞亚特有的味道——混杂着马臊味、木头燃烧后的香气,还有汗臭味——要不是梦中的提示,他几乎忘记这些气味了。想起逝者,他不可抑制地伤心。他哭泣是因为他得醒来面对他们留下的一切:昏暗的房间、空荡荡的床,还有挂在屋顶、被三月的风刮得叮当作响的锡罐。他呆呆地躺在床上,觉得天地之大,无处可逃。这栋沉默和空虚的老房子时刻暗示着无法言喻的牺牲和悲伤,他无法心安理得地住下去。他几乎想回医院了。马上。至少在那儿他可以躲进墙壁和天花板,重新变成一团蒙蒙白雾,与世隔绝。他猛地坐起,掀开毛毯,大汗淋漓。他直愣愣地盯着老外婆,她还是待在炉旁的老位置。他不清楚她是睡着了,还是只是阖眼静听风中的呜咽。他喊了一声外婆,声音沙哑颤抖。他想告诉她,得有人送他回医院。他注视着她慢腾腾起身,趿着拖鞋,小心翼翼、犹疑地走向他,似乎不确信的样子。她走到床边坐下来,伸手抱着他,把他的头搁在自己膝盖上,陪着他落泪,一遍又一遍地祈祷:"阿-摩-哦,阿-摩-哦。"

姨妈从商店回家后,外婆商量道:"这孩子得看巫医,否则他完蛋了。你看他这样子。"姨妈站在原地,提着一个袋子,手中满是从商店买的东西。她把袋子搁在桌上,脱下外套,解开了头帕,然后上下打量塔尤。她好像看见什么麻烦的东西,双眉微蹙,沉吟良久。

"哦,我不清楚,妈妈。你知道那些人的。要是咱们请巫医的话,你晓得别人会怎样嚼舌根。有人会说这不合规矩。他们会阻拦:'你们不能这么做,他毕竟不是纯血统的印第安人。'"她挂起外套,并把头帕搭在上面。

"又来了,这些年关于乔塞亚和小妹的那些风言风语就没断过。咱们这里和白人生孩子的女孩子多得是,可从没人说什么。和墨西哥女人鬼混的男人就更下贱了,但也没人追究。我不懂为什么轮到我们家——"外婆示意她停下,每次姨妈一遇到这个话题就止不住抱怨。

"他是我外孙。我派人去叫库莪什,他准来。其他人要说什么,让他们说好了。你何必在意他们讲什么?让他们嚼舌根好了,终归要过去的。"外婆身板挺得笔直,患着白内障的眼睛一眨不眨地盯着姨妈。

"军医不是警告过:'不能看巫医。'再说,老库莪什会一股脑儿搬来他的草药和粉末。白人医生可不喜欢这样。"姨妈的语气中有稍许沮丧,但转念又释怀了,要是以后有什么差池,她终究是反对过的。就像那晚她警告过大家,不要再替小妹带孩子。那个时候她已经下贱得到处和有色男人们鬼混,一天到晚醉醺醺的。那晚,小妹来的目的就是把孩子扔给他们。他们是可以拒绝的,可以告诉她以后都不用来了。可他们从不听她的意见,即便他们目睹她的预言成真。她的口头禅是:"看吧,我老早就说过了。"可这些人,她的弟弟乔塞亚和她的母亲,还是不在意。他们甚至不在乎别人是如何贬损他们家的。即使是村委会召开会议,商讨着要把小妹永久驱逐出保留地,他们也没啥反应。

外婆把椅子从床脚挪开了点,请老人坐了下来。他冲塔尤点点头,一言不发。塔尤搞不懂他还在等什么,直到瞧见外婆穿上外套,披好羊毛围巾,并等着姨妈同样穿戴好,然后她们一并离开了房间。

老库荛什耐心地等着,女人们的声音逐渐消失,他把椅子朝床挪近了点。塔尤闻见了羊脂和山间鼠尾草的气息。他开口吟唱起来,语调舒缓,古老的方言夹杂着大段的句子,讲解着词语的来龙去脉。老人语调虔诚,似乎只是重复前人的话语,字字句句却必有由来。塔尤费劲地猜测着,很多地名他前所未闻。老人的语言天真诚挚,间或夹杂着英文单词。塔尤觉得喉头哽咽,但下一瞬间,他忽地听见库荛什描述那个山洞,那个位于拉古纳西北方火山岩间的山洞。夏日黄昏,蝙蝠在那儿成群结队出没。他挣扎着坐了起来。虽说背靠着枕头,铁床架依旧硌人。他熟悉这个山洞。早春时节,春寒料峭,阳光捂得黑色的火山岩发暖,那是眼镜蛇们的胜地,它们在那儿与大地万物一同复苏。老人手指向西北方,塔尤随之转过头去。他记起了那个深广的洞穴,它是如此宽阔,他与罗基在洞口趴过,可从看不清洞穴的底部。他还记得他们搬来碎石,扔到洞底,一块儿听它们坠落的声响,但是石块久久没有碰到穴底。姨妈威胁要好好抽他们一顿,要是他们不远离那个该死的地方,因为那儿有蛇群出没,而且随时有失足的可能。但他们毫不在乎,夏夜晚饭后,凉风习习,蟋蟀高歌,又是他们探险的好时机。他们小心避开黄昏后出来猎食的蛇群,蹑手蹑脚地趋近山洞,只等着蝙蝠飞走。塔尤朝老人点头示意,因为他识别出了山洞。老一辈人常说,过去勇士们就是在那儿割取战俘的头皮,并投下山洞祭祀。塔尤终于明白库荛什为何而来。

库荛什继续吟唱,缓缓对塔尤讲道:"也许你对某些事物一无所知。"这话暗指他从未见过他的白人父亲一事。讲到乔塞亚时,库荛什用他的印第安名字称呼他,解释说:"假如他知道你父亲是谁,在你参加白人的战争前,他会告诉你的。"他踌躇起来,紧盯着塔尤的眼睛。

"但是孩子,你知道,这个世界本就脆弱不堪。"

他用来表达"脆弱"一词的印第安方言仿佛一条蜿蜒万里的丝带,如蛛网般坚韧,层峦叠嶂,透迤穿过沙丘,直至万丈晨光细密地洒在蛛网上,错综复杂。库莪什花了很长时间来解释何为"脆弱"和"错综复杂":因为所有词语都相倚相生,为了解释为何选择某个字眼,一个故事得以诞生,用以解释为何这个字眼得这么发音和使用。库莪什补充道:这是我们人类神圣的职责,我们必须传述每个词语背后的故事,以便准确无误地了解话语的本意。这需要大量的奉献与耐心。一个多小时之后,库莪什才转向塔尤发问。

"你还和那些人在一起吗?"他问道,"那些和你一块儿参加白人战争的人。"

塔尤点头。

"他们让我问你一些东西。如今你已经回家,你可能也会需要它们。"

塔尤专心捕捉着屋外的风声,下午时分它就会减弱吧。

"你心里清楚,对吧?这对我们都很重要。不仅是为了你,也是为了这个脆弱的世界。"

塔尤茫然无绪,无从解释发生过的一切。他无法解释他并没有杀死任何敌人,至少他本人是这么认为的。可他做的错事后果更加严重,干旱无云的晴空、干枯的山丘、干瘪的肌肤和嶙峋的瘦骨,这些无一不是他的报应。老人不语,静候他的回答。

塔尤探身去够夜壶,把它拉近了一点。

"我病了。"他刚来得及说这一声,就转身吐了起来,"我病了,但我从未杀过人。我甚至都没有碰过他们。"他哆嗦着坐好,豆大的汗珠渗透了全身。

"也许你可以帮我。帮帮我吧,就好像你帮那些归来者一样。要是我杀了人自己却不知道怎么办?"

老人沉缓地摇头,喉间发出一声低哼。按照古老的印第安战争传统:战场厮杀之前,你必须了解你的敌人,你也应当清楚战争的结果。因为即使一头受伤的野鹿垂死挣扎,拼命逃窜,它也会留下一路淋漓的血迹和四散的内脏,这样猎人知道它必死无疑。人类的战争同理。可是老人无法相信白人的战争竟是如此——远程射杀,不见人踪,也不知杀敌几许,再加上强枪猛炮——这些超乎他的想象。即使塔尤带领他穿过密林断树,亲临战场,眼见大地被撕裂,弹坑遍布,尸横遍野,老人也无法接受这恐怖景象。对着残躯断肢和被燃烧汽化的尸体,库茉什大概会目瞪口呆,认为是附近某个怪兽的杰作。就是从前的巫师也没这般可怕。

传闻说

仪式

存在于

久远以前

古老的时代

人们组织

头皮狩猎社

勇士们

猎杀

或捕获
仇敌。

有些事情
他们无法逃脱
否则
库寇女神将会在他们的梦中
露出巨大的獠牙
威胁毁灭一切。
好雨将不再
群鹿亦消亡。
因此
有些事情
他们必须要完成
吹着长笛,巫舞相伴
祭奉蓝色的玉米面
梳洗着长发。

他们必须
完成这些仪式。

房间几乎伸手不见五指。塔尤奇怪姨妈和外婆去了哪儿。老人把袋子平摊在膝上,两手摸索了一阵子,掏出一捧干枯的茶叶和一个小纸袋,里面装着蓝色的玉米面。他把印第安茶叶郑重其事地放到塔尤的腿上,然后站起身来,把纸袋轻放在椅上。

"很多东西现在我们治不了,不像从前那样手到擒来。"他无奈说道,"自从白人来了后一切都失控了。有些人即使事后举行过头皮仪式,还是没好起来。"

他拉下蓝帽遮住两耳。"要是你们再不好起来,我们大家都要有麻烦了。"他临走前说。

库莪什老人当天就告辞了。门一关,塔尤就滚到了床上,茶叶翻洒在地。他把脸埋入枕头,头狠命顶着床架,号啕大哭。他的心痛得都快炸开了,抱头痛哭也无济于事。痛苦变得实质化,随着每一下心跳,永不停歇。老人只不过印证了他一直害怕的某件事,古老的传说中记载的那件事。只凭一个人就可以撕碎蛛网,把阳光埋入沙地,整个世界就此崩塌。从前有个人诅咒了积雨云,变成所有人的噩梦。塔尤尖叫着,身体缩成一团,好像这样痛苦就可以减轻。

姨妈唤醒塔尤,递给他一杯浓黑如咖啡的印第安茶。天色已晚,大家都用过了晚饭。餐桌旁,罗伯特正在打磨一根缰绳,而老外婆则在炉边打盹。茶水入口温和,如雨后般清新,带着泥土的潮湿和绿草的清冽。姨妈端来一碗玉米粥,塔尤不想吃,可她在床边坐下,一口一口喂他。塔尤怔怔地看着姨妈,他知道她嘱咐过库莪什,除了村中老辈外,不要提及这次拜访。她担心大家会知道他不正常。玉米粥甜甜的,他的胃不像吃过其他食物后那样痉挛。姨妈收拾好用过的碗和杯子,塔尤钻进毛毯,等待着头晕眼花的感觉再次降临。假如这也不管用的话,他死定了。他放松四肢,不再咬紧牙关试图抗争。他再也不在意身体的感觉,也不在乎死亡了。

当车开进院子时,塔尤正坐在纱门外晒太阳。他已盯着木棚旁的苹果树有好一会儿。他费劲地搜寻青色的小点,它们要长整整一个夏季才能变成苹果。他想着,不用在意生存还是死亡真好,活下去是多么容易的一件事啊。这小小的青果就是这样顽强求生,即便狂风骤雨,它们也不会坠落。他稍微能吃点东西了,也很少呕吐,有时他甚至一觉睡到天亮,安眠无梦。

他随着他们上了福特车,里面满是灰尘。他头靠着椅背,阳光温暖了他的双肩和脖子,并没有注意大家在打趣鹗摩是如何买的这辆旧车。他也没听清说去哪儿。一切都没关系了。

尽管还是春季,天已很热了。阳光炽热,天空辽阔,一大片的浅蓝色。他最后一个走进迪科西酒馆。

哈利在他面前放了一瓶啤酒,对塔尤说了什么,众人哄然大笑。这种小聚都是托美国政府和二战的福:威克岛战役后留在脖子里的弹片、硫磺岛战役的后遗症,或是挨过了菲律宾战役中的巴丹死亡行军,这些都给他们挣得了掏出残疾军人支票本买单的"特权"。

"嘿,塔尤,你还没兑现残疾军人支票啊?"

塔尤拿出10美元,推到吧台前:"再来几瓶。"

鹗摩喝着威士忌,醺醺欲醉。他脸色通红,满头大汗。塔尤冷眼瞧着哈利和勒罗伊掷硬币,决定谁买下一轮的酒水。他像喝药一般大口咽下啤酒,心中有些东西在慢慢松开。姨妈老是讲,这些退伍老兵,一天到晚酗酒。他明白为什么。老一辈无法理解他们的苦衷。美酒如药,可以平息怒气,愈伤疗心,舒缓发紧的胃和哽咽的喉咙。他感叹身体内部还有这样一块舒适的地方,靠近心脏,直通肠胃;他爬进去,不管外面如何巨浪滔天,他在里面舒服自得。外面的怒火终于够不着他了。

他们全都酩酊大醉,起哄着要塔尤演讲,他们要听故事。有人一个劲地拍着他的背。他又去拿另一瓶啤酒。

在我穿军装前,白种妇女从不正眼瞧我。现在我他妈的变成了美国陆战队员,她们像狗一样围上来。战争期间,她们见我就夸:"嘿,大兵,你帅呆了。瞧你那油光滑亮的头发。""跳一曲吧。"金发碧眼的娘们儿勾引我。你知道,洛杉矶是我见过的最大的城市,高楼林立,街道繁华,一到夜晚,灯火通明。我眼花缭乱,从未见过这么多的酒吧和点唱机——三教九流,汇集一处寻欢作乐。她们从不问我是不是印第安人,我想喝的啤酒应有尽有。我那时个头瘦高,拿着部队的薪水,一天浆两遍制服,靴子闪闪发亮。我说,白人娘们儿可是为我争风吃醋,大打出手。是啊,不骗你!有一晚我还带回了一个金发的小妞。她有辆38年的大别克,让我开了个够呢。

嘿,该谁买单了?

到达奥克兰的第一天,他和罗基上街。一辆豪华的克莱斯勒当街停住,年老的白人妇女摇下车窗,朝他们喊着:"上帝保佑你们,上帝保佑你们。"可她祝福的是军服,而不是他们。

"别装腔作势了,塔尤!战争时他们没让你在厕所值勤,是不是?该你了。"

"是啊!来一个!"

有人夺走了他手中的酒瓶。他握紧拳头,手又冷又湿。他们都在身外,够不着他;连他自己的声音也仿佛从远处传来,飘忽不定。

"美利坚!美利坚!"他开口唱道,"吾主荣光照耀之地。"然后停下来,从哈利那儿拿了一瓶啤酒。

"从前有群印第安人,他们穿上军装,剪短头发,奔赴战场。他们过得挺滋润,到酒吧畅饮,路上年长的白种女人对他们微笑。记得哟,是冲印第安人笑,不是别人。印第安人啊。这伙印第安人睡白种女人,一切得心应手。他们是麦克阿瑟的兵,白人妓女一视同仁,照旧收钱。他们受到的待遇跟其他人没两样,一样经历威克岛和硫磺岛战役。他们获得同样的功勋章,死后棺材上覆盖着同一块国旗。"塔尤歇口气,他注意到大伙儿都不笑了,没人吭声。他从哈利手里又拿了一瓶啤酒,一口气干光。哈利冲酒保吼道:"喂,曼尼!替我们插上点唱机!"但塔尤打断他:"不要!别,我故事还没讲完呢。瞧这群傻逼印第安人,以为好日子永远没有尽头。他们舍不得冰啤酒和长着金毛的屄。天底下哪有这样的好事!他们自以为是美国一等公民,生活在自由的国度,反正老师是这么教的。他们身着军服,与旁人毫无二致。人人尊敬他们。"塔尤觉得词语仿佛自动涌出,越来越快,越积越多,他得赶在它们爆发之前把它们都清空。

"我是混血的印第安人。我是第一个承认丑陋现实的人,因此我代表双方发言。你只要到盖洛普或阿尔伯克基走一趟,就会明白。别自欺欺人了。你们老早就清楚,战争结束了,军服也没了。忽然之间,到超市购物时,你再也享受不到特权,收银员服侍完了白人之后才有空理你们。公交车站的售票员找钱时,小心翼翼地避开你的手。看着零钱从柜台缓缓滑向手指,你突然间明白了一切。狗娘养的!你这个傻蛋!你当然知道!"

酒保闻声走近,神情局促。他是个肥胖半秃的墨西哥佬,来自新墨西哥州的库贝罗①。哈利和勒罗伊搀住塔尤,对酒保说了句什么,他转身离去。不一会儿,点唱机的灯光闪烁,传来汉克·威廉斯的歌声。塔尤安静下来,斜睨着鹗摩。看得出来,鹗摩很讨厌他,因为他败了大家的兴致。他们花光了所有存款,只为重温旧日时光,而他这个浅皮肤的杂种毁了一切。至少鹗摩这么想。他们聚集一处,旧梦重温,寻求战时的那种归属感。对此他们归咎于自身,缄口不语,白人夺走土地时他们也这么自责。他们从未想过要怪白人,他们只想成为白人的朋友。他们没意识到是白人让他们有这种内疚感,战争结束后又是白人夺走了一切。

归属感是这么得来的:与队友寻欢作乐,跟金发碧眼的妞儿热舞,慷慨地为来自俄亥俄州克利夫兰市的老兄买醉。塔尤明白这些

---

① 位于拉古纳部落西边的一个小镇,不属于保留地。

徒劳的行径。他们老调重弹,记挂着当年在奥克兰和圣地亚哥的好日子;他们喋喋不休,犹如哼唱悠久古老的治愈歌谣,而柜台上啤酒瓶的叮当作响如鼓声般伴奏。酒过一巡后,哈利吹嘘他如何床战两个金发女郎。众人于是把塔尤的故事抛在脑后。他们递给他另一瓶啤酒,现在他可有两瓶了。他们继续流连于逝去的好时光。塔尤忽地纵声大哭。大伙儿以为他在痛哭日本兵是如何残杀罗基的,因为他们刚要讲到那儿,诅咒该死的日本黄杂种。

有人拍着塔尤的背,是哈利试图安慰他。他们根本不知道他是为他们哭泣,他们也不清楚他并不痛恨小日本,他甚至不仇恨当他和下士跌跌撞撞抬着担架前行时在一旁狞笑的日本士兵。

矮个儿停下来查看毛毯中的罗基,他示意高个儿过来。高个儿看上去像他在印第安学校见过的福特堡地区①的纳瓦霍印第安人。这些日本士兵看上去也疲惫不堪,似乎巴不得行军马上结束。高个儿像威利·比盖②那样摇摇头:头短促地动两下,几乎轻不可见,接着他把下士拖到了脚下。塔尤想让下士重新抬起担架,高个儿猛推了他一把,并不重,就像大哥把小弟推开那样。塔尤迷惑不解,他甚至把高个儿日本士兵喊作威利·比盖:"你认得他的,威利,他是我兄弟啊,阿尔伯克基的印第安学校有史以来最棒的足球明星。"

高个儿士兵微带困惑,再次推开塔尤,这次把他推入了布满泥

---

① 位于亚利桑那州。
② 威利·比盖(Willie Begay,1921—2009),纳瓦霍印第安人,1921年生于亚利桑那州的林湖镇,1944年加入美军陆战队,是当时有名的印第安密码队成员之一。二战时大约四百至五百名印第安人加入美军,他们用古老的方言译制密码传输命令,从未被敌军破获,为美军的胜利做出了不可或缺的贡献,但他们的故事和贡献近年来才获得公开承认。

浆的沟渠。他一把掀开罗基的毯子,仿佛他已死了一般,用枪托狠戳满是泥泞的毯子。塔尤尖叫,耳中听不到任何声音。后来回想起来,他总是后悔没亲耳听见一切,那一幕永不确定,在脑海中潜伏,想象如杂草般疯长,任何动静都能让他草木皆兵——孩子们在水田边砸葫芦瓠、卡车碾过一截枯木——这些声响让他又亲历了那一幕。他发出刺耳的尖叫,嘴里眼里糊满了泥浆,不停地尖叫。战友们赶忙抢在小日本动手前把他拖走。他拼命挣扎,瘫作一团,倒在沟里的泥毯旁,打算同罗基埋作一处。大伙儿尽力劝他,那个一路抬罗基的下士搀住塔尤的腋下,力图让他站直:"放松,放松,没事了。别哭。你兄弟早死了。我听他们这么说的。小日本也是这样认为的。他老早就走了。他们伤害不了他。"

在铁丝网密布的战俘营里,高个儿士兵似乎每天来到南门的守卫身边,长久地盯着塔尤的方向,但是他的身影模糊不清,热气也使得塔尤不确信他所见。

"中暑好点了吗?"塔尤一醒来,哈利就问道。他捧着一把比蓝莓大不了多少的野葡萄,欠身递给塔尤一些。细小的叶片呈现深绿色。塔尤仰头看着橘黄的砂岩,野葡萄匍匐于巨石的间隙。哈利又去摘了一些葡萄,大口咀嚼,毫不在意地连籽吞下,因为葡萄肉少籽多。塔尤可嚼不了葡萄籽,他以前也享受它们在牙齿间被嚼碎的感觉,但现在不行了,一听到咔嚓的响声就受不了。他不想听哈利的咀嚼声,于是起身沿着沙径走到泉水旁。

峡谷与他记忆中一样:黄蜂成群飞舞,萦绕着丝兰花瓣,空气中弥漫着野蜂蜜的芬芳。密密麻麻的棉白杨叶子堆满峡谷,像千百面发光的小镜,反射着午后的阳光。塔尤眨眨眼,转头注视崖下的阴影,那儿兔儿草正青绿,嫩黄的雏菊怒放。人们说,即便最干旱的时节,泉眼也不曾干涸。

他们等着水桶接满水时,乔赛亚曾聊到过泉眼。塔尤坐在马车上,车座取材于那辆在村子附近撞毁的1923年的克莱斯勒。这些年泉水如魔鬼的触须般淙淙冒出,虽说细小,但从未断绝。塔尤常站在石洞里,手拿水管从洞穴西面的泉眼汲水,水管一直蜿蜒至浅浅的水池底部。泉水常年冰冷清澈,盛夏也一样清洌。塔尤喜欢那种感觉,汗流浃背,然后脱下衣衫跳入水里,水花飞溅四射,形成一片蒙蒙水雾,还没碰到身体就消散了。

"你瞧,"泉水潺潺地注入桶中,乔赛亚总是感叹,"有些东西是钱买不到的。"他用下颌指指泉水和四周峻峭的峡谷:"你看,这是我们的发源地。这沙,这石,这树,这葡萄,这漫山遍野的野花。大地母亲养育了我们。"他脱下帽子,用衬衫拭去额头上的汗。"你知道,这几年大旱,人们不住地抱怨风沙太大、天气太干,但风沙也是生命的一部分,像太阳和天空一样不可或缺,你不会诅咒它们。是人啊,你知道的,他们才是根源哪。老人们常说当人类忘恩,心怀怨念,旱灾就会出现。"

塔尤跪在池边,潮气浸透了牛仔裤。他闭上眼,缓缓咽下泉水。他尝到了发源于大地之心的味道,也许一切还没有那么糟,他想。

有一次
老妇人科瑟的儿子
帕卡亚尼

来看望她。
他来自北方
一个名叫瑞得利夫的小镇
从不知生父是谁。

他问人们：
"你们想学点巫术吗？"
大家答道：
"好啊，学点总没坏处。"

专职看守
玉米母亲祭坛的
双胞胎
马思卫和区予耶卫
也走神了，
看巫术看得起劲。

"嘿，伙计，
你是哪一路巫师？"
他们发问。
"科约巫师就是我。"
他回答。
"今晚我们倒要瞧瞧，
你是不是浪得虚名。"
双胞胎挑衅。

于是当晚
帕卡亚尼带着他的美洲狮
悄无声息地潜入。
他赤身裸体
全身上下
从头到脚
甚至连脚底
和头顶
都涂满螺纹的图案。
双耳两侧
点缀着翎羽。

他用仙人掌刺
和紫色的洛苛草花瓣
织了一个祭坛。
四角点上
仙人掌做成的火把。
狮子在脚边躺下
他开始了巫术。

他敲击北墙的中部
取出一块燧石
他再次敲击北墙的中部。
泉水哗哗
朝南涌去

溢满神坛。

他得意扬扬:
"这怎么样?是浪得虚名吗?"
他又敲击西墙的中部
一只熊咆哮着
出现在东墙。
"你管这叫啥?"
他不屑地问道。

"它的确看上去像是巫术。"
马思卫认输
比试到此结束。
然而马思卫和区予耶卫
所有的人
都被帕卡亚尼
这个科约巫师
给愚弄了。

从此以后
他们忙得团团转
一心想学
科约巫术
玉米母亲的祭坛
被彻底遗忘。

他们以为
从此可以高枕无忧
神奇的科约巫术
可以招风唤雨
滋润万物,
却不知一切都是骗局。

瑙兹伊蒂
我们的母亲
为此
勃然大怒
因为所有人
包括马思卫和区予耶卫
都被这小小的障眼法
迷惑了心智。

"我受够了。"
她怒气冲冲,
"他们不是稀罕那鬼把戏吗,
那去祭拜它好了。"

于是她愤然离去
带走了庄稼和植物。
从此再也没有兽崽诞生。
跟随她离去的

还有积雨云。

离开泉眼后,哈利的黑驴走得飞快,灰骡得紧赶慢跟才不致被缰绳扯得生痛。太阳渐渐西沉。塔尤眯眼望着天边,徒劳地寻找积雨云的踪影。他真希望从小学过天象,能像祭司们那样招风唤雨。他出神地看着夕阳没入山峦,直到他们在阿科玛部落前停下时,才恋恋不舍地收回目光。

哈利盯着前方,头微侧,仿佛在倾听什么。

"好像有车来了。嘿,这下好了,塔尤。"哈利的声音轻快,"要是他们肯捎带咱们,就把黑驴和灰骡留在这儿吧。附近有个磨坊,我们回头来找它们。"说完他动手解开黑驴脖上的缰绳。塔尤已经瞥见车的轮廓,车后尘土飞扬,仿佛一把大伞罩在车顶。哈利站在路边,挥手示意汽车停下。

"周二晚上动作总是有点慢。"吧台伙计解释道。哈利已喝完第二瓶啤酒,正在和伙计胡诌他们如何赶了大老远的路来喝冰啤。塔尤抓紧酒瓶,感觉到湿气在指尖聚拢。酒吧如常——不管墙壁涂的什么颜色,看上去总是脏兮兮的,像是陈啤酒和烟雾的混合。它闻上去同样恶心,总是一股尿液和呕吐物混杂的味道,就连台球桌上方挂着的灯泡也散发着昏黄肮脏的光线。塔尤很满意自己在喝酒前注意到了这些。他以前也注意到光线的异常,但总不确信是光线昏暗呢,还是啤酒的颜色怪异。他小口啜饮啤酒,等着酒液慢慢散开,温暖身心。他终于喝光了啤酒,往后一靠,又记起了罗基的脸,他想好好回忆一番,连同过去的一切。

林间有一小片空地,罗基站在那儿,周围是灌木丛。天还是早秋,橡树不过零星地掉了几片枯叶。塔尤使足了劲才看见那只鹿,厚密深长的枯草挡住了它。塔尤跃过一道干涸的浅沟,然后看见了鹿角。他慢慢地靠近,它摔倒时右侧着地,前腿蜷在肚皮下,后腿蜷在左侧,似乎正在草丛安眠。它的眼睛湿漉漉的,闪烁着金芒,无神地盯着前方潮湿的泥地和纠结在一处的枯草落叶。

塔尤小时候总幻想着能有机会抚摸一只鹿,他想象鹿会温顺地让他贴近,并让他触摸它的鼻翼。他跪下来,轻轻地抚摸鹿的鼻翼。它比最轻柔的柳叶还要柔软,比狗尾草还要柔韧,带着呼吸的温热,鼻孔中还淌着温湿的血液。塔尤又摸着它长长的耳朵,依旧触手温暖,但这生命之光持续不了多久,它的眼睛会慢慢暗淡,蒙上一层白雾,渐渐变成玻璃般的死绿色,转至灰白,没入头骨深处,然后熄灭。它的鼻翼和耳朵也会变得僵硬,充满死气。可此时此刻,鹿显得无与伦比地美,塔尤凝神注视它,他终于知道传说中关于鹿的一切都是真的。

罗基正在磨刀,刀磨好后,他用衣服上悬着的一根丝线来试它的锋利。夕阳沉入西南方不远处的双峰山,要不了一个小时,天就会暗下来。罗基把鹿翻了个身,肚皮朝上,分开它的后腿。罗基做这些时,塔尤又瞧了瞧鹿的眼睛,接着他脱下外套盖住了它的头。

"你为什么这样做?"罗基用刀锋朝着外套,问塔尤,刀口上还沾着灰色的鹿毛。塔尤没有回答,因为他们都知道答案。人们说肢解鹿前这样做是表示尊重,但罗基不以为然。他成绩优秀,又是足球和田径明星。他必须出众,也将一直这样出人头地,所以他认真倾听老师和教练的意见。他们以他为傲,并告诫他:"没有什么可以阻碍你了,只有一件事:不要让家里人拖你后腿。"罗基明白在外面这个白人世界成功的规则。在阿尔伯克基上了一年住宿学校后,塔尤注意到罗基尽力抛弃部落的习俗,外婆对此叹气摇头,罗基却翻出课本给她看,说那是迷信。但是姨妈从不责备罗基,也不让罗伯特和乔赛亚教导他。她一心想他成功,而且也清楚白人想在印第安人身上看到什么,她相信这是罗基唯一的机会。同时这也是她唯一的机会,可以用来堵住村里人的嘴,不再说他们家的闲话。只要罗基成功了,没人敢再对他们说三道四。

罗基割开鹿喉,鲜血喷溅到草地,渗入沙土,甚至溅到他的靴子上。他不相信喝鹿血之类的话,尽管有些猎人会这么做。塔尤举起鹿的一条后腿,它已开始僵硬。接着罗基割下它的麝香腺和生殖器,小心地破开肚皮,尽量不使胃里的东西流出来。天气寒冷,鹿身冒出腾腾热气。太阳已经落山,晚霞带走了鹿的最后一丝生气——它的眼睛凹陷,毫无生机。乔赛亚和罗伯特走过来,卸下枪弹放在灌木丛旁。他们走近鹿,掀开遮住它的外套,然后跪在鹿旁。乔赛亚从口袋中取出几撮玉米面,撒在鹿的鼻子上,安抚它的灵魂。他们必须表示爱、尊重和感激,否则,鹿会受到冒犯,次年再也不会让他们猎杀。

罗基转过身去,从水壶里倒出水,洗去手上的血迹。他感到尴尬,因为他们会把鹿带回家,放在纳瓦霍毛毯上,外婆会用绿松石围着它的脖子摆成一圈,把银饰绿松石戒指挂满鹿角。乔赛亚则会把一个装着玉米面的小碗放在鹿头边,以便路过的人们可以随时抓起一把放在鹿的鼻子上。罗基试图说服他们:房间闷热,猎物放在地板上,肉会变质。他建议把鹿挂到外面的木棚,寒冷的空气利于保存鹿肉。但他知道无济于事,所有人,包括每周日做弥撒的天主教徒,都忠实地遵循这一仪式。所以他住嘴了,但不再走进他们展示鹿的房间。

他们把塔尤的汗衫搭在灌木上,标记地点。当他们走回卡车时,天已完全暗下来。塔尤接过乔赛亚携带的干净的粗棉布,包起了鹿的心肝。时值初冬,一轮清冷的月亮挂在天空,空气冰凉刺骨,冻得人手脚发麻。塔尤抱紧布包,天空的满月和山间的寒风使他感到渺小。人们说鹿奉献了自己的生命,因为它爱人类。当他双手抚摸着温热的鹿身时,塔尤深切地感受到鹿的大爱。

哈利又给了他一瓶库尔斯啤酒,调侃道:"喂,老兄,我们可不是来这儿傻盯着墙的。咱们得来点音乐。"他朝点唱机走去:"放点快乐的歌曲。"哈利其实有点惴惴不安,他记得上次塔尤发酒疯时差点杀了鹗摩。那次塔尤也是这般盯着墙壁,整个下午不发一语,大家都在喝酒喧哗,互相吹嘘在部队的经历。哈利告诫大伙儿别惹塔尤,可众人喝醉了,一个劲地拿他找乐子。最后,塔尤猛地跳起来,抓起一瓶啤酒,在桌边猛地磕碎,大家还没反应过来,他就把半截酒瓶捅进了鹗摩的肚里。

塔尤看着哈利微笑:"哈利,我可不会把啤酒瓶捅进你的肚子。你的肚子太大了。"

哈利也笑了:"兄弟,你那次把我们吓死了。别看你这么瘦,当时可足足费了三个大个儿才拖开你呢。"

"哈利,那句俗语怎么说的,'疯子总是力大无比'。"

哈利摇头,认真说道:"不,塔尤,你没病,只是喝醉了。"

大家对那次意外众说纷纭。鹗摩声称俩人不和已久,小学时他们就曾在学校的操场上打过石头仗,他说塔尤念念不忘报儿时之仇。

大家对起因解释不一,警察、精神医生,甚至外婆和姨妈也各执一词。他们归咎于烈酒害人不浅,接着又责怪起该死的战争。

"报告显示,自二战以来,在印第安退伍老兵中出现了一种全新的酗酒和暴力模式。"当医生宣读完他的报告后,塔尤摇摇头。"不对吗?"医生大声问道。
"不止因为这个,我觉得这种症状由来已久。"
"那你认为是什么?"
"我也不知道,但能感觉到它无处不在。"
"是它让你伤害鹗摩?"
"鹗摩自找的。"

　　　　　飓风卷起尘土。
　　　　　人们忍饥挨饿。
　　　　　"她生气了,"
　　　　　人们惊恐地说,
　　　　　"也许是因为
　　　　　　我们太痴迷于
　　　　　　　科约巫术。
　　　　　我们最好派人
　　　　　去祈求原谅。"

　　　　　　他们看见蜂鸟
　　　　　　　肥胖油亮

不缺衣愁食。

于是问它

有何秘法。

蜂鸟答道：

在深深的地底

这个世界之下还有三个世界

那儿四季如春

万物生长

鲜花盛放。

我就是潜入地底

寻觅食物的。

"老兄,你很走运,真正的幸运。你本来要进监狱的,可他们不过送你去了精神病院。换作是我闯了这祸,我指不定现在还在吃牢饭呢。"哈利的话语断断续续,他吞头吐尾,不成腔调,听上去几乎都不像英语了。他又要了一瓶啤酒,开始用拉古纳话自言自语起来。

鹗摩拿出一个达勒姆公牛①牌的烟袋,在两手间抛来抛去,发出

---

① 一家创立于十九世纪中后叶,总部位于北卡罗来纳州的烟草公司。其广告大多嘲弄黑人,充满种族歧视意味。

哗哗的声音,间或喝一两口威士忌。在发言前他总喜欢喝上几口助兴,准备好后,他放下烟袋。

"大伙儿都知道,"他含糊不清地说道,"这个鬼国家糟透了,被吸干了血,像干尸一样时日无多。我们印第安人当得起更好的地方。"他呵呵一乐,被自己的文绉绉给逗着了。众人也大笑起来,因为鹗摩一喝醉酒就大放厥词,肆无忌惮。

"我们应该抢回被他们占领的地方,我第一个选圣地亚哥。"他大笑着,众人跟着起哄。他把烟袋抛起来,又接住,很得意他取得大伙儿的共鸣,没有看见坐在一角的塔尤背靠椅子,双眼紧闭,全身绷紧,试图抵御他们发出的噪声。他也无从知道塔尤浑身虚汗,每一次烟袋抛上抛下的窸窣声都使他头晕恶心。

"我们为他们打仗。"

"对,是这样。"

"确实没错。"

"可是他们赢得一切,而我们得到的是狗屎,对不?嗯?"

大伙高呼"去他妈的",然后大口大口地灌酒。鹗摩则不耐烦把酒倒在杯中,索性直接对着威士忌的瓶嘴喝起来。

众人举杯:"他们抢走了我们的土地,夺走了一切!让我们从白人娘们儿身上复仇!"哈利和勒罗伊挤眉弄眼,互相狠拍对方的后背。哈利转头瞧向塔尤,他在聚精会神读着酒瓶上的标签(库尔斯啤酒,酿自落基山脉的泉水,产自科罗拉多州金城,阿道夫·库尔斯有限公司)。他凝视着瓶身瀑布的图片,他从未见过那么大的瀑布,科罗拉多从没旱灾吧?或许鹗摩搞错了,白人并不拥有一切。你看,只有印第安人才有旱灾呢。他喝光了啤酒,一直关注他的哈利马上递上另一瓶。他耳中嗡嗡作响,再也听不到鹗摩抛烟袋的窸窣声,眼中只见烟袋上下舞动。他内心深处突然传来一阵饥渴感,于是鲸吞啤酒,仿佛吞着酒瓶标签上来自大峡谷的湍湍急流。他不停地喝着,哈利则不住手地递酒,大家终于注意到塔尤的异常。

"嘿,看他!"

"难怪不吭声。他总共喝了多少瓶了?"哈利计算着空酒瓶,说了个数字,但塔尤迷迷糊糊,听不清他说了什么。众人的声音喑哑模糊,好像从遥远的地方传来。

他起身,摇摇晃晃地穿过桌椅,走向屋后的厕所,仿佛穿越长长的隧道,在另一端是这个世界,沾满污秽的墙壁触手可及。他伸手撑住墙,稳住身子,低头瞧着尿液,它竟不是黄色,而是澄清透明。他觉着要是一个人可以召来旱灾的话,那么他同样可以带回水源,就从他自己的肚皮和身体里。他绷紧腹部,想多挤出点尿液。

他按下抽水马桶,可没有水冲出来,马桶盖子斜靠着墙壁,地板上的尿渍和脏水浸透了他的靴子。他忽然惊慌失措,没办法挪动半步。他害怕会倒在熏人的尿水里,就像从前在丛林暴雨中一样,似蠕虫般爬过脏水,一路闻着死亡的腐臭味。黑暗中,他弓下身,手脚着地,跪着爬出了厕所。噩梦并不只在夜晚才蠢蠢欲动,它们就在那儿,伺机而出。

鹗摩一直注视着他走回桌旁,眼镜歪歪斜斜地戴在肥胖的脸上。

"他回来了。因为一半是白人血统,他总以为自己了不起,是不是这样啊,混血儿?"塔尤在他们面前站定,大家的脸凑近鹗摩肥硕冒汗的大脸,像一群狗聚在一起,围观一样死物。他分不清谁是哈利、勒罗伊,或小拇指,眼中只有鹗摩阴郁的脸。他在众人面前站了许久,直到眼睛发花,视线不清。有人碰了碰他的手臂。

"来,塔尤,和我们坐一块儿。"说话的是勒罗伊,他凑近塔尤的耳朵,"鹗摩不是那个意思,他不过喝醉了,没啥。"

塔尤依言坐下。他知道鹗摩要的就是这个效果,从小学起,鹗摩就因为他的一半白人血统仇视他,但塔尤已经习惯了。甚至打记事起,他就熟知姨妈对他妈妈所做的事情是何等不齿,而她也毫不掩饰塔尤的存在是耻辱。他也记得有阵子白人来修一条穿过村庄的高速公路,他们会互相推搡,朝他挤眉弄眼。他永远忘不了这一切,直到多年以后,他才懂得白人男人和印第安女人代表着什么,跟着白人跑的印第安女人是全族的耻辱。然而战争时期,塔尤也听过白人女人和印第安男人的故事。

故事是这样的:
我和疯狂的爱尔兰佬欧薛
走进第四大街的酒吧。
小酌几杯之后我瞥见
两个白人妞儿
寂寞独坐。
一个发色深黑
身材丰满。
另一个,老天哪
她丰乳肥臀
满头金发。
我对欧薛耳语:
"喂,伙计,我要那个妞儿,
坐边上的那个。"

他打气道:"两个全上,酋长。"

这家伙是我的最佳酒伴,

打算瞧我

如何左拥右抱。

"今晚我是意大利佬。"

"加油,花花公子!"

他祝我手到擒来,

笑得毫无顾忌,

引得俩女孩朝我们频频注目。

我冲她俩

微微一笑,瞧

她们会认定我温文尔雅。

但对着金发的妞儿,我露出

"特别的神情",于是她也知晓

我们如何玩这个游戏。

我接着走向吧台,

告诉酒保再来两杯

那边小妞儿手中一模一样的饮料,

然后端着它们走近俩妞儿,

她们大方地接过酒杯。

丰满的那个

邀请我坐下。

我趁势坐在金发的小妞儿旁,

通报姓名时,

我自称马度西——他是

我们连的花花公子。

丰满女孩有辆车。
我坐在中间,怀拥两美
手握双乳,
一路开到长滩。
次日上午,
我的损友
迫不及待
不住打听:
"结果如何?怎么样?"
我慢条斯理:
"听着,我可是
弹无虚发。"
"是哪个中枪?哪个?"
"可不止一个,"我得意道,
"两个同时落网了!"
"天啊,不会吧!"
他大喊,
"在同一张床上吗?"
"是啊,先生,我这个印第安人
可是彻夜未眠
玩弄白人娘们儿的香屄!"
"狗屁,酋长,
你不过为马度西

又添了新战绩!"
"该死的。"我呸道,
"也许下一次
我该送他一张账单!"

小拇指捧着肚子,笑得前仰后合,勒罗伊和哈利则拍着对方的背,纵声狂笑。

　　"喂,鹗摩,刚才那段精彩极了!"

　　"嘿,再来段以前那家伙告诉你的。"

　　"谁,哪个家伙?"

　　"那次,你正在干一个矮个儿红发的娘们儿,那个爱尔兰佬——叫什么来着?……"

　　"对,就是他敲的门。是这样的,那个爱尔兰佬敲门时总要喊:'嘿,杰罗尼莫①。'"

　　"哦,对了,是那一次啊。"鹗摩的前额冒出豆大的汗珠,他随手抹去,眼睛却瞧着塔尤。

　　"来一个,鹗摩,讲嘛。"

　　"我现在没兴趣了。"他的嘴角下耷。

　　"那故事可有趣了!那个白人高喊:'嘿,杰罗尼莫!'白妞儿听到后问:'是谁?'那家伙搭腔:'一个爱尔兰醉鬼。'她接着问:'不是,杰罗尼莫是谁?'你嘴里正含着她的乳房,没法答话。她继续问:'那

---

① 杰罗尼莫(Geronimo,1829—1909),印第安人,出生于亚利桑那州的阿帕切部落,领导族人南面抗击墨西哥士兵,北方抵挡美国军队的入侵,同时在东线与科曼奇部落和纳瓦霍部落作战。1886年被俘时,他是全美最后一位向美国政府投降的印第安领袖,他人生中最后的二十余年是在监禁中度过的。

是个印第安人的名字,对不?'于是她气急败坏,尖叫:'这家伙是印第安人?'他不慌不忙:'对啊,杰罗尼莫是他的名。'她歇斯底里地尖叫,昏倒在地。"

"整个晕了过去。"

"对啦,她昏倒在地,不省人事。"勒罗伊和小拇指异口同声地结束了故事,又点了更多啤酒。这故事令鹗摩有点不自在,因为塔尤一直在盯着他,他不甘示弱地瞪回过去,他俩就这样隔着圆桌对峙。这情形令塔尤想起公猫掐架,它们弓起身子,全身紧绷,如雕塑般一动不动,只有尾巴间或掸着,显示它们的愤怒,直到其中一只猫抢先移动,于是它们在泥地上兜起了圈子。

"你不喜欢我讲的故事,对不? 不符合你的品味,嗯? 你自以为了不起,像你那个表兄,足球明星,孤胆英雄。"鹗摩手指着塔尤前方的空地,"至少你可以像一个印第安人一样喝酒,这点你做得到吧? 你其实并不比我们其他人强多少,嗯?"

塔尤的思绪转到罗基身上,鹗摩这样妒忌他,倒是令塔尤更加为罗基自豪。啤酒松弛了他体内的某样东西,鹗摩的话不能伤害他,酒精能抚慰内心,麻痹所有感觉。

然而鹗摩又拿出了那个烟袋,他抖索着松开了黄色的袋口,往桌上倒出一堆人类的牙齿,示威似的瞪着塔尤,然后粗鲁地大笑。他拨弄着牙齿,把它们像散落的珠子一样摆成圆圈或长条,而后又用手捞起它们,在桌上像掷骰子般抛开。这是他的战利品,从一个日本兵尸体上撬下来的。那晚的聚会遵照老规矩:先是诅咒该死的白人留给他们的旱地,然后大侃圣地亚哥和其他城市,说着那里的白人娘们儿是如何如饥似渴地等待他们的回归,好给她们的生活带来新的乐子。最后总是如下收尾:

"我们是美军的王牌,杀尽见到的每一个小日本,俘虏他们都便宜了这帮杂种。解决他们前,我们有的是手段从他们身上榨出信息。切掉这个,把这些全切光。"鹗摩咧着嘴,驼着背,看着牙齿发呆。

"让他们说快点,死慢点。"鹗摩刺耳地笑,小拇指和哈利也出声附和。勒罗伊过来要了点钱,塔尤随手抛给他一张 20 元的钞票。他有些紧张,需要更多的啤酒来松缓身体,让胃好受点。他又喝了几口酒,但鹗摩说的每一个字眼都使得他的胃胀得难受。

"我只猎杀军官,这些牙齿的主人是一个日本陆军上校。没错。"

当鹗摩吹嘘他是如何残杀日军士兵时,塔尤从他的声音中听出言外之意——每一次杀戮都帮助鹗摩成长起来。每杀一个人,鹗摩的勇气就增加一分;被杀者军衔越高,鹗摩成长得越快。

"送他们下地狱!我们应该在日本抛下更多的原子弹,让他们从地球上彻底消失。"

他到老人的田地里去看西瓜,瓜地四下散落着滑腻的瓜子。他小心地提起脚,用力踩向一个西瓜的顶部,它砰的一声就碎了,瓜子和浆液顺着裂缝四射,红色的瓜瓤晶莹剔透。他一脚踢过去,残余的瓜身骨碌碌滚进了旁边的玉米丛,他顺手摘了一个玉米,它的表皮光滑闪亮,底下透出绿松石般的纹路。他抚摸着它,感觉它的形状。玉米不规则的椭圆形显然取悦了他,但他忽地高扬起手,把玉米狠狠砸到地上。他用尽全力,把玉米砸得粉碎。他回头看了一眼田埂,密密麻麻的蚂蚁正在争先恐后地爬上碎裂的西瓜,苍蝇嗡嗡飞舞,停歇在浆液和瓜皮上,不住地搓着脚。他走过去用靴子狠命地踩着蚂蚁,又用脚拨了些土埋住了瓜皮和瓜瓢,恶狠狠地盯着盘旋不去的苍蝇。

鄂摩喜欢他们展示的力量:可以瞬间摧毁坦克和巨型卡车的大个儿炮弹,手榴弹爆炸造成的锯齿状边缘,可以把枪支炮弹熔化的火焰喷射器。他马上掌握了它们的用法,也明白自己的使命。他们告诉他,他是王牌中的王牌。士兵被射杀后,尸体会轻颤,有人对此无法忍受,另一些人则排斥血腥味。可鄂摩没有任何不适,他是天生的战士,是他们中的一员。他是王牌。光荣的美军士兵。

这次的啤酒有些不同,它渗进血管,松弛肌肉,暖洋洋的,它还缓释了他内心深处的愤怒,让一切物归原处。他清楚地感觉到啤酒在体内的流淌和它的魔力,仿佛下了两日大雪后,天刚放晴,和煦的阳光照射着松枝上的积雪,晶莹剔透,雪水从松枝的尖端开始寸寸融化,忽地一阵山风刮过,卷走了树上其余积雪。

鄂摩仍旧在玩弄牙齿,他从一个可笑的角度假装把它们放进自己的牙床,这一举动把大家都逗乐了。牙齿吞噬了光线,把塔尤裹在一片黑暗之中,隐约的英语声和日语声出其不意地袭击他。他双手紧握酒瓶,瓶身碎裂,他感觉一阵刺痛,但一切已晚。它撕开了一个缺口。那个在洛杉矶车站露出笑容的日本男孩;黑暗像夜雾笼罩过来,有人对着小男孩俯下身去。

塔尤猛地跳起来,喘息不已,汗水如泪淌过他的脸。

"刽子手!"他尖叫,"刽子手!"

大家静下来，只有鹗摩刺耳的笑声在房间回荡。

"你喝酒好歹还算像个印第安人，你那股疯劲儿也像，可你不过是臭狗屎，白人垃圾。你像你那个追在白人后面的婊子妈一样巴结小日本。"

鹗摩的两腋下有两圈黑色的汗渍。塔尤嫌恶地看着他的啤酒肚和粘在身上的汗衫，鹗摩发出刺耳的嘲笑时，松弛的肚皮随之起伏。塔尤突然动了，像美洲狮一样迅猛优雅，鹗摩还在咯咯笑，塔尤离他越来越近。杀了他，杀了他一切都会好起来。大家拦住塔尤，手慌脚乱地抓住他的胳膊，在他的手碰到鹗摩的肚子前制止了他。他看见他们的嘴巴一张一合，尖叫，但没有声音传来，他什么都听不见，山风刮下的积雪砸在了他头上。寂静像浓墨一般黏稠，黑暗冰冷得刺骨。

警察到来时，他手中还抓着碎酒瓶，呆呆地看着血从指缝间淌下，滴落到打了油蜡的墨西哥地板上。他站着一动不动，脑袋却不停弦地转着。酒精的作用已经过去，像夏日阵雨冲刷掉暑气和尘土，神清气爽。他应该恨鹗摩，就像他也应该仇恨杀死了罗基的日本士兵一样。在肺的下方，胃的上方，原有一处地方储存仇恨，然而现在它空荡荡的。他们跪在鹗摩身前，小心地抬着他上了救护车。塔尤的手不再疼痛，血像温泉般滴答流淌，他神色木然。

警察示意他举起手，替他简单地包扎了伤口，然后铐上了他的双手。他一路打着盹，警车呼啸着来到了阿尔伯克基。他眼不花，耳不鸣，肠胃和背脊感觉照旧，可他已不知道该相信什么，或是相信谁。他茫然无措。

一辆有着政府标志的车停在邮局的旗杆下,从部队来征兵的官员在折叠桌的四周张贴了坦克和士兵行军的海报。他把桌子在车旁摆好,想找一片避风处。海报被风吹得猎猎作响,边缘已经被撕碎。艳阳依旧高照,但夏末时节已微有凉意。狂风席卷着尘土,似乎酝酿着什么令人不安的东西。征兵官员坐在折叠椅上,双手紧抱着征兵手册,以免它们被大风吹跑,他还想再等等,看有没有更多的人报名,然后再开始演说。可那天下午孤零零伫立在狂风中的只有罗基、塔尤和老汉杰夫。

"任何人都可以为美国而战,"官员开了口,有意强调"美国"二字,"即便是你们这样的毛头小伙儿,在战时危机时刻,也能够为她参战。"一阵风沙卷过,笼罩了他们的身影;罗基背过身去,塔尤双手捂住脸,杰夫则躲进了邮局。征兵官员重新整理好他的小册子,同时检查海报是否安然无恙。他脸上出现厌恶的神情,好像巴不得立刻转身离去,但是他控制住自己,继续演讲。

"我知道你们和我们一样热爱美国,现在到了你们表现的时候!"他随即起身,如同排练过多遍,诚恳地直视他们的眼睛,递给他们几本五彩斑斓的小册子,封面是一个男人,身着镶着金边的黄褐色军服,背后是一只展翅的金鹰,翅翼穿过美国国旗。

罗基仔细地读完每一页,然后抬头看着塔尤,脸色严肃,充满自豪。塔尤马上猜到他接下来要做的。狂风呼啸,一阵大风卷起征兵手册,它们如枯叶在风中滚动,满地四散。官员连忙追过去,双手张开,好像在追赶火鸡一般。罗基赶忙上前,同时急急示意塔尤,让他也帮忙。当他们拍打灰尘,整理手册时,罗基询问官员军训流程。

"我想当飞行员。"他停顿一下,抬头直视官员,"我可以翱翔全世界,对吧?"

官员正在把传单和海报塞入纸箱,头也不抬。"对,你找对地方了。"他应道,"你马上入伍,然后想做啥做啥——飞行员啦之类的。"他收拾好折叠桌,关上了后备箱的门,瞥了一眼腕表。

"你们今天报名吗?"

罗基犹疑地看了塔尤一眼。这不寻常,因为罗基总是很有主见,知道自己想干什么,从不需要建议。

"关于我弟弟,"罗基冲塔尤点一下头,接着说,"要是我们同时报名,我们可以分在一块儿吗?"

塔尤头一次听到罗基在人前称他为"弟弟"。姨妈从不让罗基认塔尤作兄弟,每当外人误以为他们是兄弟,她总是一口否认。

"他们才不是兄弟,"她说,"那是劳拉的儿子,你听说过的。"她说话的神情、语气中的悲苦,都令人联想起那件事给全家,以及她本人带来的羞辱。人们可不会轻易忘记劳拉的丑闻,然而她可以在她的心肝宝贝罗基和塔尤这个被抛弃的私生子之间竖起一道不可逾越的屏障。旁人或许不清楚这道屏障,她和塔尤则是心知肚明。

母亲遗弃他那一夜,他只有 4 岁,还不太记事,依稀记得她深夜匆匆赶到外婆家,把他裹在一件男人的外套中——衣衫闻起来一股男人的汗味——那个男人好像也和他们一道在车上。她一路抱着他,把他裹得紧紧的,紧抱在胸前;他迷迷糊糊、半梦半醒间好像听到他们的笑声和酒瓶开盖的声音。他不记得他们是否吃过晚饭,但那晚到达拉古纳时,他并不感觉饥饿,也没有接乔赛亚舅舅递过来的面包。他紧抓住她不放,直觉这次她一走,要许久才会回来。她亲吻他的额头,还带着威士忌的酒气,轻轻地把他推进乔赛亚的怀里,然后倒退着走出了门。他哭喊着,挣扎着摆脱乔赛亚,要与她一道离开,但是舅舅抱牢他,让他别哭,安慰他说现在他有个哥哥了,罗基会是个好哥哥,而且他可以在外婆家待到圣诞节。罗基在一旁瞧着他,但是提及圣诞节,塔尤又大哭大闹,不住地踢着桌脚。他满脸泪水,鼻涕横流。

"滚开!"他尖叫,"你不是我哥哥。我不想要哥哥!"塔尤捂住耳朵,把头埋进乔赛亚的大腿间,放声大哭,因为他预感这次她再也不会回来了。乔赛亚解下头上的红色汗巾,替塔尤擦干眼泪鼻涕。他严厉地盯了罗基一眼,然后拉起了两个小男孩的双手,带他们走进了里间,给他看了他们的床。后来许多年,塔尤一直和罗基合睡在这张床上。

当晚,外婆和姨妈在教会玩完宾果游戏回家时,塔尤和罗基已经上床了。很快,身边传来均匀的呼吸声,塔尤知道罗基已经睡着了;黑暗中,他大睁着双眼,倾听着厨房的响动——乔赛亚和姨妈的话语声,还有外婆微弱的声音。他从不知那晚他们商量了什么,因为他们的声音渐渐模糊,像虫子围着灯旋转,发出嗡嗡声。他恍惚记得姨妈的嗓音陡地变高,接着传来灶台上锅碗瓢盆的撞击声。后来他才知道,每当姨妈生气时,她总要拿灶台出气。

这是他们两人之间的秘密,只属于他们的心知肚明。乔赛亚、外婆,或罗伯特在场时,这一协议暂不生效,她扮出一副慈祥的脸孔,对他和罗基一视同仁,但他们都知道这不过是权宜之计。她单独和孩子们在一处时,区别就显出来了。她总是把罗基带在身边,揉面包时,她会给罗基小团面粉玩耍;缝补鞋袜时,她让罗基拨弄针线。她尽量隔开罗基和塔尤,不让他们接触,让他知道这无形的界限。可她又不让塔尤出去玩耍,或独自待在房间。她特意把塔尤带在身边,让他领会这种隔阂,要他知道他与他们之间的天壤之别。两个孩子默认了这规则,但是罗基本性善良,心中清楚这一规则只有他们三人都在时才生效。尤其是外婆和乔赛亚在家时,他们深切体会到姨妈的两面做派,可两人不约而同地配合行动,保守秘密。

开始上学后,姨妈规定的隔离法有所松动,因为她很少有机会和两个孩子独处。白天,孩子们在学校。那时,外婆眼已瞎了,总待在家中;大多时候,她偎在炉旁。相对塔尤而言,罗基更不想回家,他热衷于放学后参加体育活动,或是与朋友相处。事实上,是罗基主动疏远姨妈,尽管只有她和塔尤两人注意到。罗基做得如此自然,好比一只兔子,不经意地跳出上方遮住它的阴影。

塔尤和姨妈很了解对方。多年之后,塔尤甚至怀疑,即便是外婆和乔赛亚也不像他那样了解姨妈。他学会了察言观色,听懂她的弦外之音。罗伯特和乔赛亚则躲避她,对她的话外之意充耳不闻。年迈且耳聋的外婆更是对姨妈拒之千里,只拣她想听的话入耳。罗基自找乐子,沉湎于课外活动和女朋友们。只有塔尤听懂了她,那是指甲抓挠秃壁的声音,惊恐万状,被古老的意识附体,无处逃避。

她感觉到了这来自远古的意识,历经千万年,发源于洪荒时代。那时,同一部落的人共用一个名字。相互介绍时,他们会详述各自部落的事迹和已有的词语,以及将会拥有的。亘古以来,人们就是这样共享集体意识。世界在他们眼中一成不变,只需轻瞥一眼,他们就胸有成竹,知道事情的来龙去脉。

但是第五个世界与欧洲人的名字纠缠在一处,河流、山川、动植物等忽然间有了两个名字:一个是印第安原名,另一个则是白人起的名。基督教企图剥离他们的传统,它摧毁统一的部落名,鼓励个人主义,因为耶稣基督只挽救独立的灵魂。耶稣基督不像玉米母亲那样,把他们当作孩子和家人来爱护关怀。

集体意识还是残留了下来,无须语言,他们依旧能感受旁人的五脏六腑,可是它们传递的信息已是杂乱无章。当小妹开始酗酒,并跟白人和墨西哥人勾搭,人们不知如何描述对她的感觉。天主教神父不赞成酗酒和纵欲,可村民感觉不止如此;事实上,随着他们逐渐失去她,他们也失去了自身的一部分。作为大姐她应该挺身而出,代表大家,挽救迷失的妹妹。

要是这女孩不对本部族深感羞愧,事情也许还有转机。在住宿学校,他们教导她,印第安人的生活方式低贱愚昧。白人传教士为使印第安人皈依呕心沥血,奉献一生,只求帮助可怜的野蛮人。这些人都劝她脱离家庭,跟传统决裂。当她从车站走回印第安学校时,一路上,过往的司机冲她微笑还吹口哨,她很欣喜他们不介意她是个印第安女孩。她微笑着,朝他们招手,欣赏着自己在路旁房屋玻璃上的倒影。她的裙子、唇色和发型——一切都完美无缺——像家政老师教导的那样,跟白人女孩一模一样。

自从与白人鬼混之后,她才从他们的拳头和贪婪又无能的性爱中认清真相,而她在英语中竟找不出一个单词来形容它。当白人以轻蔑的口吻谈论印第安人的种种怪癖时,她痛恨家乡的族人,但她更痛恨的是自己,因为她忍不住挂念他们,也知道自己的行为举止令他们痛心。这种既为印第安人也为白人而生的羞耻感,如同畸形的双生藤,在内心滋长,纠缠蔓延,最终要同归于尽。她的大姐必须带她回家。对村子里的人来说,一切简单明了。要是失败的话,耻辱将降临到每一个人头上。这个女孩的命运并不只有她独自承担,她的命运是众人的命运。

他们把矛头对准女孩和她的家人,多年的冲突经验告诉他们,如此深的怨念不仅仅是一个人或一个家庭就能化解得了,它必将被宣泄出来,潜入地底,感染全村人。

姨妈徒劳地试图化解与村民的恩怨。依原本的做法,只要收集游荡于村子四周的思绪和情感,把它们像编柳条一样织成一条祈祷的带子,就可以平抚怨气。可是现在怨念根深蒂固、错综复杂,而且语言的本源被英语词汇掩盖,无踪可寻。只有深入问题的本源,解开束缚一切的纠结,和平才有可能,村人也终将能够歇息。

只要看着她的脸色,他就知道她情绪如何。当她想和他私下里谈话时,脸上会有一种特别的神情。而每当她那样意味深长地看着他,把他拉到一旁,他总有种奇特的兴奋感。

"其他人不会告诉你这个,"她说,"但你必须知道事情的来龙去脉。"她指的是他们之间刻意的隔阂,"你舅舅和外婆都不知情。我不能告诉他们,这会伤害他们的。"她狠狠地咽下口水,好像借此压下喉间的痛苦,这使得他也感觉喉头疼痛,因为要是没有他,家人就不会遭受折辱了。

"可怜的老外婆,要是她知道事情的真相,不知会如何伤心。"她抬头看了塔尤一眼,伸手掐掉围裙上垂着的一根纱线。每当他们私下谈话时,她的嘴总会抿得紧紧的,显得格外小。他坐在一个麻布袋上,里面的玉米是罗伯特和乔赛亚去年才晒干的。他挪动屁股时,听得见玉米粒移动的响声。即便是盛夏,房间还是很阴凉,房椽上挂着几个面粉袋,里面是晒干的苹果,屋里散发着果香。那天,他甚至闻到了太婆们用来刷墙的黏土味。

"这是在你出生之前。"她开始讲,"一天清晨,我日出前起床,来到屋外,注意到她彻夜未归,因为我没听见她进门的声音。总之,我打算到河边去散步。你知道的,那种心血来潮的决定。我站在砂岩上,在河床拐弯处的那块,接着看见她从小径的另一头出现。"她紧紧地盯住他:"我告诉你这些是因为她是你的母亲,而你必须知道。"她清了一下喉咙:"太阳刚刚升起,她在一棵高大的棉白杨树下,我看得一清二楚,她什么也没穿,全身赤裸,除了脚上的高跟鞋。她把包抛在树下,后来被孩子们捡了回来,里面只有一管口红。"塔尤咽下口水,深深地吸了口气。

"姨妈,"他尽量使声音显得温柔,"我出生前她是什么样子?"

她拉开储藏室的门帘,开始整理架上的水果罐,他知道谈话已结束了。他关上储藏室的门,走进里间,在床沿坐下。他在那儿待了好长一段时间,思念他的母亲。家里曾经有过一张她的相片,他每晚都抱着锡制相框上床睡觉,对着她喃喃自语。但有一晚,厨房有客人在座,当他照常抱着相片经过时,姨妈把相框从他手中夺了过去。他大哭大闹,惊动了乔赛亚,他走进卧室,问塔尤因何哭闹,但是他羞于启齿,正如他永远无法跟乔赛亚讲他与姨妈之间的君子协定。另外,他爱乔赛亚,不愿意他知道真相,经受羞辱。于是他只是紧紧地抱住乔赛亚,把脸埋进他的法兰绒衬衫,他身上散发着烟柴味、羊毛味和汗腥味。除了偶尔回忆她的样子,他几乎忘记了相片的事。他希望姨妈把相片还给他,照旧摆在乔赛亚的衣橱上,可他从来鼓不起勇气去质问姨妈。那天在储藏室大着胆子问姨妈母亲的长相,就是他提及归还那张相片的尝试。

"原来,我们的母亲去了那里。
可我们如何进入地底的世界?"

蜂鸟同情地
看着眼前
瘦骨嶙峋的人们。
它说:"你们需要一个信使。
仔细听着,我将要告诉你们
如何行动。"

带上一个美丽的陶瓷坛子,
上面涂绘胡萝卜
和硕大的花朵。
里面放进黑色的岩土
一点甜玉米粉
和一丁点水。

用一块新的鹿皮
扎紧坛口,
并对着坛子反复吟咏
轻声低唱四遍:
四天之后

> 你将复活
>
> 四天之后
>
> 你将复活
>
> 四天之后
>
> 你将复活
>
> 四天之后
>
> 你将复活

征兵官员仔细打量着塔尤的浅棕色皮肤和淡褐色的眼睛,半信半疑。

"你们俩是兄弟?"

罗基平静地点点头。

"随你便吧。"官员不在意地说道。天色渐晚,他急着赶回阿尔伯克基。

塔尤跟着罗基签下名字。他脚步轻快,很高兴他将和罗基以兄弟的身份一块儿加入部队,周游世界。罗基拍了拍他的背,也咧嘴笑了。

"我们准行,塔尤,一道周游列国,体察不同的风土人情。看那家伙,那征兵官员,他神气活现地开着政府提供的车呢。"

可回到家,看见乔赛亚的卡车停在门口,他忽然醒悟过来。大家都知道罗基迟早会离开家,上大学或是入伍,但家中得有个人留下来,帮助耕种菜园和放牧牛羊。他老早答应过乔赛亚,要帮他照顾墨西哥牛群。他蓦地停住脚,罗基问他有什么事。

"我不能走,"他说道,"我答应过乔赛亚会留下来帮他的。"

"他和罗伯特完全忙得过来。"

"不,"塔尤坚持道,一种空虚的感觉从胃往上涌,溢满胸腔,耳中听到放大的心跳声,"不行。"

罗基没理会他,径直进屋;塔尤站在屋外,呆呆地看着夜色降临。那种空虚感很熟悉,他妈妈下葬那晚也是如此。他把床单揉作一团,抵住胃部,靠近心脏紧紧抱住,好像这样就可以抵挡空虚和失落,心中后悔有些事情无法回头。

"让他去吧,"乔赛亚在里面说,"你不可能永远把他留在家中。"

姨妈把锅盖砸到灶台上,响声刺耳。

"罗基不一样,"她话语中有股坚持,"但这一个,得留下来。"

"让他去吧,"外婆发话了,"他们互相也有个照应,可以一道回家。"

罗基把玉米饼泡在辣椒汤中,大口咀嚼,没在意他们的讨论。自从白人教会了他"有一天"的意义,他就一直在期待这一天到来,现在他正梦想着未来,想着将来可能遇见的人和物。

"我会把他安全带回家的,"他们离家前,塔尤抓住机会轻声对姨妈说,"你不用担心。"她正在读圣经,于是抬头望着他,似乎在期待什么;可他知道她祈祷的是什么,知道她祷告的是厄运降临在他身上,而不是罗基。

500 美元交易的一部分是乌力巴利亲自把牛群送到家。塔尤帮助乔赛亚选出身强壮的牛。乔赛亚向乌力巴利借了一匹帕洛米诺马,乌力巴利夸口它是在州展中获得冠军的那匹马的兄弟。每当乔赛亚从牛群中选出一头牛,塔尤就打开旁边牛棚的大门,让牛通过,随即关上门。乔赛亚挑出了二十头年轻力壮的牛。他们可不想乌力巴利要诡计,比如说以次充好,或者塞进病牛,因此,回家前,他们围着牛棚踱步,记下了每一头牛的特征——角的弯曲形状、身上斑点的图案、体型和重量。发动卡车前,乔赛亚的头还探出车窗,对乌力巴利喊着:"别饿死了我的牛!"

从马格达莱纳村①回家的路上,乔赛亚不住地捋着胡须。他留着两小缕短须,从嘴角耷拉下来,与嘴唇相配显得怪怪的,因为他老笑。他朝塔尤瞧一眼,又忍不住笑了。

"我还在寻思着那些牛群,塔尤。瞧,事情有时候以奇怪的方式天从人愿。因为干旱,牛群的价格大跌,大家都不敢买牛。但你看,这也给了我们机会。否则,我们可能不会做这单买卖。"

卡车的后视镜反射着阳光,塔尤摇下窗户,把胳膊伸了出去,感受着疾驰的风。乔赛亚还在谈着这笔买卖,塔尤油然升起一股自豪感,他已做好准备与舅舅同甘共苦。他们已经谈过,等再过一个月,从高中毕业后,他就跟着乔赛亚和罗伯特干活。他们要培养出一批新的种牛,而不是那些瘦弱的赫里福德牛②,它们在旱季里吃了点蓟草和仙人掌汁就撑不住了。乌力巴利卖给他们的牛群正是理想的种牛,它们世代生于沙漠,长于沙漠,习惯以牧豆树为食,知道像羚羊那样寻找水源。

"牛群像我们一样是生灵。要是被关进谷仓或畜栏,与自然隔绝,久而久之,它们会失去灵性。它们的胃会变得习惯燕麦和苜蓿。放出栏后,它们会惊慌失措地四处乱跑,因为大地不再熟悉,它们迷失了。即便它们停止乱窜,外表安静,内心其实是吓坏了。受惊的

---

① 索科罗市下属的一个小村庄。
② 原产于英国的肉牛品种,性情温顺,繁殖较快,曾出口到许多地区。

动物容易死亡。"他们开上了砾石路,转向东,开往索科罗①附近的高速公路。塔尤习惯听乔赛亚这样聊天,高谈阔论未来的计划,然后问塔尤的想法。

"听着,我可不想重蹈覆辙,买那些白脸的赫里福德牛。未来几年如果还是干旱的话,我们需要特殊的品种。"他的床边地板上堆满了书,上面搁着他的眼镜。每晚入睡前,他总要读几分钟育牛的书,是农业技术推广人员借给他的。通常罗基和塔尤在厨房桌上做家庭作业时,他会戴着眼镜从卧室出来,手拿一本书,告诉他们,科学繁殖非常复杂。

"读读这个,"他对罗基说,"看看咱俩想法是否一致。"罗基读完后,他又把书推到塔尤面前,指着一段话,询问:"你看如何?"于是他们会告诉他读后感。"我也是那样认为的,"乔赛亚接着说,"但它看上去不怎么可靠,我猜我理解错了。"关键是,写书的白人可没考虑现实中养牛的问题,比如说干旱、暴风雪,或是蓟草。当塔尤第一眼看见乌力巴利的牛群时,他想起那些书本后的附图,上面有理想种牛的图像,乌力巴利的牛长得可一点不像它。它们身形瘦长,腿像鹿一样纤细,脸也是窄长的,厚重的眉骨遮盖住眼睛,撑起宽而锋锐的角,双角向外弯曲,直至肩胛骨。它们有着大大的眼睛,充满野性。

"我猜我们总有抛掉书本的日子。"他打趣,"我们得自己摸索着学,甚至还可以自己写书,诸如《印第安养牛手册》,或者如何培育不用吃草喝水的牛。"

塔尤和罗伯特也跟着笑起来,但罗基不吭声,从书本中抬起头。

---

① 位于阿尔伯克基和拉斯克鲁塞斯之间的一个小城。

"这些书是科学家写的,他们博学多才,熟知养牛技术。问题是咱们这儿的人从来不知道自己在干什么。"说完,他又埋头读书。对他的父亲和舅舅,他从来毫不留情地指责,因为他们不把书本和科学知识当真,而这些是罗基奉如圭臬的。

塔尤突然伤感起来,因为罗基说的是事实。他们哪知道怎样养牛?他们又不是专家。姨妈在一旁听着,但似乎并不介意罗基的语气,相反她看重罗基日渐增长的对外面世界的认知、对书本的尊重和对权势的敬仰。他正按着她的设想发展,不仅了解外面的世界,还成为其中的一部分。她不赞成养牛的计划,很高兴总算有个有科学头脑的人站出来替她说话。这个养牛大计注定要失败,因为乌力巴利是那个妓女的表亲。她几乎确定无疑是那个女人给乔赛亚吹的枕边风,对他撒谎,告诉他跟书本背道而驰的东西。但那是他的钱,如果他想让二十年的积蓄打水漂,那就让他犯傻好了。

"我总觉得不妥。"一天晚上,她对罗基和塔尤说。老外婆在椅子上打盹。姨妈瞟了一眼外婆,确信她已睡着,然后才开口:"那个下贱的墨西哥女人策划了这些,所以乌力巴利可以顺手处理这些没用的牛群。他们合伙骗了他。他真是个傻瓜。"

罗基没听清她说什么,因为他正在读一本体育杂志,可塔尤听清了,他总是听她的。他觉得胃里发紧,也许这次她是对的,她对某些事情有直觉般的敏锐。

"事情总是一件接一件。"她看着塔尤。他不自然地转过头去,瞧着外婆。睡着时,她嘴巴略微张开,偶尔传来呼噜声。

"好吧,"她重重地叹了口气,"村里人总算有其他的话题来嘲笑我们了。"

罗基一声不吭,但他翻页时看了一眼姨妈,好像是厌烦了她的声音。塔尤知道村里人的闲言碎语对罗基没影响,他已经在准备高中毕业后的计划。他时常谈起想去的地方,印第安保留地不在名单上。

姨妈脱下了去教堂时穿的黑鞋,用一块湿布仔细擦拭鞋面。她把布绕在指头上,清理鞋带穿过的每一个鞋孔,然后把鞋子举到灯前,仔细审视,看是否还有上周日遗留的灰印和污渍。自塔尤能记事起,姨妈就是独自去教会。尽管她也说她祈祷家人会接受浸礼成为教徒,但她从没要求任何人陪她上教堂,甚至罗基也无此荣幸。塔尤后来怀疑她是故意独自去教会,好显示她是一个多么虔诚的教徒,以区别于她的异教徒家人。当涉及灵魂救赎,她总是诚惶诚恐。

老外婆醒了,问姨妈在干什么,接着又问了塔尤,然后是罗基。姨妈得提醒罗基,因为他没有听见老外婆询问他。外婆在椅子中伸直了腰。

"教堂,"她喃喃自语,从围裙的口袋中抽出了一张餐巾纸擦眼屎,"哎,特尔玛,你又得去做礼拜了?"

他们小心地把牛群一只一只地赶下车,它们看上去比上次在马格达莱纳时瘦多了,对此乔赛亚的解释是,你不可能指望乌力巴利喂养别人家的牛。塔尤打开了对着牛道的栅栏大门,罗伯特则放下了卡车的后门。它们涌进了牛道,灵活地挪动脚步。看见前方的大门,每只牛都低头俯冲,鼻孔喷气,撒着欢冲进了开阔地带。它们欢快地奔跑,甚至没回头张望卡车和畜栏一眼,直到跑开了约400米后才停住脚。它们挤作一堆,羞怯并充满警惕。当最后一只牛加入了大队,整个牛群静默了一会儿,好像在打量风车、畜栏和站在卡车边的人们,然后它们忽地奔跑起来,欢呼着朝南面奔腾而去。塔尤注视牛群消失在天边,它们的皮毛如象牙般光滑,闪闪发亮,像蝴蝶的翅膀一样布满了棕色的斑点。

"它们真漂亮,是不是?"乔赛亚问道。

塔尤点头称是。卡车司机关上车门,发动了引擎。罗伯特加入了他们。

"怎么样?"乔赛亚问。

"不错,它们能跑多远?"罗伯特微笑着说,"除了州里博览会上的赛马外,我没见过什么东西能跑得这么快。"

他们决定把牛群放养在色第育草场,因为那儿的草长势不错。乔赛亚打算给牛群一个好的开端,它们随后将在此地产犊。但一周后他们来查看时,并没在风车附近看见牛群的踪影。通常牛群会待在水源左近,除非雨量充足或另有水源。乔赛亚下了车,从裤后的口袋抽出了皮手套戴上。塔尤则打开了马棚的门,解开缰绳,骑着栗色的马退着出了马棚。

他们朝南方行去,太阳正从东方冉冉升起,阳光耀眼得刺目。天空万里无云,空气凉爽。塔尤要把这清晨景象印入脑海,它闪亮清澈,一如沙地上低矮的灌木丛,绿叶熠熠发光。空气中充斥着夏日雨后特有的清新,灰尘净去,远方的台地和山丘色彩明丽,使得塔尤眼中的一切看起来触手可及;沙地上一簇一簇的兔儿草贴地而生,细小的叶片如星星般闪烁。

他回头寻找乔赛亚,他卷了一支烟,正惬意地吞云吐雾。他看上去心满意足,仿佛对那个清晨的一切都再满意不过,即便牛群的走失也不能影响他分毫。他看上去若有所思,可能在想着牛群吧。

它们离开磨坊后,必定是逛到了一个有水源的地方。赫里福德牛就没有这么聪明,知道自己找水源。当磨坊坏了或是水源干涸,塔尤见过赫里福德牛站在路旁,耐心地等待卡车或水车运来水,或是等牧人带领它们去寻找水源。要是没人来,而当年又没有积雪和降雨,它们只会眼巴巴地等候,直到死亡降临。这些墨西哥牛群就大不同了。乔赛亚冲塔尤咧嘴一笑,点点头;塔尤也回报以微笑和点头致意。

他们来到牧场的围栏旁,下了马,沿着围栏走了30多英尺。牛群的足迹纵横交错,很明显它们在这儿转了大半天,最后破栏而去。铁丝网的倒钩上挂着一绺一绺的毛发,有些地方大片的铁网被扯松,像旧晾衣线那般软耷耷地垂着。

"喂,我说,我们早该预料到这些。"他边说边从铁丝网扯下牛毛,随手抛向空中,随风四散。

"它们会不会一直游荡下去,一路向南,穿过铁丝网,回到墨西哥?"

"刚到一个新地方的头几天,牛群都会这样,但不久就会安下家来。我们会处理好的,塔尤。"

墨西哥牛群终于安定下来,缓慢地移动,但仍然对栅栏心怀警惕。它们在坎农西托镇①的磨坊逗留了几天,停下来饮水吃草,然后又动了起来。追踪它们很容易,因为它们一路朝南急疾驰。五月底时,它们差不多来到了费尔南多家前的平地,但骑手的靠近又刺激它们跑动起来。要是被逼近铁丝网,它们会不顾一切冲开栅栏,急急奔到一个安全地带,然后围成半圈,与骑手对峙。

---

① 位于拉古纳部落和阿尔伯克基之间的一个小镇。

他们开始没打算给牛群打上记号,因为随身带着出售书,可以证明它们是买来的墨西哥牛群。但是随着牛群日渐迁移,乔赛亚担忧起来,决定给牛群打上烙印,以防它们跑出保留地的范围。六月中旬时,塔尤、罗基和罗伯特都来助乔赛亚一臂之力。牛群狂野得很,花了一整天时间才把它们圈起来。像罗伯特说的那样,只要牛群是在开阔地带,水源有限,那就好办,你总找得到它们。但是罗伯特讨厌它们跑进山上,藏匿于繁茂的杜松和矮松之间。"你永远抓不回它们,除非使用.30-30口径的枪支。"罗伯特解释着,乔赛亚点头表示同意。在他们设法把牛群关进畜栏的过程中,有三只小牛出生,另有两只母牛不日即将产犊。小牛犊令塔尤联想起新鞋,白底上点缀着棕色的斑点,皮肤如丝绸般光滑,还没有被泥巴和沙土所沾染。实在很难预测这些小牛犊是否会按乔赛亚的理论成长。它们有着母亲的肤色,神色狂野。罗伯特承认它们体格敦实,拥有乌力巴利赌咒的赫里福德牛的优良体征。它们像羚羊一样在宽阔的畜栏里奔跑,轻巧地避过牧人的绳套。乔赛亚预言,这些牛犊会像赫里福德牛一样膘肥体壮,但也会有墨西哥牛的长处,更加壮实耐旱,能熬过严冬和旱季。这就是他的计划。

他们给牛群打烙印那一天,天气不错。清晨时天空布满云层,到正午时乌云压顶,忽降骤雨,清洗了畜栏,冲刷掉汗水。牛群的两侧已经有巨大的墨西哥烙印,延伸到臀部。乔赛亚打趣说隔了半里路都可以看见这些烙印。罗伯特点点头,补充道:"这大约是你可以接近它们的安全距离。"墨西哥烙印不像美国印记。美式烙印通常是字母、缩写,甚至是数字,看上去像是张开翅膀的巨大蝴蝶,或是中间打结的蝴蝶结。他们在牛群和牛犊左肩打上了姨妈的橡形烙印伞,然后放走了牛群。它们蹄下生尘,继续一路朝南奔去。

接收牛群的那一天,乔塞亚去看那个墨西哥女人。他悄声告诉塔尤他的计划,千叮万嘱别让外婆和姨妈知道。她们正在外面整理柴堆,每人抱了一大捆柴火,但乔塞亚说话的样子好像姨妈就在身旁几步之外。他伸直了腰,瞅了一眼塔尤头顶上方的太阳,天快黑了。"好吧,"他尽量显得随意自然,"我不过是去谢谢她牵头做成了这笔生意。"他换了衬衣,穿上崭新的李维斯牛仔裤,用湿毛巾擦拭胳膊和脸,又将就着用那条毛巾,仔细地清理了50美元买来的靴子。接着他让塔尤去姨妈的针线篮中取出一把锋利的剪刀,细细地修理了一番胡须。塔尤送他到门外,夜色渐暗,空气清凉。乔塞亚端详着自己在车窗上的影子,又整理了一番髭须,让塔尤转告外婆和姨妈,他去帕归亚是有公事。塔尤点着头,心想着她们怕是早已洞悉乔塞亚的意图了。

她坐在门外的藤椅上乘凉,双眼闭着,神色安详。他爱看她眼角和嘴角的细纹碎碎地堆砌在浅棕色的皮肤上。她总说是笑多了的缘故。她知道他来了,因为楼梯老旧,随着他的脚步发出咯吱的响声。"随意坐,"她吩咐道,并没有睁眼,"与我一起享受这春光。"他喜欢她说话的神态。她眼中总有某种说不清道不明的东西。第一次见面他就注意到了,那时她正告诉他:"我从前见过你,不止一次,我一直记得你呢。"乔塞亚并不记得见过她,但她棕色眼中的某种东西令他相信了她的话。他坐在她身旁的直背椅上,打量屋前大片的棉白杨树,枝叶绵延,遮住了东北方的天空。

第四天
坛中发出了
嗡嗡的响声。

他们揭开了坛口的鹿皮
一只大大的绿头苍蝇
头上长着黄色的触须
飞出了坛子。

"苍蝇与我一道走。"蜂鸟宣布,
"我们去打探
她到底想要什么。"

它们飞到地底的
第四层世界。
地下世界
沐浴在另一种日光中
万事万物茂盛生长
生机蓬勃

无比美丽。

天气非常炎热。拉洛总是把私酒贩卖到拉古纳和阿科玛,乔塞亚正是有一天去那儿找乐子时碰上她在酒吧外面的长廊上乘凉。她先开的口,问他是否有香烟纸。乔塞亚很惊异这个墨西哥女人跟他搭讪,他递过去香烟纸,并没有瞧她的脸。他瞥见她膝盖上摆着达勒姆公牛牌的烟丝,又瞅着她一丝不漏地卷好纸烟。觉察到她也正在端详他,他于是嘀咕了几句天气很热之类的话,提着装满冰啤酒的纸袋仓皇而逃。但是整个下午和晚上,他都觉得怅然若失,好像忘记了或遗失了什么重要的东西在拉洛的酒吧。晚饭过后,他去车里查看是否把手套留在了座位上。他摸摸口袋,又数着拉洛找的零钱是否够数。当晚他辗转反侧,睡得极不安稳,即便在梦中他也是若有所失。次日他重返库贝罗,直到当他开车经过小店,暗暗期盼她坐在长廊上时,他才惊异于自己的心跳竟如少年般怦怦作响,可为时已晚。他知道他遗落了什么。

她抬头冲他粲然一笑,仿佛一直在等候他。他走上台阶,指了指毒热的炎日和无云的天空。她站起身来:"这儿太热了。"随后走向长廊另一端的楼梯。他一声不吭,默默地跟随她爬上楼梯。

"有些事情我记不住,"她开口道,"地名啊,人名啊,甚至是人的面孔。埃尔帕索或是索科罗这样的小镇人来人往,到处是像我这样的人。我喜欢跳舞,这才是最重要的。"

她从床上起身,穿过过道,消失在门帘背后。他听见她转动留声机,随即传来弗拉门戈的乐声。她从床底的箱子中找出了一双被小心地包裹在白纸巾中的鞋——闪亮的黑皮鞋,方形的高跟。她把蓝色的丝质舞裙系在臀部上方,双手抓住裙摆,弓背,然后甩头。起初,他只能感觉到鞋跟急促地敲击地板,他好奇拉洛和楼下酒吧中的客人能否听见动静。但是随着音乐节奏加快,他忘记了她如何震翻整个房间,她身体的旋转和甩动,以及音乐的魔力整个攫住了他,当乐声最终停下来时,他喘着气,大汗淋漓。

她坐回床上挨着他,用裙子的下摆擦拭干净舞鞋,重新包好,放回箱子。"他们管我叫夜天鹅,"她说,"我记得每次跳舞时他们都这样喊。"

要是她不是那么年轻,她就会醒悟那男人无关紧要,她感觉到的力量其实是源自她内心,茁壮成长,然后破土而出,而她的新情人只不过适逢其时。但是她太年轻了,以前从未那么强烈地感受过舞蹈的力量,她想保留这股力量,她的执念如此强烈以至于她误以为这是爱情。她认定了他,而他也永远要不够她。盖着毛毯,躺在她身旁,他眼中闪着灼热的光;即便在瘸了之后,再也不能从她身上榨取更多东西时,他也是如此。她维持着这种关系,探究着底线和这股力量的尽头。她想探索那些隐秘温暖的地带,找到谜底,那时她还不知道天边的地平线是道幻影,而平原绵延无尽。直到最后那个夜晚,她还没有发现界限。

他开口之前,她就洞悉一切。他说话时眼中狂热的光芒犹存,手指颤抖,像一只四肢发颤梦游的狗,他想要她的欲望是那么强烈。

正是如此，她才不肯原谅他。她可以接受他告诉她，她浅棕色的肚皮再也激发不起他的欲望。她完全可以早点察觉到这些，让他滚蛋。然而他胆怯了，因为对她的欲望触动了他深埋内心的秘密，某种长着双翼，可以逃离教会、小镇、母亲和妻子约束的东西。所以他想要扼杀它，摔碎它的脑袋，拧断它的翅翼。

"娼妇！婊子！瞧你干的好事！看看你让我对家人和妻子做了什么！"

"你才是鬼鬼祟祟的那个，"她声音坚定，"但你总是骗自己。你骗自己的妻子，在礼拜忏悔时重复谎言。不用我做什么，你已经诅咒了自己的灵魂。"

他拽过她的双肩，嘴唇狰狞得微微张开，呼气短促而炙热；她纹丝不动，他的身体却在颤抖，然后双手无力地垂下。

"你会被驱逐出城。"他威胁道，"人们相信我，我可是名人。"

那晚她翩跹起舞时，他已是一具冰凉的尸体，他一生作恶多端，巧取豪夺，偏偏又毫不珍惜他夺取的一切。他发现她时狂喜的神情已经预示了他内在的腐败，勾勒出他空洞的灵魂。她翩跹起舞，旋转着，大腿和臀部急促抖动，弯腰，滑步，跳跃，耸胸——她在跳着斗牛之舞，掀起舞裙犹如斗篷，原本是猎物的她变成催命的那个。

坐在舞池边上的人纷纷夺路而逃。随着她的舞鞋踢踏，有人绊倒在椅子上，惊恐万分，啤酒洒在身上，而酒保的毛巾还留在他正在擦拭的酒杯中。但他们贪恋地瞧着她，龟缩在酒吧一角，瑟瑟发抖，眼睛却不受控制地瞧向她。当吉他手最后放下乐器，埋首膝中时，她依旧舞动翩跹。

"几分钟或是几小时对我没有区别。我感觉到一切在脚下分崩离析,舞池在脚下弯曲闪耀,木板裂开发出呻吟,然后嚎叫;我艰难地维持着平衡,好似舞池整个倾塌了。有什么东西在脚下裂开,鞋跟好像陷入某个黑洞,然后地板又恢复了平整。"她一边盯着乔塞亚,一边漫不经心地扯着袖口上的一根蓝色丝线。

"他的妻子尖叫着冲进酒吧,她撞开门,风雪伴随着湿气灌进来。人的记忆真奇怪。我记不得她的脸或是她的名字,却对她的脚记忆深刻。她从家里跑来时,光着脚,脚上沾着新雪,衬着深色的油木地板,它们看上去又白又小。她声泪俱下控诉时,我仔细瞧着雪花如何在她脚趾间融化。"

她停下来,给自己卷了一支细长的纸烟。"那晚他的马出了事,"她点着了烟,狠狠地抽了一口,轻叹着摇了摇头,"他死前发出尖叫,惊醒了她。她穿着睡衣,光着脚冲出门,在马栏中找到了他。他被自己的马踩死了。就这样。"她棕色的眼睛亮晶晶的,冲乔塞亚笑着。"谁会信妻子们的说法?"她捏了一下他的胳膊,"不过这是老早以前的事了,是在拉斯克鲁塞斯①,但我不记得是在哪一年了。"她又替他倒了点啤酒,陶瓷杯上有一圈黄色的花。"我当外婆了。我女儿住在洛杉矶,有两个可爱的小女儿。我如今要是跳舞,只会为她们跳。"

她朝他的床那边挪近了点:"一天清晨我在索科罗的主街上散步,风卷起小巷中的尘土,我觉得自己像是那儿唯一的活物。旱季使得土地龟裂,河道干涸,河边的棉白杨和柽柳快干死了。我有种奇怪的感觉,好像心里的某样东西变得稀薄,又干又脆,仿佛箱底的

---

① 新墨西哥州第二大城市,南接得克萨斯州。

报纸逐渐发黄。然后我一路坐车来到这儿,看到了这座山,这儿的景色。"她朝窗外的青山轻微颔首,茨皮娜,意为藏在云中的女人。

她微不可见地摇摇头,把最后一点啤酒倒入杯中。"上年纪了,"她笑着说,"年老的第一个迹象就是:本可干点其他事取乐,却唠叨个不停……"她俏皮地眨眨眼,乔塞亚把她揽入怀,暗暗警告自己,绝不问这座山有什么特别之处令她驻足。

刚开始,当地人对夜天鹅选定库贝罗作为归隐之地很有意见。拉洛拉长着脸,再三解释,是他的妻子做主把酒吧顶上的房间租给夜天鹅的。再说,那几间房又脏又破,从没人住,楼下的点唱机又成天放得震天响,醉鬼们在楼下的走廊跺脚咒骂,当然只有像她那种女人,习惯了那种生活,才会不介意那些不便之处。

她搬进去后,大家说,走廊那头的螺旋楼梯从此不再脏乱。当然,这也只是捕风捉影,大伙儿对她的经济来源众说纷纭。大家都认为,她不过是一个长着一双猫眼的老舞女。城里的女人们警觉起来,时刻关注着二楼长廊上那扇蓝色的门的开关,肆意想象门后夜天鹅与她的丈夫们或儿子们的种种故事。当乔塞亚开始频频拜访她,他的通用牌卡车整晚停在她的门前,库贝罗的女人们终于松了口气,她们甚至开始打趣这一对儿。

"她又老又丑,满脸皱纹,"她们耳语,"被榨干了。只有同样老丑的印第安人才会要她。"然而每晚她们都在张望,确信乔塞亚的卡车还是停在那儿,仿佛知晓她们的丈夫每次经过拉洛的酒吧,看见那扇蓝色的门时,胯下的燥热感。

"谣言满天飞,"姨妈咬牙切齿地说着,把塔尤堵在储藏室,"我是最后一个才知道自己的亲生兄弟在干什么的。你为什么不早点告诉我?"

"因为我也不确信。"

"骗子,蠢货!"她一边骂,一边恶狠狠地把梅森牌桃酱垒在架上,用力如此之大,塔尤担心瓶子会碎掉。

"我这一辈子都为了这个家,但从没人为我着想,想想别人会怎样谈论我们,想想肯尼思神父弥撒后把我留下来又会说些什么。"她尽力挺直矮壮的身子,眼中满是责备。

"我倒没关系,"她语气稍微缓和下来,"但是老外婆的名声却毁了。"她声音中带上一丝颤抖:"我们家,还有外婆家,以前可是声名显赫。她习惯受尊重。"她停下虐待梅森牌桃酱瓶,开始擦拭存放购物袋的桌子。

"年轻人不知轻重。你们哪知道能在村中直起头,不必顾虑大家在背后闲话是什么感觉。"她撩起围裙,擦去眼角的泪珠,怒气冲冲地关上了门,离开了储藏室。

塔尤总在想,一旦出了教堂大门,她是如何得知大家在背后说她的;他奇怪,究竟是姨妈在撒谎,还是她真不知道外婆其实不在乎别人的闲话。姨妈总是喜欢坐在炉灶边,东家长西家短地评论大家是如何背后议论他们的。

"我晓得的可比她多!那个女人哪有资格说我?上次她和恩斯诺村①的那个聋子滚草堆时大家怎么说的?那算怎么回事?谁不记得!"她用手杖敲着地板,一派得意。只这一件轶事就足够了,只要

---

① 拉古纳部落中最小的一个村庄,坐落于泰勒山的山脚,位于保留地北面。

她的故事能扳回一场,其他人说什么没关系。

"我一直在琢磨……"有一天晚上他们坐在夜天鹅的房中,她若有所思,对乔塞亚提起这件事。她坐在床边,打量着镜中的自己,他坐在角落里的蓝色沙发上。"这些年来你的生活总是一成不变。"她评价道。他笑着耸耸肩:"对,这些年我都是这样过来的,直到现在。"她微笑着回应他的暗示。"我的表兄乌力巴利,住在马格达莱纳村的那个,来信了,"她说道,"他有一群墨西哥牛群要贱卖,就在索诺兰沙漠①边上,在索诺拉州。他想问这边是否有人感兴趣。""我不清楚,"乔塞亚说,"上次旱季来临时,我们卖光了一切,甚至还卖了羊群。""我对这群牛所知不多,"她说,"但是表兄说这些牛可以靠沙子和石头过活。"她笑了起来,走到厨房,倒了两杯咖啡。"你怎么看上去这么严肃?"她递给他咖啡,问道。"我在想是否要做这笔生意。"他回答。

到七月底,乔塞亚的时间一分为二:一半在女人那儿,一半给了牛群。它们刚过了花山②,正往西南方行进。自从发生了姨妈把塔尤堵在储藏室的事后,乔塞亚就不再在家中提那女人。他说这样最好,塔尤对此事一无所知,也就没有必要撒谎。塔尤没有食言,帮他巡视阿科玛和拉古纳两地之间的围栏。他们找到牛群的踪迹,发现被压倒的铁丝网,上面挂着浅灰色的牛毛,于是赶到阿科玛部落的入口处,堵住并带回了牛群。

牛群的问题解决后,羊栏的事又来了。姨妈让他们去瞧瞧羊

---

① 又称索诺拉沙漠,位于美国和墨西哥交界处,覆盖美国加州东南部、亚利桑那州南部和墨西哥索诺拉州大片区域。
② 库贝罗附近的一座山,位于阿科玛保留地内。

倌,她认为他已经丢下羊群跑走了,羊儿都快渴死了;她更担心的是,羊倌喝得醉醺醺的,一把火烧了放羊的小屋。他们如她所愿,开了几英里坑坑洼洼、没有公路的沙地去查看过羊倌之后,过了两三天她又旧事重提,依旧担心。她说得有鼻子有眼,诸如羊倌丢失了羊群,或者他是懒鬼一个,根本不做事,又诸如羊群在红砂岩地走失了,郊狼每天就过来叼上三五只等等。塔尤不知她哪来这些层出不穷的担忧,因为那些事从来没发生过,但是她描绘得有模有样,虽然大家明知这些不太可能发生,被她这么一说,还是免不了要担心,于是他们又走了一趟。塔尤先是以为姨妈只是不信赖羊倌,但后来他瞧出了门道,她只不过想支使得乔塞亚团团转,这样他就没空去库贝罗了。他们的羊倌是个来自白河村①的阿帕切人,极其认真负责,是他们雇用过的最好的羊倌了。但是只要她想支使乔塞亚干活,她就会滔滔不绝,大讲一通阿帕切人过去是如何压迫掠夺村民的历史,特别是酋长杰罗尼莫的故事。又一次,罗伯特准备去地里,她又在唾沫横飞,于是罗伯特朝乔塞亚和塔尤挤挤眼,一本正经地说:"我以为我们的羊倌名叫迈克,而不是杰罗尼莫。"说完,他立马溜之大吉。

时值旱季,青草贫瘠矮小,乔塞亚同意还是应该走一趟,特别是他担心河水要断流了,所以他们可能又要给羊儿们汲水了,往年旱季他们都是这么做的。他们给迈克带上了一些糖、面粉和一丁点咖啡。迈克是个少言寡语的人,但塔尤曾见过他在读汽车机械方面的书。他看似毫不经意,实则把羊群照看得很不错。放羊时,他手上总拿着一本书。黑狗下了崽之后,他挑了两只小狗,把它们训练成

---

① 位于亚利桑那州阿帕切族保留地内的一个村庄。

了一流的牧羊犬。塔尤告诉乔塞亚迈克在读机械书，他摇头一叹："就知道他待不久。真不走运。他是个不错的家伙。"一周后阿帕切人动身前往加州，他们于是雇用了表亲"小拇指"。姨妈对此持反对意见，因为小拇指经常醉得不省人事，她预言："即使所有的羊只逛到公路上，被圣塔菲①的法官撞死，也不会惊醒他。"他们最后还是雇用了小拇指，随后在一次沙尘暴中，他声称丢了六只羊，但是他手里多了一个来历不明的新口琴，还有一件他们从没见过的镶着珍珠纽扣的蓝色衬衣。

整个夏天，当乔塞亚和塔尤照管着牛羊，罗伯特每天下地干活时，罗基读着杂志，坚持每天在篮球场跑上两圈。他下午总是搭顺风车去帕桂特村②探望女友。姨妈说如果罗基想保住足球奖学金上大学，这一切都是必需的。塔尤却清楚在罗基被征入伍前，他已经在谈论战争和参军。当然，他是首个获得足球奖学金，不用印第安事务局资助的青年。姨妈说，因为罗基，她可以昂首挺胸做人。她说这话时，意味深长地盯着乔塞亚，仿佛是告诉他这屋里还有其他人令她蒙羞。

夜晚来临，用过晚餐后，乔塞亚总是洗漱一番，换上干净衣服，然后出门。在屋外的榆树下待了一整天后，外婆挪进屋内，坐到炉边的椅子上，她竖起耳朵，听着乔塞亚把水倒进锡盆的声音，然后问道："乔塞亚，你不准备睡觉吗？"乔塞亚慢吞吞地擦着脸和手，并不答话，因为他们都心知肚明她是什么意思。他与那个墨西哥女人的风流韵事何时结束？他的头发已经灰白，但它们梳得一丝不苟，他面带微笑出了门，不显任何倦态或老相。他离开后，姨妈在炉边低

---

① 新墨西哥州的州府。
② 位于拉古纳部落北边的一个村庄。

声抱怨。她把厨具都放在炉边,这样就有热水洗碗。清洗碗碟时,她刻意让水哗哗作响,然后擦干碗碟,再把它们放进碗柜,接着重重地关上柜门,然后把炒锅直接扔到炉上。整个夏天,她都这样着意宣泄她的怒气;每晚,大家都不得不忍受这种种噪音。外婆从不吭声,塔尤不知她是何时又是怎样知道的,也许她早就猜出一切。大家渐渐形成习惯,不是在乔塞亚走前下桌,就是等到他走后才上桌。罗伯特走得最早,借口要劈柴或是去伺候屋后的小苹果树。罗基根本不在家,大多时候他在帕桂特村与女友的家人吃晚饭。姨妈不在意他在不在家用餐,但他是她的心头宝,她总是问:"你在帕桂特过得怎样?"尽管脸上还带着迁怒的神气。

听到乔塞亚的卡车开出前院后,塔尤才起身离席。就在他离屋前,姨妈转过头来盯着他,不在意外婆是否会听到她说的话。"我以前总是庆幸他没有结婚,"她尖刻地说,"但现在事情更糟糕了。他每晚热衷出门的样子很像咱家那条老狗,佩帕。那条公狗跟发情的母狗没有区别,一模一样。我总是让他跟自己人在一起,但他不听劝告。那个女人牢牢抓住她眼下能抓住的一切东西。"外婆点点头,赞同道:"对啦,事情就是这个样子。"姨妈坐到桌旁,仿佛获胜般。她把面前的湿桌布卷了又卷。塔尤注意到屋里光线昏暗,只有夕阳的余晖从窗外射进来,室内没有开灯。

"知道那条狗的下场吗?"她好像在对他们说话,尽管塔尤从未见过佩帕。她的声音似乎无处不在:"佩帕追着一条发情的母狗,在高速公路上被轧死了。"

他还记得母亲死的那一天,也是一样的干旱。葬礼那天,漫天的风沙刮得屋顶的锡皮簌簌作响。他永远忘不了那声音,他站在墓地旁,紧挨着乔塞亚,风沙刺得面皮发痛。他低垂着头,盯着风沙过后地面的小石子。回家的路上,乔塞亚一路牵着他的手。他抱他坐到卡车的副座上,递给他一根圣诞节剩下的拐杖糖,让他不要再哭了。

他知道巫师们有一套旱季祈雨的仪式。据说他们会爬到山顶,遥望西方和西南方,然后招风唤雨。他们待在山顶,研究夜空,清晨时聆听山风,下山后,他们告诉大家何时跳舞祈雨。乔塞亚很少教他这一套祈雨仪式,但他告诫,祈祷应发自内心。所以在战前的那个夏天,有一天,他日出前起床,骑着一匹棕黑色牝马向南,来到峡谷中的泉水旁。泉水源自狭长的山丘底部,沿着暗橙色的砂岩汩汩流出。等阳光射入山谷后,他把马匹拴在峡谷入口处的一棵松树上,走上了窄窄的山道。越靠近峡谷,两旁的悬崖越陡峭。来到水潭旁时,山谷大半藏在了阴影中。他一路行来,采了不少野花,长长的花瓣布满阳光的色彩。他轻摇着花瓣,上面的花粉轻柔地洒到水面上；他虔诚地把花放进水中，静静地等候。他聆听着水声从旁边的崖壁渗透出来，一滴一滴汇入水潭。他模仿着想象中巫师们祈雨的仪式，似乎没出错。尘土和热气开始退却，瘦弱的野草和斑驳的玉米仿佛隔得很远。

太阳升入天顶，直射入山谷，空气中带着湿气，竟有点凉爽。风沙经年累月地侵蚀着砂岩，切割出狭窄的峡谷，暗橙色的砂岩内部有许多这样的涓涓溪泉，从岩石的底部淌出。这些溪泉来自地下的最底层，亘古以来，支撑着人们度过天荒地干的日子。

一只蜘蛛爬到溪边喝水，小心翼翼地不让自己尾部的卵囊沾到水。她沿着来路爬回去，在黄色的沙地上留下细微的交错纵横的痕迹。塔尤记起了许多关于蜘蛛女人的故事。她总是在某些特定地点等待人们来向她求助。她知道如何战胜心怀恶意的山神克奇纳①，他把积雨云关在他魔屋的西北角。蜘蛛女人还教导太阳之子如何从赌徒手里赢回乌云，让他们能自由地为人们布雨降雪。塔尤知道白人对这些故事嗤之以鼻。学校自然课的老师在解释了迷信是什么之后，当众举着课本，再三强调那才是真理的来源。塔尤仔细读过那些课本，它们科学地解释了事物的因果关系，似乎证明他不应再相信蜘蛛女人之类的故事，但是老外婆的看法不一样，她总是说："很久很久以前，久得人们都没有记忆的时候，世界是不同的。动物可以与人们谈话，魔法无处不在。"当外婆这么说时，塔尤胸中总有什么东西呼之欲出，每次他听外婆讲故事都是这样。尽管学校强调科学和真理，塔尤还是觉得那些故事可能是真的——很久很久

---

① 又称霍皮人的克奇纳神，是北美印第安人崇奉的一位自然神，约有五百个不同的形象，对应于不同的神灵和祖灵。据说如果当地部落举行传统仪式，戴上克奇纳面具并穿上特定服饰，克奇纳神就会显灵。

以前事情完全不是现在的样子,人们能听得懂动物的话,赌徒也曾经把乌云关进过山巅。

当山影开始消退,岩壁变得暖和起来。住在溪水上方岩壁里的青蛙跳出了栖息地,它们和溪旁的青苔一个色,背上点缀着沙土色的圆点。青蛙们眨着眼,懒洋洋地走到阳光底下。塔尤看着它们排着队,优雅无声地跳入水潭,随后从另一边上岸,坐在阳光下盯着他,还伸出舌头捕捉着水潭近处草丛中和阴影里的虫子。塔尤笑了起来。它们是雨的孩子,每次下雨后都会出现。有时随着雨水落下,它们从干涸的水潭底冒出来,或是从沙土里钻出来,背上还沾着湿漉漉的沙子。乔塞亚说它们可以在沙中藏很多年,等待着雨季重新来临。

蜻蜓飞来,围着水潭打转。它们全身是各色的蓝——粉末状的天蓝,深幽的、闪烁微光的夜空蓝,还有山峰的青蓝。塔尤想起了许多关于蜻蜓的传说,他转过身去,每个方向都充满从久远的过去流淌来的故事,如同外婆说过的那样,比时间还悠远的故事。这是一个永远变化和移动的、活着的世界,要是知道到哪儿寻找它,它就会赫然出现在你眼前,有时它又那么遥不可及,像是流星划过天空。

马儿在树下打着盹儿,它的左后腿轻微弯曲,由于在同一个地方待得有点久,它着力于脚趾上。塔尤骑上马,缓缓地走过一丛前些年留下的干枯的向日葵。一只蜂鸟在沙地上方飞翔,熠熠发光,飞得越来越高,直到变成一个光点,不见踪影,但是它给塔尤留下了一个礼物——只要蜂鸟还没有放弃这片土地,只要某处还有花朵,一切就还有希望。

第二天他观察着云朵如何在西方聚集,凌晨时,天空已布满低垂的铅灰色积雨云。他们装上铁锹和榔头,把卡车开到田地里。大家一边等待着雨水的降临,一边从辣椒地里拔除杂草,在玉米垄上的低洼处填上泥土,这样雨水不会流失。后来,他们停歇下来,吃姨妈准备的面包和玉米糍粑,远处茨皮娜,也就是泰勒山方向,传来低沉的轰隆雷声,从西边刮来带着泥腥味的凉风,接着暴雨倾盆而下。它如同灰白的蛛网,从积雨云中旋转着落下,挣扎着爬上了山脚。他们来到主渠沟旁,已经有很多人在这边躲雨,大部分人在这边都有田地,但是午饭后没有谁会工作。于是大家三三两两地闲聊,互相打趣对方,密切关注着头顶上云团的动向。大颗的雨点飞溅而下,拍打得玉米叶簌簌作响。乔塞亚打着手势,让塔尤到卡车上会合。雨滴敲击着驾驶室,发出砰砰的声音。乔塞亚取出随身携带的便签本,在印着蓝条的纸上写了点什么,然后撕下那一页,小心翼翼地折好。

"你能把这纸条给她吗?我跟她说下午会过去,开车送她去格朗兹①,但现在下雨了,我可有活干了。"

塔尤点点头,心怦怦跳,呼吸急促,胸中发紧。

整个夏天,每次他和乔塞亚一道去库贝罗时,他都能觉察到她意味深长的目光。她缩在酒吧上方阳台的阴影中,坐在那把柳条摇椅上,俯视着他。乔塞亚走进酒吧去买六瓶装的啤酒时,她紧紧注视着他,塔尤极力避免直视她的眼睛,但她极有耐心,总是一动不动地盯着他,一边慢慢地摇着摇椅,等着他不知什么时候的偷偷一瞥。等乔塞亚回到楼梯后,她冲塔尤居高临下地一笑,接着微笑着对乔塞亚说:"乔西,你的外甥真不赖。"然后从摇椅中起身,随着乔塞亚走进屋。

---

① 位于阿尔伯克基和盖洛普之间的一个小城,在拉古纳部落西边不远处。

塔尤握着方向盘的双手汗津津的,路上的每一个拐弯似乎都在与他作对,他好像永远也到不了目的地。云朵遮蔽住太阳,而他也再不关心沿途的风景。快到时,他忽然惶恐起来,担心她不在,于是他把车打到二挡,改从墓地那边绕路,慢吞吞地穿过一处牛群的观察点。越是临近酒吧,他越发恐慌,不断告诉自己,他只不过是来送趟信,再说,她也有可能不在呢。雨点落在挡风玻璃上,好像迎面撞上的飞虫。他忽然打算回头,脚踩油门,想找个地方掉头,但是道路太窄,两旁全是积满泥泞和雨水的沟渠,前方不远处,他已看见那棵高大的棉白杨。

雨水哗哗地浇在锈迹斑斑的锡皮屋顶,顺着屋檐流下,溅落在前院的栏杆上。沿着螺旋形的楼梯他慢慢走上楼,土砖屋被雨水打湿后散发出一股灰泥的潮气,前院有一棵高大的棉白杨,雨水击打在蜡绿的叶子上,发出簌簌声。一个咿呀作响的留声机正播放着吉他和小号的乐声,有一个男声在唱着一首悲伤的西班牙语歌曲,除了"Y volveré"塔尤听不懂一句歌词。他站在纱门外,轻轻敲了一下门,瞅着手中乔塞亚的便条。他双手汗津津的,得小心翼翼地拿着便条,以免弄花了纸条上的字迹。他在李维斯牌牛仔裤的大腿处擦了擦,拭去汗渍。没有人应门,但是音乐声很大。他这次摇了摇纱门,用力之猛,让门框也跟着震动。他等了等,大口喘气,汗液像雨水般顺着肋骨淌下。他打算把便条塞在门下,这样她一开门就可以看见。他单膝跪下,正把纸条朝门下塞时,她出现了。未见其人,先闻其香。她的香水味令他想起春天的刺槐枝,上面开着小朵的白花,密密匝匝,压得枝丫下垂。香味从门后飘出,和暴雨的气息混在一起。门后的走廊深处挂着一条长长的白色门帘,帘子掀开,她走了出来。纱门中间有一团松散的棉球,用来驱蝇,透过松垮的纱帘,他瞥见了她的脚,穿着蓝色的夹脚拖鞋,脚指头涂着指甲油。她穿着一件蓝色的缎子和服,紧紧地裹在身上,凸显着臀部和小腹。塔尤立即站直了,面庞发热。他递给她便条,她微笑着,并没有立即看纸条。她直视着他。

"进来吧。"她淡淡地说,指着一把蓝色的扶手椅,椅脚刻着鹰爪般的花纹。屋里很阴凉,有股粉刷过后的石灰味,走廊深处的门帘随风轻轻摆动,帘后可能是门,也有可能是窗户。音乐声正是从帘后传来,乐曲柔和低沉。窗外的雷声听起来像是悬崖高处的巨石崩裂,轰隆隆滚落崖底,房间也间或随之震动,窗棂一阵阵咯吱作响。他看着她读便条,猜想着帘后的景象,那儿肯定有什么,藏着她神秘的无法解释的一切。随着这个猜想,房间好像活了过来,乐声呼应着帘后的清风,墙上的蓝色花朵仿佛注入了生命。塔尤觉得那东西无所不在,甚至在绷得紧紧的浅蓝色床单上也曾逗留过。从另一个房间,好像是哪个角落,传来缓慢却清晰的钟摆声,时光仿佛消融于其中。雨水更加猛烈地敲打着屋顶。她读完了便条,抬起头来,看着纱门和外面的杨树,倾泻而下的暴雨把枝叶压得扁平。她和服的领口有一条缝,露出里面浅棕色的肌肤;她棕色的卷发盘了起来,间或漏下几缕长发,是过去某个时代的发型。她看上去既不苍老也不年轻,像风雨一样自然,时光没有在她身上留下任何痕迹。她从床沿起身,掩上纱门,接着关上房门,并上了闩。音乐已停了,只有暴雨的声音。

他曾经多次梦想过这个场景:他俩在床上尽情翻滚,浅蓝的床单缠着他的大腿和脚踝,雨水带来的潮气令他们兴奋,两人汗如雨下。他希望时间就此停住。

她用西班牙语说了点什么,然后温柔地抚摸他,先是背和脖子,接着亲吻他的耳朵和脖侧。她紧贴着他的胸口,而他僵立着,只感觉到她温热的大腿和柔软的小腹。她的声音极其温柔,屋外电闪雷鸣。他听见雨水敲击屋顶的哗哗声,和着屋外老杨树在风中的簌簌声。他的唇轻轻掠过她的脸庞,他缓缓睁开眼,她正轻柔地微笑着,然而身体却在颤抖,他于是揽她入怀,这才觉察到自己也在颤抖。有什么东西在急剧生长。她呼吸变得急促,而他也尽力呼应。她像只猫从大门下溜进屋那样,敏捷却又悄无声息地滑入他的身下。她在身下翻跹而舞,犹如门外风吹屋橼,又如雨打树叶,他好像身至云端,迷迷糊糊,徜徉在身体和意识之间,此前的生活毫无意义,被浪潮给冲走。

她裹着床单,坐在床上,看着他把衣服一件件穿起。"我注意你有好长一阵子了,"她不经意地说,"你的眼睛与别人不一样。"

塔尤并没有看她。

"墨西哥人的眼睛,"他说,"其他孩子经常嘲笑我。"

雨点打在屋顶的声音已微不可闻,雷声也逐渐远去,渐渐消逝于东边。塔尤拔下门闩,打开门,屋檐的积水顺着水管从前院两侧流下。"我一直希望自己的眼睛与其他人一样,这样他们瞧我时,不会想起那些丑闻,我指的是有关我妈妈的故事。"他的喉咙发干,他从未与任何人谈过自己的母亲。

她慢慢摇着头:"他们不过是害怕,塔尤。他们知道这个世道正在改变,也目睹了那些变化,他们吓坏了。不管是印第安人、墨西哥人,还是白人,大部分人总是害怕变化。他们认为只要自己的孩子不变,保持同样的肤色、同样的眼睛,一切还会维持原样。"她发出轻轻的嘲笑声:"不过是愚人而已。他们归罪于我们,我们这些和他们长相不同的人,这样就不用追究自己心底真正的变化。"

她逼视着他的眼睛,这令他很不舒服,于是他走到门边,深吸了一口潮湿的泥土味,扶着纱门,准备离开。

"你不用理解这个世界的变化,但是记住今天这个日子,以后你会知道为什么。现在你也承担了我们的命运。"她抬起头来,盯着支撑屋顶的椽子,转头朝他笑了笑。"哎,塔尤。"她温柔地喊着他的名字,满是关切。

"再见。"他告别道,推开纱门,走到外面,空气潮湿清新。"再见,塔尤,谢谢你来送信。"

塔尤离开时,哈利正举着一瓶库尔斯啤酒,喃喃自语。他朝西边走去。泰勒山的山峰高耸入云,矗立于山谷,峰顶薄薄的积雪已融化,使得圣山看上去犹如一抹干枯的灰蓝。他可以感觉到热气沿着鞋底往上冒,人行道散发出阵阵热浪,他有些晕眩,好像费尽力气,逆风前行。身旁驰行的卡车和汽车在热浪中溅起阵阵涟漪,但并没有带来任何凉气。

墨西哥老头给他端来一碗浓汤①,店里只有他们两个人。从狭窄的厨房望过去,后门微微开着,用一把椅子顶着不让门关上,前门也同样开着,这样风可以形成对流,稍微带来点凉气。两端的纱门都落满了苍蝇,它们不耐烦地搓弄着腿,伺机而入。老头搬了个凳子坐在前门,手里举着个塑胶的红色苍蝇拍,紧盯着苍蝇,不时抬头看看天花板,上面横七竖八地贴了几根粘苍蝇的胶带条,晶黄

---

① 指墨西哥传统美食 menudo,一种用牛肚和红辣椒酱熬制而成的浓汤,通常还会加入青柠、碎洋葱、芫荽叶等。

色的胶带微微泛光,像是聚会时用来装饰的缎带。胶带条上稀稀拉拉地粘着几只死去的苍蝇,还有几只奄奄一息,徒劳地挣扎,试图逃生。塔尤起身付过钱,挤开一条门缝,钻了出去,在身后迅速关上纱门,把苍蝇挡在门外。麦克卡兹酒吧后身,西南方不远处是一片山峦,太阳已经没入群山,他踩着自己长长的影子,重新回到酒吧寻找哈利。他记起来小时候他喜欢用一根柳条鞭在厨房里打苍蝇,当然他的捕蝇事业不像老头那么专业和尽职,可是满屋追打苍蝇真好玩。乔塞亚从外面回来,问他在干什么,塔尤总是会自豪地展示地板上的一堆苍蝇尸体。乔塞亚瞧着死去的苍蝇,不赞同地摇头。

"可我们老师就是这么讲的,她说苍蝇是坏东西,传播疾病。"

"好吧,我没怎么上过学,所以知道的不是很多,但你可晓得,很久以前,久得人们还没有记忆之前,人类的母亲对地面上人们的行为很生气,她判决这些人应该受到惩罚,全被饿死。于是动物消失了,植物消失了,再也没有雨水。这时是绿头苍蝇找到她,替人类求情,祈求大地之母的原谅,从此以后,我们一直对苍蝇感恩不已。"

柳条鞭从手中滑落,掉在了地上,他盯着鞭子,声音哽咽,问道:"那接下来会怎样?"

"没多大关系,"乔塞亚说着,边用鞋尖拨了拨死苍蝇,"这里面没有绿头苍蝇,不过有几只是它的表亲。人们免不了犯错,苍蝇们知道这 点,这是绿头苍蝇最开始出现的缘由——帮助那些犯错的人们。"他用力抱了抱男孩:"下一次,记得这个故事。"

但是在热带丛林,他无法忍受那些爬在罗基身上的苍蝇,它们总是激怒得他发狂。他诅咒它们黏糊糊的细腿,诅咒它们湿漉漉的口器,一有机会,总是毫不留情地把它们拍死。

哈利不在那儿。墨西哥酒保已经回家了,接手的是经营酒吧的白人,他正用一块布擦拭酒瓶。塔尤站在门口,朝里张望,里面空无一人,只有东倒西歪四脚不齐的桌子。有人刚扫过地,中间是一堆高耸的空酒瓶和烟蒂,旁边是一把扫帚,斜靠在椅背上。他走了出来,似乎还能闻到酒吧里陈旧的烟味和洒掉的啤酒味。他站住,虽然面朝南方,但所有的感官器叫着转向身后的东北方,那边是库贝罗。他转过身去。路很好找,酒吧后是一条干涸的沟渠,旁边有一条土黄的沙石路,只要顺着沟渠走就可以。就着暮色,他朝库贝罗走去,偶尔抬头看看夕阳映照的山峰。天气很暖和,不远处的高速公路上,车灯川流不息,可他还是觉得孤独,好像与世隔绝。土路上没有任何车辆,岩石缝里传来蟋蟀的唧唧声,偶尔一两只飞虫迎面嗡嗡而来,一切那么安静,远方有一两声狗吠。库贝罗的这家商店已打烊了,加油站的油枪也全上了锁,不远处飘来晚饭的辣椒香味。商店前面的小路空无一人,只有一头母牛蹒跚前行,前角折断,耷拉在前额。不必回头他也可以看见夕阳。

夕阳中,砂岩壁变换着颜色,先是金黄,然后深红。他来到长廊,在台阶上坐下,久久地注视着土墙。长年的风吹雨打侵蚀了土墙的外层,露出了里面原本该整整齐齐的土砖,它们变得坑坑洼洼,好似被风沙侵蚀的沙丘和山岭。

以前他和罗基也是这么坐着,等乔塞亚到拉洛的店里去买冰啤酒,顺便替他们买苏打饮料。拉洛战争期间退休了,卖了酒吧经营许可证,关了酒吧,但一切似乎没怎么变化。长廊深处,螺旋楼梯依旧静静竖立。楼梯是结实的橡木板制成,中间是一根粗厚的木头,楼梯盘旋而上,好像脊柱上的骨头,被粗大的木钉接在了一处。长年累月的抚摸和踩踏,把原木的栏杆扶手和台阶打磨成光滑的灰白色。老杨树快死了,枝干灰白脆弱,只剩下几根枝条还稍微有点生气,其中一根斜伸了出去,拂过楼顶的扶手。他嗅着暗绿的树叶,回想起从前夏天时,他们爬到河边高大的棉白杨树上,采摘雌白杨枝条上垂挂着的沉甸甸的蒴果。回家时,每人都满载而归,手里捧着豌豆大小的蒴果,要是碰巧蒴果裂开,里面的杨絮就四处飞扬。碎树叶的气味令人兴奋不已,因为那预告着战争开始,大家把蒴果当弹药,用来对付同村的其他孩子,他们把衬衫扎进牛仔裤,在衬衣里塞满了蒴果,直到每个人的肚子都鼓囊囊的。大家互相追逐,哈哈大笑,朝对方投掷绿色的蒴果。

棉白杨树总是唤起他某种熟悉的感觉。有人的地方,就有它们,但它们提供的不仅仅是荫凉。几百年后,当棉白杨开始变老变干,村里的克奇纳雕刻师会收集它们,把中间的软木切割出来,用于雕刻面具或玩偶。

他坐在二楼的门廊,背靠着土墙,闭上了眼睛。在这个蟋蟀、清风和杨树编织出的世界,他好像重新活了过来,不再是个透明人了。死者的面孔形成的绿色波浪、脑海中回荡的垂死者的尖叫,这一切都被掩埋起来,恶心的感觉终于退却,如同一个影子,被远远抛到身后,只有眼角的余光会偶然瞥见。

这地方真不错。他重重地往后一靠,粗糙的墙面硌着了背。他捡起一块墙上掉落的石膏,在手背上画着灰白的条纹,像舞蹈仪式上的舞者那样,只不过舞者们用的是白黏土,而他用的是墙上的旧石膏。他把石膏搓成细细的粉末,双手滑滑的,感觉很舒服。他仔细地把石膏粉涂在浅棕色的皮肤上,粉末的颗粒大小不一,在皮肤上留下一片斑点。他突然明白了舞者们为什么要描绘自己,那是与大地沟通。

他好像又回到了她的房间,回到了他们最后交往的场景。那天之后他就没再见过她,大家夏天都忙得很,到九月初时,他和罗基就入伍了,然后离开了家乡。听说乔塞亚的葬礼后她就不见了,没人知道她去了哪儿,只知道她拎着一个行李箱朝高速公路走去。

纱门大大地敞开着,一块圆形的巨石顶着门,靠墙压着。他试着旋转玻璃的门柄,以为门是锁着的,谁知它应声而开。房间空空荡荡的。他的足音传来回响,像是崖边的石洞。灰尘从门底钻进,地板上铺着一层褐色的灰尘,墙上和窗户上也同样落满灰尘,每走一步,他的脚带起细微的尘土,像云朵一样飞荡盘旋。

白色的窗帘已不见了,长廊尽头是一间狭小的房间。那天的乐声、空气中不安分的气氛,所有的一切,现在踪迹全无。他试图寻找过去存在的痕迹,但迎接他的是天花板上一个黑乎乎的窟窿,以前油烟管道从那儿通到室外。

他站在暮霭里,看见夜色渐沉,把他和房间隔开。他深吸了一口气,想象着以前刺槐花的香气,但鼻端嗅到的只有石灰岩的气味,它们来自岩壁,亘古久远。

他趁夜步行回了卡萨布兰卡村,一路上倾听着蟋蟀的伴唱,此起彼伏犹如散乱的星子。沿着旧楼梯,塔尤爬上了哈利祖父家屋后谷仓的阁楼。夜晚很温暖,他躺在柔软的干草里,一夜无梦。

苍蝇舔舐着
甜蜜的花朵
蜂鸟制止了它
要它等等再说:
"等一下,等我们找到了大地母亲。"
它们终于找到了她。
它们献上蓝色和黄色的花粉
奉上绿松石的珠子
还有祈祷用的圣枝。

"我猜想你们定有所求。"她说。
"是的,我们想要食物,还有积雨云。"
"老鹰会降临
净化你们的城镇,
然后,也许我会重新给人们
送去食物和雨水。"

苍蝇和蜂鸟
一路飞回。
它们转告镇里的人们
老鹰将会到来
净化小镇。

"我觉得好多了,"塔尤说,"最近一直都还行,让我给你帮手吧。"他替罗伯特倒了一杯咖啡,端到桌边,当他放下咖啡时,手在颤抖。罗伯特不发一语,只是慢慢搅着杯中的糖块儿,好像准备说点什么。也许那些萦绕在他眼角和肩头的阴影永远不会消失,也许他永远会被彻夜的噩梦和幻听折磨,也许无人可以救他出这无边苦海。"前些天库栽什老头来了咱家。他跟外婆讲了村里其他老人的看法,大家都认为你得尽早治疗。"

"自那次和鄂摩打架后,我好久都没犯病了。"

"我知道,可还有其他考虑。"

"哦。"塔尤就知道他会这么说,总是有些其他什么的,"不光是我,罗伯特,其他人也一样糟糕。那个仪式根本没用。"

罗伯特没有搭腔,面色沉静,塔尤瞧不出刚才他脸上一抹而过的是怒气还是伤心。他慢慢起身,好像全身的力气都耗光了。

那种熟悉的感觉又来了。他想要消散,变薄,薄得仿佛只有他的手掌一般,薄得好像沙地上的沙画,不言不语,只等一阵风吹过,他就会像画上的线条一样,随风而逝。他能想象姨妈的责备声,她严厉的脸孔好像就在眼前,下巴绷得紧紧的,似乎这样就可以抵御村里人的闲言碎语。就让他们带走他得了,不管他们想要什么,他们总是有理。他们总是对的。

"一路颠簸,我又累又饿,却还记得开车经过盖洛普时,看见酒吧外身穿破夹克的纳瓦霍人,站在外面的还有祖尼人和霍皮人,甚至还有几个拉古纳部落的人。沿着66号高速公路是一溜儿的酒吧,那些印第安人就懒散地靠着,也不管墙上积满污秽,直愣愣地盯着地面,似乎忘记了头顶还有太阳。也许他们正做着有关美酒的白日梦,或者是希望在泥地里盯出一瓶酒来。我对自己说,这也是我们的写照,这群酒吧外无精打采的人们,像是冷冰冰的爬满粪墙的苍蝇。"

他们把卡车停在了路途公司①的车站,步行穿过了铁轨。清晨的阳光给仓库和房屋打上长长的影子。街道空无一人,这是盖洛普,又是周六上午,塔尤明白将会看到什么。一双脚突兀地从一个卖旧货的二手店的门廊里伸出来,袜缘的破洞露出了脚指头。这是个头晚睡在这儿的醉汉,他的鞋大概被人偷走换了便宜的劣酒。这家伙头靠着门,棕色的脸上写满宁静,大声打着呼噜。塔尤笑了笑。盖洛普就是这么个地方,要是你只是路过的话,一切都很有趣甚至好玩,就像那些沿着66号公路而来的白人游客一样,他们会停下来买印第安纪念品。但你要是个印第安人,你会在必要时才过来料理生意,不打算过夜,更不会在夜幕降临后还留在城里。这是祖尼族、霍皮族和纳瓦霍族老人们的告诫。最安全的法子是天黑后避开那些危险的地方。

凌晨时他们随处可见,但太阳出来后,他们会躲到由旧锡罐、纸

---

① 曾与灰狗长途公司齐名的美国两大运输公司之一,后被灰狗公司兼并。

箱和碎木组成的避风所继续睡觉。这种简易棚屋零星散布河两岸,有些搭建在曾经流经盖洛普但现在已经干涸的沟渠里,其他的则隐藏于两岸的盐柳和灌木丛中。一年总有那么两三次,警察和福利所的人会突袭河岸,以流浪罪和公众酗酒罪逮捕男男女女,从父母身边夺走孩子,送到收容所去。他们来自城北,俗称"小非洲",那里大部分是黑人、墨西哥人和印第安人,唯一往来的白人是斯拉夫裔的商店主。警察们往往在盖洛普庆典前突袭,那时游客还没到来,他们一边把流浪者拽入囚车,一边咕哝着城镇卫生与安全。七八月时,暴雨突降,给干涸的沟渠灌满泥浆,冲垮简易棚屋。

这些人都出生于盖洛普,有着浅色的头发或浅色的眼睛、蓬松的卷发、厚厚的嘴唇,他们的母亲羞于送他们回家给亲戚抚养。幸存下来的孩子在河床长大,目送他们的母亲日落时出去工作。他们学会了在黑夜中倾听,辨别踉跄的足音和嘎嘎的笑声,识别酒精的气味和声音,知道妈妈何时带男人回家。他们还学会了保持恰到好处的距离,不远不近,等着母亲抛给他们一些吃食,然后溜走找个地方用餐,克制着自己,不去透过斑驳的锡皮墙,看男人是如何哆嗦着解开裤裆的扣子,洒洒了自己一身。

他们还得自己找地方过夜,因为形形色色的男人们一般会待到天亮。在学会蹒跚走路之前,孩子们已学会如何躲避拳打脚踢。

她中午时才起床,通常会喊孩子拿水过来。水桶几乎是空的,里面剩下的一点水带着铁锈色。他等她爬到门口,看着她的喉结一上一下吞咽水,然后会偷瞥一下屋里,看她是否带回了食物,可棚里黑黢黢的,隐没在阴影中。她把空水桶往地上一抛,挣扎着爬回去。"妈!"他喊道,因为他非常饿,那天上午他没找到食物,而平常喂他吃食的红头发女人也走了。她的棚屋被拆掉了,门板墙壁等被河床的住客拆碎瓜分。他偷偷地到屋后的小巷去觅食,但年长的孩子们已经占据了地盘。他也曾偷偷离开棚屋区,眼巴巴地望着桥上的车水马龙。有一次他爬到桥上,站在那儿俯视棚屋区,审视那条和铁轨交错的马路,他甚至可以看到主城区。他很小时,她曾带他去过城区。他记得那耀眼的阳光、灼人的热浪、汽车尾气和烹饪食物的混杂气味、各种各样的噪音和形形色色的人群,与之对照的是酒吧内的阴暗清凉,还有音乐。他趴在地上,下巴顶着木地板,兴致盎然地研究着桌底的腿和鞋,看着各种腿移动——有些拖拽前行,有些昂扬前进。他搜寻着地板,找到了一个塑料吸管,又收集了一堆烟头。有时他会找到一块嚼过的口香糖,粘在桌子的下方,把它放入嘴中,试图咀嚼,但总是不小心吞下肚。他不记得何时学会了不再吃香烟头,因为它们令他恶心呕吐。他可以在桌底安静地玩上几个小时,耐心地等待着桌上掉下一个装土豆片的空袋子或是一团口香糖。他还学会了识别和搜寻硬币,每找到一个就放入嘴中。有一次他们住在一个食物充裕的地方,他总是梦见那个地方,梦中还有一张温暖的红毯,裹着他轻柔地摇晃。

　　他习惯了她和各色男人离开酒吧,她会留下1美元,随便拜托某个人给他买吃食。吃过东西后,他会在桌底午睡,等她回来。第一次她没回来时,是打扫卫生的人发现了他。那个人喊醒他时,他没有哭;警察试图问问他的姓名时,他没有哭。他手中紧握着一角面包,蜷曲在角落里;他们伸手来抱他,他抗议地紧闭双眼。过了好长好长一段时间,她终于来接他。她抱着他,身上有好闻的味道,对着他温柔地轻声低语。但最后一次,他被带到一个地方,记得看到白色的墙壁和成排的摇篮。他踮脚站在摇床上,下巴搁在栏杆上,哭了许久。他边哭边啃着栏杆上的油漆,渐渐他停止了哭泣,转而专注于撕咬铁栏杆上的油漆,它们一片片粘在他的门牙上。

她终于来接他了,身上的气味很不一样。她闻着跟有摇篮的房间的地板一个味,她的长发也绞短了。但她终归来接他了,紧紧地抱住他。

那之后他们就住到河床区了。他们在垃圾场找到扭曲的锡皮屋顶,红发女人帮忙,从下面的沟渠一路拽到棚屋区。他们把锡皮斜靠在松垮的河床,他的母亲从渠底找到些大石块,推着把它们运了上来,用它们压住纸板,做成类似墙壁的样子。天气真冷,太阳下山时他们会生上一小堆火,用的是巷子中找到的箱板碎块,还从河边的柽柳扯来枝条。除了高处够不着的枝干,柽柳和柳树被揪得光秃秃的。一个男人不知从哪儿找到一把断柄的斧头,男人们聚在一起,传着一瓶酒,喝得醉醺醺的,大笑着,轮流举起斧头,几乎砍光了所有的柽柳,只剩下几棵当作粪池的树,那边总是发出刺鼻的臭味。他学会了避开粪便,冬天到来时,它们冻得硬邦邦的,变成他的玩具,他用一根柳条拨弄它们,乐此不疲。他从不与其他孩子玩,他们一靠近,他就飞一般逃开。他们是桥底那个女人的孩子,那家有着矮矮的锡皮墙,可以挡住冷冽的西风。那个冬天他听见桥底传来奇怪的号叫,而孩子们都站在矮墙外观看。他听了很长一段时间,密切关注着进展。第二天号叫声终于停了下来,女人从桥底出来,手里拿着一堆沾血的破布片,爬上山坡,朝北边走去。稍后他循着女人的足迹,沿着河床先是向东,然后折向北,蜿蜒曲折,像是浅黄色的山丘。在离河床不远处,他找到了女人在沙地里挖的洞,里面埋着沾血的布片。她用手挖的洞,小坟堆上的沙子还是潮湿的。他围着坟堆打转,盯着一片褪色的蓝布片,它没完全被埋进沙土,随风僵硬地摆动,上面沾着红棕色的血渍。他离开了那个地方,再也没回去看过,那天晚上他妈妈又出去后,他哭了很长一段时间,因为在梦中他看见那个黄色的坟堆。

潮湿的沙土压得他喘不过气来,先是充满他的鼻腔,然后涌入眼睛,他拼命挣扎着,想睁开眼从梦里醒来。梦中,沙子如同水波般荡漾,包住他的脑袋,黄色的沙土和黢黑的阴影塞住了他的口腔,他的身体满塞沙土,渐渐沉寂下来。醒来后,他哭了许久,所谓床是靠着河床挖出的一块浅凹地,一条旧床单胡乱地抛在那儿。

妈妈和男人一块儿时,他独自睡觉。形形色色的男人——被夏日晒得脖红脸粗的白人,在铁路上工作、住在车厢里的墨西哥男人——只要有半瓶酒,就可以下来找女人。还有同样也在铁路上工作的黑人,从桥上往桥底探头探脑。他不知道他们是否在打量他,还是在注视母亲以及她身旁排成一列的女人,她们满脸笑容,亲热地朝男人挥手,边喊着:"嗨,甜心!"而开车路过的白人则满脸正经,直视前方。但一天下午,几个白种男人来到桥上,大声呼喊,直到女人们从歇息的地方出来,然后男人们高声咒骂,朝桥下扔空酒瓶。红头发的女人把酒瓶扔回去,与他们对骂,把污言秽语原封不动地反击回去。随后警察到来,捣碎锡皮和纸板墙,把住户从棚屋里拖出来,他们脸庞浮肿、瘦骨嶙峋,上着手铐,被警察推搡着,踢打着爬上松垮的河岸。女人们被集中排成一圈,其余的人则追捕四下逃散的孩子们。醉得摊成一团的男人女人则被警察拽走。他藏在柽柳丛中,呼吸急促,心脏怦怦跳动,甚至闻到自己脚底沾的粪便。烈日当空,夏炎灼人,他匍匐在干枯的柳叶上,身上发痒,小心翼翼地挠着胳膊和脖子,边注视着河床中发生的一切。警察们推倒了所有的棚屋,把破布和旧衣抛作一推,浇上汽油,黑色的烟雾猛地腾起,冲入空中。万里无云,空气炎热滞涩。苍蝇在他的腿脚上爬动,嗡嗡作响,他几乎以为搜寻的警察会发现他,但是柽柳丛气味难闻,没人过来。随后出现了穿着墨绿色连体服的人,背着铁罐,对着曾是棚屋区的地方使劲喷洒液体。衣物和木头焚烧的余烬闻起来像他们关孩子们的那个地方,那些白墙的味道。黄昏时他醒来,看到经过桥梁的车灯,慢悠悠地爬了起来,漫无目的地瞪着河岸,开始觉得饿了。

夜色温暖,他在巷道里翻寻了很长一阵子,爬进锡皮垃圾桶时,狗儿不住地狂吠着。他慢慢走回河床,边咀嚼着猪排上剩余的软骨。他细细地啃着骨头,在柽柳丛中坠入梦乡。半夜时他被噪音惊醒,听到男人在河床上绊跤和跌倒的声音,还听到酒瓶碰撞声和拔瓶塞声。男人们高声咒骂,用的词语与妈妈对他说话时的用语一样。一个男人背靠着河岸坐着,咿呀唱着歌儿,喝得瓶底朝天。

他爬入柽柳丛深处,抱紧了膝盖,透过高高的柳枝,仰望星空。他会等她,而她也一定会来找他。

  他们拿了更多花粉
  还有珠子和祈祷枝
  去寻找老鹰

  他们来到了他建在东方的巢穴
  "谁在外头?
  从来没人拜访过我。"

"是我们,蜂鸟与苍蝇。"
"哦。你们想要什么?"
"我们需要你帮助净化我们的城镇。"
"好吧,让我瞧瞧。你们的祭品
不齐全。还有烟草呢?"
(你看,事情总没那么容易。)
蜂鸟和苍蝇
不得不又飞回去。

罗伯特和塔尤在桥上停下车来,看着干涸的河床,干旱持续了很长时间,沙土上人们走过的足迹变成一条条小径。他们开始往下走。两岸都是人,大部分是男人,张开手脚摊着睡觉,有些是倒下时脸朝下的姿势,少部分在梦中翻转过来,脸朝天或是侧身睡着,头蜷在臂弯中。渐渐热了起来,苍蝇多了不少。桥下睡着一个男人,一群苍蝇围着他的头飞舞,是被葡萄酒的甜味,或是男人吐在胸前的残渣吸引而来。罗伯特摇摇头,塔尤觉得喉头有点发紧,眼睛眨了眨,却没说什么。一个男人和一个女人从下面的沙地走来,看见桥上的他们,男人打着招呼,"嗨,兄弟!"他大声喊着,"能不能借我们1美元?"罗伯特瞧了他们一眼,轻轻摇了一下头,塔尤隐隐出汗,伸手到裤兜里去摸硬币。女人的头发用夹子夹了起来,松松蓬蓬的,像是头上多出来的装饰物。她眯起眼,微微转动脑袋,想看清桥上的塔尤。她裙子里面的衬裙脱了线,拖在地上,前额有一块淤青。塔尤摸到两个25美分的硬币,对准桥下男人张开的手,抛了下去,不料却滑过他们头顶,两人跪在沙地里找硬币。罗伯特继续前进,塔尤待在原处,不知怎的想起圣地亚哥公园里的小桥,出发去南太平洋岛的前夜,士兵们总要到那儿去约会,朝小池塘投币许愿。他冲这两人投币的姿势与他在圣地亚哥小桥上的动作一模一样,都是在空中轻柔地一滑。罗基在出发前夜许的愿是安全返还,塔尤却不记得自己许了什么愿。他看着两人跌跌撞撞地爬上河岸,土粒松散,河床又陡,最后几步女人是被男人拉上去的,他裤裆的拉链没有拉上,一只脚松垮地汲着鞋,两人朝南边的酒吧走去,等待开门营业。

  他们如同灾后幸存者一般走着,眼神空洞,紧攥着捡到的硬币。他们是纳瓦霍人,可他也见过祖尼人、拉古纳人和霍皮族的人出入此地,或是独自踯躅,或是三五成群地彷徨在盖洛普的街头。他不清楚他们是怎么来到此处,又是如何离开保留地来到像盖洛普这样的城市,至少有些人刚来时是有工作的,在铁路北边的地儿租房子住,直到被裁员或是被解雇。保留地来的人总是头一批被解雇的,因为白人雇主知道他们会一声不吭,也不会发怒,最不济就是一走了事。他们有限的教育至少令他们明白走出保留地的必要性,而来到盖洛普之后,又找不到什么工作。男人们大多替铁路的库房工作,从卡车上卸货,要不就给木材厂搬木头,或是在工地上推车运材料;女人们则在66号高速公路两旁的汽车旅馆做清洁。盖洛普的人都知道没必要给这些人高报酬,也不必担心他们会抱怨,因为总有源源不断的印第安人涌入城镇找工作。

  塔尤总觉得这些人迟早会回家,等到他们饥渴交加,身心疲惫时,他们会在城北的666公路等着搭便车回基米仕峡谷或卢卡屈凯①,

---

① 两者都是位于亚利桑那州东北部的纳瓦霍部落。

或是借 2 美元买张回拉古纳部落的车票。可盖洛普是个危险之地，等他们觉得不对头时，一切为时已晚，再也回不了家。

罗伯特在山坡上等着他："你认识他们？"

"有可能。"塔尤答道。太阳已升到当空，一碧如洗的蓝天犹如上好的绿松石。

他回头看了一眼桥，默默地许了个愿，那是罗基在圣地亚哥许下的愿望：平安归来。

"什么样的巫医才会住在那样的鬼地方,住在庆典区北边的山脚下?"姨妈质疑道。外婆安慰她:"不要紧。是老库栽什的熟人,他真认为这个叫比托尼的能帮上他。"

盖洛普庆典有着悠久的传统,夏天时吸引大批来自66号高速公路的游客,这些观光客热衷于观赏印第安人和印第安舞蹈,狂热地购买印第安珠宝和挂毯。这个节日总是由白人组织的,比如说图鹏、富兹、肯尼迪,或是市长。他们付钱从部落里请来舞蹈团,包括平原箍舞者和来自墨西哥北部的飞杆舞者,还有由全印第安人进行的骑术表演和马术竞赛。这个节日也吸引了周围保留地的印第安人,他们自发到来,携带着要卖给游客的珠宝首饰和互相交易的东西,诸如白鹿皮、羽毛、肉干和薄片玉米面包等。游客们大饱眼福,从庆典区的大看台上,他们可以观赏印第安舞蹈、印第安牛仔驯马和斗牛,还有马车竞赛、妇女劈柴大赛和烤面包比赛。盖洛普的商人狠宰观光客,整个庆典期间旅馆和餐厅的价格居高不下,他们还把烈酒卖给印第安人,尤其是禁酒的那些年,他们从私酒买卖中大赚了一笔。

比托尼老头的房屋居高临下,俯瞰这一片,从黄色的沙丘到盖洛普全城,一览无余。老头身材高大,宽胸阔背,年轻时他体格尤为雄壮,但年老后肌肉萎缩,只剩下满身骨头。他的头发用红毛线整齐地捆成了一个发髻,非常老式的打扮。他坐在泥盖的木屋①门口,屁股下垫着一个翻转过来的锡皮桶。他起身招呼罗伯特和塔尤,双手前伸,步履坚定轻快,犹如一个年轻人。他注意到塔尤环视木屋四周,又打量庆典区和远处城市的街道,于是朝塔尤点点头。

"人们问我为什么住这里,"他开腔,一口纯正的英语,"我告诉他们我想观察来往的人。'可为什么选这个地方呢?'他们总是不解。我说:'因为庆典开始前,白人把印第安人圈在这儿,然后再把我们展示给游客观赏。'"他看着远处穿过城北蜿蜒的河床,"瞧那儿,"他的下颌指着桥的方向,"他们在那儿过夜,睡在酒吧的巷道里。"他转身指着市垃圾场,位于庆典区和赛马道的东边:"他们刻意让我们聚居在铁路以北,靠近河流和垃圾场。他们没人愿意住那儿。"他讥讽地笑了一声:"他们可不清楚,我们熟悉这片山区,在这儿其实挺舒适自在的。"老人说到"舒适"时咬字很特别,使得这两字带上了特殊的含义——不是宽敞大屋的舒适或美食的享受,也不是明净街道的整洁,而是对某片土地的归属感,感知与整片山脉同呼吸共命运的宁静。可老人强调的静逸转瞬即逝,太阳射在锡罐和玻璃碎片上的反光,下方垃圾场里废弃汽车的镜片,还有镀铬金属板的反射,轻而易举地搅乱了这种宁静。塔尤胃里翻滚,觉得恶心,好像记起了某种遗忘的东西。阳光越发炽热,他想起了睡在河床草丛的印第安人,苍蝇在他们脸上飞舞。他转过身来,无法想象巫医怎能每天这样俯视河床。

"你知道,在我曾祖父小时候,纳瓦霍人定居在这片山区。"他指着

---

① 指纳瓦霍印第安人的传统住宅 hogan,通常由原木和泥土建成,门一般朝向东方。

铁路南边的山区和丘陵,白人在那儿建了大片的房屋。他点了一下头,示意那片曾是河流的河床区域:"他们在河两岸开垦荒地,然后铁路建筑工来了,白人建立了城镇,纳瓦霍人不得不挪地儿。"老头忽然笑起来,双手拍着大腿,他的笑声轻快,却令塔尤寒毛倒竖,脊椎发冷。这个比托尼说话不像其他巫医那样,他的举止也浑然不似巫医。

"想起来就好笑,"巫医再次开口,边摇着头,"人们不懂我为什么住在这个肮脏的城市附近。可你看,我的木屋先建在这儿,在白人还没影的时候木屋就伫立在这儿,是下面的这座城市格格不入,而不是我这个老巫医。"他又笑出声来,塔尤转头看罗伯特的反应;罗伯特面色平静,没丝毫怀疑或惊异。老比托尼终于完成了他的欢迎仪式,罗伯特走向塔尤,拍拍他的肩膀:"我该走了。"他语气温柔。

塔尤注视着他从老人的住处下山,觉察到自己手冒冷汗,心跳加快,心中只有一个念头:要是他现在追上去,还能赶上罗伯特。

"去吧,"老比托尼说,"你可以离开。其他纳瓦霍人也觉得我奇怪,你不是头一个想逃离的。"

塔尤转头再看罗伯特,他的身影已不见了。他盯着老人脚下的枯草,热气逐渐抽走他的力气,他无路可走,似乎只能回到洛杉矶的医院,他们不想他待在拉古纳。

老人身上有种熟悉的东西,塔尤转过身来,细细琢磨,打量着老人的衣着:脚上是莫卡辛鞋,略宽的驼鹿皮底,鞋面发黑,蹭着泥和油垢;下身是宽松的灰羊毛裤,膝盖处有点磨薄了;上身是一件工装棉衬衫,手肘处磨出了棕色的印记。他注视着老人的脸:高高的颧骨像是秃鹰展翅,仿佛欲飞离宽阔的鼻子;他留着两撇厚厚的八字须,往下弯着;头发是铅灰色。最后塔尤看着他的眼睛,和他一样的淡褐色眼睛。老人点头,仿佛知道他的疑问。"我的祖母是位出色的墨西哥妇人,眼睛是绿色的。"他解释道。

他像老人一样微微弯着身,穿过低矮的木门,门里透出习习凉风,塔尤的眼睛还没来得及适应里面昏暗的光线,鼻子已分辨出各种成分:山间鼠尾草、咖喱粉的味道,还有各类草药和根茎的气味。除了晒干的沙漠茶叶,还有其他刺鼻的味道:盐硝过后的皮子,用铜线束着,缝进箱子里,不知存放了多久的旧报纸和纸箱,沉淀着岁月的味道。

老人指着圆形屋子的后部:"西厢房是用老法子依山而建的,屋顶是用沙子和泥土混在一起,下半部则深入地里。你感觉得到,对吧?"

塔尤点头。屋顶正上方是一个圆洞,烟气可以散发出去,但现在阳光射入,地上有一个耀眼的圆环,而他的双脚正好踏在光环里。尽管房里堆满了叠到屋顶的纸盒和木箱,还是看得出原本是很宽敞的。

老比托尼指了指天窗下的地板,那儿随意放着一张棕色的山羊皮。塔尤坐下来,目不转睛地看着堆满房间的纸箱。有些箱子的两侧几乎被压垮,露出里面的衣服和毯子;有些露出植物的根须和红色的柳条,整齐地用棉线捆着。纸箱堆得不是很规整,挤在一起,互相靠着才没散架。有些箱子没了箱顶,几个购物袋的纸拎手露出头,纸袋上还有伍尔沃思①的商标,里面堆满了干鼠尾草和成捆的烟草叶,用白色羊毛绳捆在一处,是生羊毛,还没纺过。

他打量着成捆的报纸堆,它们的边角弯曲僵硬、色泽泛黄,后面压着成堆的旧电话本,透过诸如圣路易斯、西雅图、纽约和奥克兰等城市名,依稀可以辨别年份。老人的房间显示出另一个世界。他心

---

① 美国最早的连锁便利店之一,创建于1879年。

跳加速,血液上涌,还没问出口,他就已经知道答案了。光线从门口射入,穿过蓝绿色的可乐瓶身,折射出某种路径,他试图用眼睛辨别着光径,一会儿就头晕眼花起来。他告诉自己,这不过是老人的恶趣味,搜罗历年的垃圾,可这些纸盒、木箱、草药堆,还有烟草叶明显遵循着某种规律,沿着圆屋的阴影排成同心圆。

老人笑了起来,牙齿洁白闪亮。"慢慢来,"他安慰道,"不要一下子全看完。"他笑着说:"我们花了很长时间收集这些,几百年吧。我出生前她就在做这件事了,而在她到来前是他经手的,这样一代接一代,追溯着时光。"他停下,理解地笑道:"这种谈话方式很糟糕吧?别太心急,一下子消化不了。"

塔尤点点头,抬头看着屋顶,注意到屋顶的木梁上用木钉悬挂着许多小袋子。动物皮毛硝制而成的巫医袋,点缀着银扣的黑色皮包,塔尤明白,这些是巫医的随身配备,旁边还挂着葫芦拨浪鼓和仪式用的鹿角打击器。但这还不是老人的全部家当,墙上挂着成捆的干牛皮,在牛皮和巫医袋下方有一大堆旧挂历,日历没有按年份排列,看上去杂乱无序,好似有些旧历偶然掉了下来,或是被从底下抽出,随后又放回去,叠在最近的年份上。还有几本挂历只显示着一月的图片,好像接下来的月份再也没有被翻动或是被撕掉。

比托尼围着木屋挥挥手,"至于我要它们有啥用?"他慢慢点着头,"你只怕进门时就闻到了吧。"

"以前一切简单多了,巫医并不需要这些道具,可如今……"他的声音低下来,并没有说完整个句子,只是点头让塔尤去意会。

塔尤研究着挂历上的图片和名字,他认出了凤凰城[①]和阿尔伯

[①] 亚利桑那州的州府,是美国人口第五多的城市,也是人口数最大的州府。

克基市的一些商店,但是近几年老人似乎对圣塔菲市的铁路挂历颇感兴趣,它们用的是绘着印第安风景的图片,比如牧羊的纳瓦霍人、柯基迪①的鹿舞者、追逐驴群的部落孩童。他扫视挂历,后背发凉,他认出了一些1939到1940年间的图片。那时乔赛亚每年都从圣塔菲火车站带回这种挂历,在保留地上,它们远比可口可乐的挂历受欢迎。没必要大惊小怪,老人可能出于同样的原因才拿了这些挂历。他摇摇头,试图赶走疑虑。

"我见过这两本挂历。"他说。

"我们就从这儿开始吧。"老人接过话头,搓一支小小的棕色烟卷,点燃了烟。"这些东西上都有生命,"他指了指圣塔菲挂历,"我是他们那儿的最佳顾客之一。1903年,我乘火车去芝加哥。"他目光闪亮,一直看进塔尤眼里。"我知道,"他颇为自豪,"每当我跟大家讲我去过哪些地方,他们都很吃惊。"他又指着电话本:"我带回了这些本子,里面有所有的人名。它们帮我记住东西。"他轻捋着胡须,陷入了回忆。

塔尤凝视着他,想要分辨老人是否在撒谎,那时候印第安人被允许上火车吗?他疑虑的神情引得老人笑起来,他用袖口擦了下嘴巴。

"她让我去上学,上的是加州河畔市的谢尔曼学院②,那是我第一次坐火车。以前我只在山上看着它们。我对她说,火车看起来像一条在红色山丘上爬行的蛇。我跟她说不想去,我已经不小,比其他人年纪都要大。她劝我:'现在他们用各种语言进行仪式,你该去

---

① 位于新墨西哥州的印第安部落之一。
② 前身是1892年建于加利福尼亚州佩里斯市的佩里斯印第安学校,这是第一个非保留地学校,目的是同化印第安学生,让他们进入"文明"社会。该校1903年迁至河畔市,同时更名为谢尔曼学院。1971年,更名为谢尔曼印第安高中。

学习英语了。'"他用手指捋了捋胡须,面带微笑,陷入了回忆。一根灰白的胡须脱落,蓦地惊醒了他,他转而看着指尖的那根胡须,站起身来,走向屋后,塔尤听到钥匙的叮当声,接着是锡制床脚箱①打开的声音,最后床脚箱砰的一声关上,老人回到原处,坐了下来,手中的胡须已不见了。

"我不给旁人半点机会。"他解释着,在羊皮上挪了挪,换了个舒适的姿势。塔尤听得双耳嗡嗡作响,一时不确信老人的用意,但大致知道他指的是什么。"从没人教过你这些事情吗?"

塔尤摇了摇头,心底却清楚老人能辨别他的谎言。他知道巫医会用人的头发和胡须来入药,也明白手指甲和脚指甲对巫医的效用。他呼吸急促,心跳加速,蓦地恐惧起来。他们想摆脱他,总是指责他,现在好了,终于把他送来这个鬼地方,他完了。盖洛普的警察会在河床里的灌木丛中找到他的尸体,把他加入那周的死者名单。他想起身逃跑,他比老人强壮,完全可以夺门而出。他感到被出卖,喉头发紧,使劲眨了下眼,不让泪水流下。他最终还是没做任何举动,他厌烦了反抗,要是无人可信的话,他也没必要苟延残喘了。

老人哈哈大笑,上气不接下气,每当笑声快要止住时,他摇摇头,又控制不住地笑起来。

"我参观了在密苏里圣路易斯州举办的世界博览会,那一年他们在巡展杰罗尼莫,白人吓得要命,有人甚至建议给他带上脚镣。"

塔尤没有抬头,也许这次他真的疯了,也许老人并没有笑,也许最终噩梦和呓语变成了真实。

---

① 一种美军士兵常用的提箱,通常放置在士兵床铺的床脚。

"你要是不信任我的话,最好在天黑前下山。现在这个年代,谨慎些总没错。"

老人说着,指指床脚箱,里面放着他的胡须。"归根结底,我帮不了对我心存恐惧的人。"他哼起了一首曲子,塔尤听不太清楚,歌声断断续续,好像蝴蝶在花丛飞舞。

"战后他们把我送到一个地方。一个白色的世界。除了我,每样东西都是白的。我成了隐形人,但不再害怕了,不用担心身后会出现什么,也不会哭闹着要找罗基和乔赛亚了。那个地方没有声音,也没有梦,也许我该回那个地方。"

比托尼从衬衫口袋里摸出了烟袋,用小麦纸卷了一支细长的烟卷,递给了塔尤,他点点头,示意自己在听着。

"是啊,"老人说道,"你是可以回那个白色的地方。"他吐出一口烟,盯着面前的红色沙地。忽然,他抬起头来,眼睛熠熠发光,咧嘴笑着:"但与其去那样的地方,还不如到山下这块地方来,与其他人一样,在泥地里睡觉,喝劣质酒,与女人滚作一团。就那样醉生梦死也不错。"他摇摇头,笑出声来。"在那种医院,他们从不埋葬死者,他们把死人关在房里,和他们谈话。"

"外面关于我的闲言碎语很多,"比托尼声音沉静,接着说道,"你或许听过一些。他们叫我疯子,或是比这更恶毒的话,但不管怎样,即使我不在家,他们也不曾忘记我。"塔尤注意到了他的眼睛。"对了,"比托尼说,"我坐上火车,外出求学,离家有几百英里,可那些纳瓦霍人从来不敢靠近这座木屋。"他抽了一会儿烟,盯着两人之间从屋顶圆洞漏下的光圈。塔尤可以感觉到那种魔力,却无法用语言描绘。

"那一天,我看见了舅舅乔赛亚,我心里清楚,他绝不可能出现在那儿,他在拉古纳的家中,而我们是在几千里之外的菲律宾丛林。理智上我知道,他从没去过那儿,但我就是觉得他在那儿,哪怕不合情理。我就是觉得他在那儿。我感觉得到他和死去的日本士兵在一块儿。"塔尤的声音颤抖,泪水蓄满了眼眶。突然之间,他好像又回到了丛林,那一天的一切历历在目。"他那么爱我。他是那么爱我,我却救不了他。"

"他什么时候去世的?"

"我们不在家时。牛群被偷走了,没人帮他一道找牛,这是他的死因。"

"罗基,"比托尼轻柔地提示,"跟我讲讲罗基。"

泪水顺着塔尤的鼻翼流淌,滑下脸庞;随着泪水坠落,心中的无底洞痉挛收缩,塌陷成黑洞,塔尤等着它把自己吞没。

"这是唯一一件我本来可以为他们做的事情。我欠他们那么多,这些年来,都是他们在收留照料我……都是因为我……"

"你一直在尽力,从没放弃啊。好了,你讲到了故事最重要的部分。"比托尼犹疑了一下。"日本人,"巫医提示道,好像在思索什么,"毫无疑问,你确实看见他和他们在一块儿。你知道他们是谁,三千年前我们本是一家人。这是邪恶的力量,黑巫术蔓延全世界。"

"还有那群牛……"

"库贝罗的人叫她夜天鹅,她跟他提起牛群,鼓励他买下它们。姨妈说——"

老人摆摆手,打断塔尤:"不要讲你的姨妈,跟我说说牛群和那个女人。"

"有一次她对我说过一些话,是关于我们的眼睛,褐绿色的眼睛。我没听懂。她是坏女人吗?就像姨妈说的那样?是牛群害死了他,还是我让牛群害死了他?"

老人跳起来,围着火塘打转,走到塔尤身后。他很激动,不时用纳瓦霍语自言自语。

比托尼在纸箱堆里翻弄着,尘土飞扬。终于,他找出了一本封面被撕掉的棕色笔记本,他一页页仔细地读着,嘴唇轻轻蠕动着。他到塔尤身前重新坐下,把笔记本搁在膝上。

"我找到线索了,"他说道,闭上了双眼,"是的,重要的线索。"

房间阴凉了点,屋顶圆洞射下的光线变得昏暗模糊。黄昏降临。比托尼伸出一根手指,指着他。

"这件阴谋持续了很长一段时间。他们会阻止你完成仪式。"

塔尤的空虚感突然让位于怒气。"嘿,"塔尤的声音从牙缝中挤出,"我是生病了,自己也半信半疑,不知道我究竟是疯了还是没有,我根本不懂这些仪式,还有你讲的那些见鬼的东西。我听不懂你讲的什么阴谋持续了很久之类的无稽之谈。我只是想获得帮助。"他一个字一个字地把话说完,全身颤抖,好像被抽光了力气。

"我们都在等待帮助,可事情哪有那么容易。人们必须自己帮助自己。你必须自助。"比托尼好似对待儿童般,耐心地解释着简单却重要的道理。塔尤胃里发痛,仿佛有人拿刀子在戳他。老人的话中隐藏着某种庞大而可怖的真理。他想冲巫医大喊大叫,如同白人医生曾对他怒气冲冲地说过的那样:先顾你自己吧,不要自以为是地替别人考虑,只要你还用"我们"和"大家"这样的字眼,你的疯病永远好不了。可从头至尾,他一直清楚答案是什么,尽管白人医生对他说他永远好不了,而他也试图相信他们。药物不是那么用的,因为世界不是那么运转的。他的痼疾不过是更大问题的表征,因此他的治愈也有赖于某个更广大、包容万事万物的答案。

"我得告诉你,"比托尼轻声说道,"如今的人们对仪式心有定论,认为仪式应像以往那样,一成不变,要是哪里错了一下,整个仪式都应该终止,沙画应被抹去重画。这原本也没错。他们认为,要是歌者故意篡改歌词的一部分,灾难就会降临,邪恶的力量会被释放。"他沉默不语,透过头顶的圆洞,遥视蓝天。"这种看法也没错。但是,许久以前,当人们继承仪式时,变化就已经开始了,葫芦拨浪鼓可能会老化,鹰爪变得皱缩,一代又一代歌者吟唱的声音各不相同。你瞧,换言之,一直以来仪式就在不断变化。"

塔尤点头同意,他注视着木梁上挂的巫医袋,猜想里面装着什么。

"有一阵子,仪式无须改变,足以解决问题。可是自从白人到来后,我们世界的元素被打乱重置,必须创造新的仪式才能应付变化。我在仪式中加了新的东西,大家抱有很大的怀疑,但正是这些改变才赋予仪式新的力量。"

"这是她教给我的最重要的一课:没有变化的东西是死物,它们是黑巫师渴求的祭品。黑巫术使人们恐惧,让他们害怕变化和成长;可是,变化是必然的啊,当下尤其如此。否则我们永远胜不了,只有灭亡一途。黑巫术的力量源于此:我们僵守着以前的仪式,一成不变;如此,邪恶终将取胜,人们将陷入黑暗。"

他试着相信老比托尼,他的话语带着一种活力,塔尤想把它们藏在心里,凭此来获得救赎。可老人走开后,他突然注意到破旧的木屋:红色的沙土并没有被扫得很整齐;纸箱堆积如山,有一些破烂,露出里面的破布头;一个个木箱里全是一个老头积攒的垃圾——笔记本和须发之类的;破烂的购物袋四下乱放,纸袋里装满了枯枝败叶。看着地下一堆堆的挂历和电话本,全是比托尼外出旅行时免费收集的——与他熟知的白人世界相比,这一切忽然显得渺小可笑——那个世界由加州成排的整洁房屋组成,那个世界食品充裕,即便是办公室里余弃抛到垃圾场的食物也足称盛宴。相形之下,老人衣着褴褛,肮脏不堪,那些衣服恐怕也是像挂历那样捡来的破烂,都是白人不要的东西。比托尼拥有的一切都在这个屋子里,其中又有什么治愈力量呢?

他怒不可遏,猛地站起,因为坐得久了,双腿发麻。这就是白人承诺的留给印第安人的东西。他们对你的许诺,罗基,与他们一再赌咒发誓的其他承诺一样,毫无二致。

他走了几步,夜色清凉,老人生了堆篝火,他闻到了杜松燃烧的香味。老人正坐在火前,侍弄着羊排,烤架是一片汽车前部的盖子,从下面垃圾场找来的,支在两块砂岩上,下面堆满了炭火,排骨滋滋作响。塔尤看着下方的山谷,遥望城镇方向的灯火,瞅着66号公路上的车水马龙。

"他们几乎夺走了一切,是不?"

老人闻言抬头,手中边用叉转着羊肉,边缓慢地摇头。"我们总是回到这个结论,不是吗?说这是大势所趋,无可更改,以此来平息怒火、怨气,还有愧疚。每天清晨醒来,印第安人张眼所见的就是被偷走的土地,近在咫尺,触手可及,而偷窃者耀武扬威。我们想要公理正义得到伸张,想要拿回被偷走的一切,想要阻止他们的罪恶和毁灭。可是你看,塔尤,我们已拼尽所有与强盗和窃贼奋战,拼尽全力,只得以存活。"

塔尤走上前,跪在旁侧,羊肉在炭火上滋滋冒油。

"看吧,"比托尼指着东面的泰勒山,在晚霞中显得厚重黢黑,"他们自称这一切是他们的,不过是自欺欺人。他们的所言所行,还有法律公文等,都说明不了什么,是人们,人们才属于这片群山。"

塔尤捡起一根枝条,拨弄着炭火,看着枝条渐渐变小,直至变成灰烬。"我有时候在想,"他出声,"因为我妈妈选择了白人——"他停下来,无法继续。他的出生是母亲背叛的明证,令家人和族人蒙羞。

老比托尼往后一靠,坐在脚跟上,望着远处。"事情没这么简单,"他说,"不要完全否定白人,正如你并不是信任所有印第安人。"他指了指埋在火堆边的咖啡壶,又指着羊排。"最好现在开吃。"他提醒道。

塔尤啃完了羊排上的肉,把骨头抛给一条从屋后溜出来的黄狗,一个十四五岁的男孩抱着一大捆木柴,也从屋后走了过来,他手拿着引火物,跪在火旁,比托尼用纳瓦霍语与他说了什么,并冲塔尤的方向点一点头。

"这是我的助手,"他告诉塔尤,"大家喊他苏胥,是熊的意思。"夜色渐稠,就着篝火的光亮,塔尤觉察到男孩有些奇怪,他的目光淡漠,似乎独处山野,眼中空无人烟,篝火、木屋、城市的灯火似乎不存在。

他还是个小男孩

独自摸索
　　　蹒跚学步。
　　他的家人赶着马车
　　　驶入笛岩
　　　附近的山区。

　　时值深秋
人们在山里采摘松果。
我猜啊,他只是跟着哥哥姐姐
　　走进树林
　　没留神自己走丢了。
姨妈以为他跟着妈妈,
而她误以为孩子跟着姨妈。

次日人们循着他的足迹
　　来到峡谷附近
　　熊出没的地方。
　他们沿着脚印
　　一直来到
　　山谷深处
　　杳无人迹之处,
　　他的小脚印
隐没在熊的踪迹中。

他们派人去找巫医。

他知道如何召回
走失的孩子。

时间紧迫。
巫医跑了起来,
他的助手紧随其后。

他们身上披着伪装
手腕、脚踝和脖子上
绑缚着熊草。

他发出咕哝声,抓挠着沙地
密切地注视着熊穴的动静。
他又咕哝了几声,低声咆哮
几只熊崽好奇地跑出来
以为是熊妈妈在召唤。

他再次咆哮和低吼
这一次孩子出来了。
他像熊姊妹那样
四足着地爬行。

他们不能马上抓住孩子
把他带回家
这样他或许会永远滞留在人熊两界

> 下场也许是死亡。
>
> 他们必须唤回他的魂
> 小心翼翼地，巫医
> 唤回了孩子。
>
> 所以，尽管很久前
> 他们就找回了孩子
> 可他再也不一样了
> 从此
> 与其他的孩子不同。

塔尤起身，绕着篝火不安地走动着，男孩拿了几块排骨，回到屋后。老人又加了几块木柴。"你不要怕他。有人觉得巫术可以解释一切，实际上，巫术只能操纵一小部分行为。"他指着男孩消失的方向，"有时是意外，我们完全无能为力。不要太快下结论，决定对错。平衡和协调是变化发展的，这是必要的。与熊相处是宁静安和的，这就是为什么很少有人受召唤返回。关键在于过渡，你得明白必须小心地呵护这种变化和雏形期，幼苗期间的呵护和成苗后所花费的心血是相同的。"

有关熊族人和巫师的注意事项

不要把误入熊族的人和巫师们混为一谈。选择与熊共居的人不会披上熊皮,他们赤身裸体,不会意识到与熊兄的体征区别。巫师们则身披动物皮毛,除了操纵死物和尸体外,他们别无所长。动物们害怕巫师,老远就可以闻到他们的气味,巫师们无法接近它们。这是为何人们豢养家犬,只要巫师化形的动物靠近,它们会长嚎警告。

一阵风吹来,重新燃起了火苗,一丛红色的火苗从灰白的炭中窜出,塔尤抽出一根杜松,抛入火堆,火势蓦地变大。他搓掉指缝间的木屑,遥望着远处的盖洛普。

"我从没跟你讲过鄂摩吧,"他说道,"我也没说过罗基的结局如何。"他指着底下的灯火,接着说:"下方的灯火、往来的车灯和远处的霓虹灯,不知怎的让我想起他们两个人。"

"是的,"老人说,"我的祖母拒绝离开这片山区,她说你可以从这里看见整个世界。"

"罗基一直想离开保留地,他想做点什么,比如说在大城市奋斗之类。"

"他们都在下面这片地方,那些像你兄弟一样身怀大志的人。他们都在下面这片地儿。"

"他没活着回来。大伙儿都指望着我把他平安带回家。他身上肩负了多少希望啊,他们都以他为傲,而我欠他们那么多。我有今天这一切,都是因为他们。"他直视着老人,目光却透过他看向底下的山谷,车灯从西而来,又朝东行去,渐次消失在远方。他自顾自地说着。

"这种痼疾没有边际,"老人说,"一旦扩散开来,流毒四方,从山区到平原,从乡镇到城市,即便汪洋大海也挡不住它前进的步伐。"山风吹过,老人的话语几乎随风而逝。

"鄂摩总是把玩那些牙齿——士兵的牙齿,他说与白人相比印第安人一无所有。他总是谈论白人的城市、白人的机器和食物,他说土地没啥用,我们应该盯着他们手里有的,抢走一切。"塔尤喉头发紧,咳了几声。"嗯,我也不知道怎么样说才对,总之就是那个意思。好像只要四处看看,你就会同意他的说法。所以我是有疑虑,"他的喉头发紧,几乎流下泪来,"我在想,怎样的印第安仪式才能治愈战争、原子弹和谎言带来的伤害?"

老人摇头。"这就是巫术的伎俩,"他解释道,"把一切归罪于白人,这样我们就不用深思真正的病因。他们想要我们与白人划清界限,变得无知、愚昧、无助,走向自我毁灭,可白人也不过是被巫术操纵的傀儡。我告诉你,我们可以与白人相处,我们也能理解他们的机器和信仰。我们能对付这些,因为白人就是我们创造出来的,是印第安巫术缔造了白人。"

很久以前

鸿蒙太初

世上并没有白人

也不存在所谓的欧洲人。

世界本可以这样运转下去

要不是存在着

巫术。

这已是一个完整独立的世界

即便没有白人。

它包容一切

甚至是巫术。

故事于是开始了。

一群巫师聚在一起。

横跨海洋

翻越高山

不远万里。

有的眼角斜挑

有的皮肤黝黑。

他们像如今的篮球选手一样

参加比赛

只不过这场比赛

有关黑暗的事物。

最终
他们聚集一堂
来自四面八方
来自每个村庄
来自每个部落。
有纳瓦霍巫师,
霍皮巫师,还有祖尼巫师。
他们将召开巫术大会,
举办的地点是
坎农西托①北边的
火山岩高处,
他们披着动物毛皮
在岩洞中蠢蠢欲动。
狐狸、獾、山猫和狼
他们围着篝火走动
转到第四圈时
跳入各自的动物皮囊。

但展示并未就此结束
其中一个巫师
可能是苏人②,或是爱斯基摩人
炫耀道:
"那算不了什么,

---

① 位于拉古纳部落东部的一片山丘。
② 指生活在美国北部和加拿大南部的印第安人,即达科他人。

瞧瞧这个。"

比赛就此拉开了序幕。
有人揭开面前
沸腾的罐盖,
吆喝着让大家
来一睹为快:
浓稠的血浆中漂荡着
挖去了脑浆的头盖骨
死婴上下浮沉。
这是巫术的秘药
晒干碾成粉
等待下一个牺牲品。

其他人解开一捆捆奇怪的物品:
黑色的燧石,木屋烧毁后沾染过尸体的煤渣,
从指尖割下的
带有指纹的皮肤,
还有切成片的阴茎头和阴蒂头。

最后只剩下一个巫师
还没有展示他的巫力。
他站得远远的,躲在火堆的阴影中
没人知道这个巫师
来自何处

甚至不清楚他是男是女。
要紧的是
这个巫师没有夸耀他被雷击过的乌黑的炭木
也没拿出蚁丘念珠。
他让大家静下来：
"我只有一个故事。"

大家哄然大笑
巫师说道：
好吧
你们尽管
嘲笑
但随着故事开始
一切都会成真。

开始转动了啊
巫术发动了
我们将见证结果。

遥远的海洋的对面
幽暗的洞穴里
居住着皮肤如鱼肚般
身披毛发
惨白的幽灵。

他们逐渐远离大地
躲避阳光
避开了植物和动物。
他们看不见生命
目光所及
只有物件。
世界只是个死物
树木和河流也是死物
山川岩石没有生气。
群鹿和熊只是食物
他们眼中无法映照生命。

他们害怕
畏惧这个世界。
他们毁灭所畏惧的。
他们甚至害怕自身。
像一个被推倒的蚁丘
他们如熔岩般涌向四方,
借助巨舟高桨
他们顺风航行,跨越大洋。

他们将携带着
比眨眼还快的
喷吐死亡的东西。
他们将杀死所畏惧的一切

动物们将被屠杀殆尽
人们将面临饥荒。

他们将毒害水源
令河流干涸
旱灾将要到来
人们将面临饥荒。

他们会害怕眼见的一切
他们会害怕当地的居民
他们屠戮令他们恐惧的一切。

一个接一个的村庄将被灭绝
一个接一个的部落将被屠尽。

横尸遍野
血流成河
杀戮杀戮杀戮杀戮。

幸存的人们
也挨不了多久
眼见毁灭
亲历屠杀
亲眼看着孩子们在面前死去
痛苦将会蚕食一切。

河流山川大地被偷走

他们的灵魂日夜煎熬

再也吮吸不到大地母亲的乳汁。

人们将面临饥荒。

他们将传播给当地人

前所未闻的病菌。

一个接一个的部落将被灭族

四处躺着腐烂的身体

口吐鲜血

便带脓血。

我们的巫术用得着这些尸体

动起来了啊

由我们发动的黑巫术

开始生效了

如我们所愿。

他们将跨越大洋,攫取这个世界

他们将互相争斗

他们将相互残杀

在这片群山的

高处,就在这儿

他们将会发现这些

黄绿间杂、黑色斑驳的岩脉。①

---

① 拉古纳部落所处的新墨西哥州北部富藏铀矿。

利用矿岩,他们将排列出最后的图案
投掷到大洋彼岸
蘑菇云带来毁灭。

启动了啊
命运的齿轮
毁灭
杀戮
只为一己之利
鼠目寸光
这就是黑巫术
带来痛苦与磨难
产下死婴和畸胎
造成不育和死亡。
旋转吧
旋转吧
旋转吧
旋转吧
动起来了啊
启动吧。

所有的巫师异口同声:
"好吧,算你赢,带走奖金吧,
可你刚才讲的故事
一点都不好笑。

> 我们用不着这样的故事
> 那样的本领也没用场。
> 把它收回去吧
> 把故事收回去吧。"

> 巫师摇着头
> 注视着这群藏身于臭毛脏羽的同伴。
> **邪恶的力量已被释放。**
> **它已在途中。**
> **故事无法被召回。**

天蒙蒙亮,他们就骑上马出发了。老人骑着一匹瘦骨嶙峋的花斑马,它的脊骨支棱,好似冒出弹簧的汽车后座,但她精力充足,沿着木屋北边的小径,敏捷地爬上了山。老人的助手骑着一匹黑色的小马驹,低头前行,助手的脸几乎埋入马鬃,那个姿势似乎是便于取暖,毕竟日出前山区温度极低,而夜风拂过,伴着星光和月影,格外冷冽。棕色的骟马驮着塔尤,有些跌跌撞撞,塔尤拉紧了缰绳,放缓了马步。他们身后是山谷,高速公路显得黑黢黢的,在黄沙红岩里蜿蜒穿行。山风吹过,带来山坡上的松香和鼠尾草的香气。他们经过红砂岩地带,把山谷抛在身后,朝布满火山岩的山脚走去,前面是屈士喀山区[①]。

"我们今晚住这儿。"比托尼商量道,指着山边的一座石屋。

塔尤站在马儿身旁,看着下方的来时路,广袤的高原和峡谷在

[①] 位于新墨西哥州西北部,地处亚利桑那州和新墨西哥州的交界处,山区大部分位于纳瓦霍保留地内。

他眼前铺开,密密麻麻,如同朵朵白云,挤作一堆,消失在天边。四周看起来辽远空阔,天空碧蓝如洗,万里无云,相形之下,一切如此渺小。南边是祖尼部落,隐隐可见黛青的山脊。他抬手摸了摸头发,感受着阳光的热气。山风依旧冻人,清澈冷冽,仿佛是从长满青苔的石洞里流出的山泉。他看不见任何标志、公路、城镇,甚至铁丝网都消失了。他觉得,这儿应该就是世界的最高点。这与高度和海拔无关,只因它是个特殊之地。他微笑着,浑身充满活力。他不得不抚摸着双手以提醒自己身处何时,那些狰狞的伤疤是那次砸碎酒瓶时留下的。

他的岳母一直心怀疑虑。
一天清晨,她闻到郊狼的尿骚味。
她告诉了女儿。
她认为是郊狼在作怪。
她知道她的女婿失踪了。

没人知道郊狼对他做了什么。
四个村民出发去寻找他。
循着足迹,他们来到他发现鹿踪之处。
他们又找到鹿中箭之地
男人在此逐鹿而去。
他们来到了他与郊狼相遇之所。
男人在沙地上小憩了一会儿

四周交织着足印和爪印。

男人一路爬行的痕迹
蜿蜒着
指向大山深处。
循着踪迹他们来到一棵橡树下
他在那儿过了一夜。
接着他又继续向前爬行
在冬青栎下过了另一夜。
接着他经过一棵矮松
在杜松树下度过了第三夜。

他爬了很长一段路
猎人们终于在一丛野玫瑰旁
找到了正在休憩的男人。
"你怎么了？你是不是
四天前离开的家，孩子？"
男人张口，却只发出一声郊狼的嚎叫。
"四天前你离开了家，
是你吗，我的孩子？"
男人试图说话
口中却传出郊狼的长嚎，
他拼命摇着尾巴
在沙中划出道道痕迹。
他又渴又饿

虚弱得几乎无法抬头。
但他挣扎着点头答应。

"毫无疑问,就是他。
我们怎么才能救他呢?"

他们回到圣地
询问救治的办法。

"到黑山的峰顶
找到四个熊族老人。
他们是唯一的希望
能帮他恢复神智。
很久以前
他们曾救过人。"

绿头苍蝇飞去找他们。
熊族人慷慨地答应帮忙
他们说
用橡木枝条
冬青栎叶
矮松枝条
杜松和野玫瑰枝条
编成花坏
四周绑上几束野草。

准备四束草
用丝兰捆住它们
云杉上撒点烧焦的草灰
加上蛇草、格兰马草和鼠尾草。
准备四束草。

画上两条交叉的彩虹
代表他曾经走过的路径。
这样做的目的
是帮他重返人形。

他们用白色的玉米花粉
在正中画上花粉男孩。
他的眼睛是蓝色的花粉
嘴巴也是蓝色的花粉
脖子是蓝色
各个关节处
也撒了蓝色的花粉。

  他坐在沙画的中央,身后是交叉的彩虹。比托尼的助手用手在沙地上掘出几道沟壑,把花环的底部埋在沙土里,让它竖立着,又把其他的花环同样匀称地摆好,橡树枝编成的花环离他最近,而野玫瑰花环则在沙画的入口。老人在最远的花环旁画了一片黑色的山脉,在第二个花环旁撒上蓝色的花粉,他来到塔尤身边,跪着画了黄色的群山,最后在他身前画了一片白色的山脉。

助手拿着黑色的沙子,在黑色山脉的底部加了几排熊爪印。老人在黑色的爪印右侧依次加上蓝色、黄色和白色的爪印。他们一起合作,画了一道巨大的彩虹,笼罩四色山脉。比托尼递给他一个装着祈祷枝的篮子。

嗯-呃-呃-呀-啊-啊-啊!
嗯-呃-呃-呀-啊-啊-啊-啊!
嗯-呃-呃-呀-啊-啊-啊-啊!
嗯-呃-呃-呀-啊-啊-啊-啊!
你跋涉在危险之地
穿行在险途
去往险恶之地
充满危险 呃-嘿-呀-啊-哪!

那个地方
墨色翻滚,黑暗蔓延
沿着巨岩的边缘
沿着清风的边缘
沿着云朵的边缘
顺着溪水的边缘。

墨色翻滚,来自北方
墨色翻滚,去往东方
它顺着南方
来到了西方

> 墨色翻滚,盘旋沉降
> 终于到达了中央。

　　助手从山脉的阴影里走出来,嘴里发出像熊一样的咕噜声。他抬起头,似乎不堪头颅的重量,嗅着空气,起身走向塔尤。他俯身捡起几根祈祷枝,把它们紧贴胸口,一字一句地祷告。老人上前,没打招呼,就在塔尤的额头上割了条口子,塔尤吃了一惊。黑燧石的边缘很锋利,伤口很小。他们托住他的肩头,帮助他站了起来,让他顺着熊的足印穿过五个花环,每当他通过一个花环时,老人便高声吟唱:

> 欸－嘿－呀－啊－哪!
> 欸－嘿－呀－啊－哪!
> 欸－嘿－呀－啊－哪!
> 欸－嘿－呀－啊－哪!
> 欸－嘿－呀－啊－哪!
> 欸－嘿－呀－啊－哪!

　　塔尤可以感觉得到血从伤口慢慢涌出,头发汗津津的,汗水从额头上流下,当他弯腰跨过花环时,汗水滴到脸上和脖子上。

> 呃－嘿－呀－啊－哪!
> 呃－嘿－呀－啊－哪!
> 呃－嘿－呀－啊－哪!
> 呃－嘿－呀－啊－哪!

在黑山之巅
生长于此山
奔走于此山
跟我穿过花环吧，
我会带你回家。

跟随我的足迹
回家吧
跟随我的足迹
高兴地返家吧
回到属于你的家
重归长寿与幸福
重归长寿与幸福。

呃－嘿－呀－啊－哪！
呃－嘿－呀－啊－哪！
呃－嘿－呀－啊－哪！
呃－嘿－呀－啊－哪！

在黑山之巅
生长于此山
抚摸着此山
我把之字形的闪电留在身后
我把笔直的闪电留在身后

> 我拥有露水，
> 第一道阳光源自我，
> 我生长于此山
> 我开辟出野花之径
> 第一颗雨珠源自我
> 我走在回家的路上
> 回到归属之处
> 走向幸福
> 重归长寿。

> 他通过最后一个花环
> 仪式还未结束
> 他们让他绕着太阳旋转
> 他终于恢复了
> 他站起身来
> 彩虹带着他归家
> 但仪式还未结束。
> 种种邪恶污染了他的身体。

他们让他从最后一个花环处退出沙画。天色已暗，群星点点，冷冽的山风抚着头上的伤口，他的手脚不由地发抖。助手给他拿来一张毯子，他们陪他走回岩石边，老人让他坐好。他听到老人在身后折断枝条，准备引火柴，接着闻到了篝火味。他们给他端来一杯印第安茶，老人让他喝了睡觉。

他梦见了斑点牛群。它们也看见了他。在泉眼下方的平顶山，它们三五成群地散布于杜松树和蒿草里。有些牛身边跟着带斑点的小牛犊,它们的臀部反射着阳光,看不清全身,只见身后的松林。他徒劳地追赶它们,但没有马什么也做不了。它们一会儿就不见踪迹,朝着西南方遍布高岩的帕托其平顶山奔去。

他醒来后,全身还在发抖。他站起来,身上的毯子滑到地上,他必须马上出发去寻找牛群,只有找到它们,他才能重获安宁。他在屋里找比托尼或是助手,没看见人,他们的马还拴在矮松树下。他能感觉到头上的伤口,但它没有红肿,也不发热。他来到巨岩边,朝下看去,下方是一片黑乎乎的峡谷和山谷,深深浅浅的黑色代表着不同的宽度和深度。他忽然记起了木屋地上的沙画,橡树花环旁边的黑色山峦描绘的正是眼前这片山峰和丘陵。他倒吸了一口凉气,这两个世界没有边界,脚下的群山和屋里的沙画合为一体。那晚,无数的山峦回应了祈祷,应召而来。

有人从西边的山坡走上来,他转过身,夜色中,比托尼显得比以往还要高大。他示意塔尤坐下,然后坐在他身边,从兜里取出烟草和麦纸。他卷着一支香烟,若有所思地瞧着东方的天空,根本不需要看手上的动作。他点着了烟,抽了一口,喷了几小口烟圈。

"很久之前,那时我的祖父德屈尼已是个老人了。那次,猎人们从南峰狩猎后返家,他们是两个月前出去的,可谓满载而归,驴背上是成袋的牛肉干和成捆的丁皮了。纳瓦霍人天生谨慎,不想和圣马驼镇①的士兵们有任何冲突,于是在镇外西北方找到一处深谷,在那儿扎营过夜,谨慎起见,他们甚至没有生火。这个夜晚不太冷,群星闪烁。老人们裹着毯子,抽着烟,仰望星空,寻找着划过夜空的流

---

① 位于泰勒山北边的一个小镇。

星;年轻人则站在马旁,轻声细语,不时发出大笑声,他们分享着一根烟,红色的烟头在黑暗中传递着。他们不想整夜无聊地坐着,听着老人们打嗝,拔胡须,然后呼噜入睡;他们很想骑马出去溜一圈,运气好的话,还能在城外的山区找到一两匹走失的马或是羊群。部落劫掠的传统早就消失了,但在松林间暗夜疾驰,迅疾如风的感觉依旧令他们血液沸腾。

"老人们没意见,他们专注地削着松枝,制成牙签。他们知道迎风驰骋是什么感觉,再加上过去一周的行程一直很慢,大家风尘仆仆地赶着驴子。年轻人开始解开马,有人打趣道这是个诱拐女人的好夜晚,老人们会意地大笑,悠然观看星空,分享着他们年轻时的历险记,这样的夜晚真是诱人啊。

"星光洒向大地,比月色更柔和。骑手们在暗夜中疾驰,勉强辨别出山峦和树影。来到城边时,他们闻到了木头燃烧的味儿,猛地勒住马,从疾驰变成小跑,缓步踱着。马儿浑身冒汗,兴奋不已,摇着头,试图挣脱缰绳。骑手们摸着马背,汗津津的,打量着东边的小城。夜色中,它像个小小的方块,背靠着蓝幽幽的峰群,建于谷中,山顶还有积雪。极目望去,他们可以辨别出窗棂模糊的影子,大家让马儿放缓步子,仔细观察,侧耳倾听。他们没指望有很大收获,众所周知,墨西哥人照料牲口很仔细,尤其是晚上。能骑到城边,闻着松香,听着村庄的犬吠,大伙儿已心满意足了。

"他们掉转马头,准备经由长满矮松的山脊回到露营地。大家经过一片草地,正要进入林间时,马儿蓦地停住,惊惶地打转。空地的边上长着一棵巨大的矮松,松树似乎有点怪异。骑手们驱马上前,马儿们却避之不及,哧哧地打着响鼻。于是大家决定迅速穿过松林,其中一人眼尖,瞥见一片淡色的影子,如同一只轻盈的鸟儿,从树上飘下。他下了马,迟疑地走到树前,捡起了这片东西,原来是一张蓝色带花边的方形披肩。其他人也下马,聚了过来,站在树下,抬头搜寻着密密的枝条。

"他们合力把其中一人送上树干,想把她抱下来。他小心翼翼地爬过去,以为她或许会逃开,没料到她轻巧地跳了下来,落在树下厚厚的松针堆中。她不像常见的俘虏那样尖叫,也没有满脸泪水,用母语大喊大叫。她一声不吭,咬着下唇,褐绿色的眼睛像狼或是山猫一样闪闪发亮,紧盯着他们。山风吹过树林,把她的长发拂到了棕色的脸上。大伙儿迟疑起来,当他们看清她的样子,脊背莫地发凉。他们想放她走,尽快离开那个鬼地方,可没人愿意承认自己的胆怯,毕竟,她只有十二三岁。再说,她肯定能换个好价钱。

"他们把她带回营地,绑在一棵小树上,确保她不会逃走。整个晚上,她紧盯着他们,眼都不眨一下,最后没人敢直视她。清晨到来,老人们沉默不语。给驴子们装货物时,也没人像往常那样嬉笑打闹。有人给她匀了一匹马,自己则与伙伴合骑一乘,没人愿意靠近她。快到黄昏时,他们在一处峡谷停了下来,让骡马歇息,四周是砂岩平顶山。老人们商量着如何让她离开,尽管没人说出口,大家都清楚她可没这么好打发,不能简单地把她放走,或把她绑在树上,然后扬长而去。他们深陷困局。要是能找到合适的人,懂得恰当的仪式和杀死她的方法,他们马上就会解决她。老人们轻蔑地嘲笑年轻人的愚蠢。'还好我们快到德屈尼家了,'有人建议,'我们可以找他帮忙。'

"第二天一早,他们到达了屈士喀山脉,大伙儿在山脚的山泉处等待,派一人上山去找德屈尼。他们看了看墨西哥俘虏,又掂量着驴背上的肉袋,合计着请德屈尼出手解决问题的价格。德屈尼的几个妻子先下了山来,好奇地打量了一番,又转身爬上山。

"'她长什么样?'妻子们还没来得及开口,他便急切地问道。'谁?'她们问道,像平素打闹那样,装作不懂他的问题,想惹他生气。可这次他笑了,从门边的座椅上起身。'女士们,别给我找麻烦,'他说道,戴上獾皮帽,边抓起手杖,'否则,说不准我就娶了她。'

"德屈尼从山上下来,站在泉水上方的小径,看着她。她正跪在水旁,洗濯自己。他走下来,朝猎人们走去,他们装模作样地调整着马具,拉紧马鞍的肚带。

"'这趟收获不错啊。'他打着招呼,用下颌指着成捆的猎物。

"'我们还收获了点别的东西,你可能已经注意到了。'一个高个儿男人随意说道,'她可珍贵了,但耽搁了我们的脚程。你知道那些俘虏,又哭又叫的。'德屈尼也不戳破他的谎言,笑着摇摇头:'我知道你们的麻烦。只要给我两三匹驴子驮的肉,我可以帮你们解决问题。否则的话——'话音刚落,猎人们就窃窃私语起来。

"他会点西班牙语。'我很老了,不会给你带来麻烦。'他对她说,'明天我们就送你回家,我们会向你的家人保证,从没有任何男人碰过你。你可以回到从前的生活。'德屈尼有些自得,觉得自己言辞慷慨,又照顾了她的情感。他仔细看着她,她无动于衷。

"我们会告诉你的家人他们是在哪儿找到你的。是在树上,对不?是深夜,在山丘地带。'她嘲笑着他,鼻翼张开,面带讥讽。

"'你知道答案,老头。不要跟我玩游戏了,你知道我的族人会如何处置我。'"

"'我们不想那个东西待在家里,'三姐妹对她们的丈夫宣告,

'你每晚与她睡觉的样子真丑。我们教孩子们不要碰触任何异物,可你每天都这么做,老东西。'最后,他让她搬到山下的冬屋去了,房子在山脚的西南方,四周是黄色的砂岩,正对着河。

"有天晚上在木屋睡觉时,他听见她半夜里起身,先是轻轻揭开篮盖,把鹿皮卷铺在地上,接着她窸窸窣窣地放好种子和枯叶,又从他的巫医袋中取出鹰爪和狼牙,叮当作响。突然,她停下了动作。

"'我听到你了,老头。继续睡你的觉。'

"'你不在身旁,我冷呢。回来躺下吧。'

"'我会的,你先告诉我为什么这间木屋夜晚会发出奇怪的声音。我从没听过这么多奇怪的语言。'

"'躺下来吧,我冷得哆嗦呢。'

"她回到他身旁躺下,把毯子拉到脸上,朝他一点点挪近,靠着他起伏的胸腔,抚摸着他瘦弱的肋骨。听到身侧她的呼吸声,老德屈尼忍不住心跳加快,一股战栗从大腿传上肚皮,他满心期待着。

"'我就知道,又是他们。'

"'是的。'

"'他们想毁灭这个世界,对吗?'

"'大概是吧。'

"'有时候我怀疑仪式的力量不够强大,已经阻挡不了他们。我们得指望那些甚至没出生的人,一百年后的后代。'他把她拉近身前,她小声说着。

"你们墨西哥人真没耐心,"他抚摸着她的肚皮,"哪有那么简单。要花很长的时间,讲述无数这样的故事,才能让他们稍微收敛点。'她翻身跨在他身上。

"'还有某样东西也要花很长时间呢。'她低声挑逗着,'我干吗陪你睡,老头?'

"他越老就越无畏,像一张橡木制成的弓,保持着弹性,修改着歌谣和信念。在她到来之前,他一直在仔细地观察夜空,每次斗转星移都意味着古老的歌谣与故事要做出新的对应。他预见到了过渡期,也为此做好了准备。有些老歌手看见月亮上新生的阴影,他们甚至看到星子之间新增加的暗物质。如果有无法治愈的病人,他们会让病人们来找德屈尼。世界每天都在产生新的邪恶,这些人是新的受害者。

"他原先认为,这股新的邪恶势力是遍布全世界的黑巫术所造就,然后由白人带到这里,因此,抵抗它们的仪式必须与从前一致。可等她到来后,他逐渐察觉了真相。她是冲他的仪式而来的,也是为了仪式中使用的歌谣和故事而来。

"'没别的法子,'她诱惑道,'没有人能单独对抗它。我们必须联合一切力量,甚至包括从白人那儿获得的力量。'

"人们注意到德屈尼改变了一部分的仪式。起初,他们对此还颇为宽容,因为德屈尼对基督教和酒精的受害者很有一套,帮助他们康复。自从墨西哥俘虏出现后,人们开始害怕了,很少有人会待到仪式的结尾部分。德屈尼则早有觉悟,随时做好最坏准备,也不在乎独自完成仪式。

"他观察着茶水晶,而她从火中获得灵感,他们留意夜风吹拂的方向,研究干涸的山谷中黏土的颜色,共同制定仪式的程序。

"我刚出生,他们一看见我眼睛的颜色,就立刻把我送出村去。城里的西班牙人像看怪物一样盯着我,天主教牧师也诅咒:'让她去死吧。'他们怪罪村里的草药师,勒令她天黑前离开村庄。等到大家都走了,她到河床的垃圾堆里把我捡了回来。我们往北走,她带着我来到了埃尔帕索①。多年后,她还自嘲,为了等待我的降生,她在那个又脏又臭的地方居然待了那么久。有时候她也愤愤不平,语带苦涩,毕竟那些年她一直帮助村人,到头来他们却那样待她。'有时,我只能摇头作罢,'她说,'因为人们总是自食其果。'"

大家急切地询问:

"你们找到他了吗?"

"找到了,可是我们忘了一样东西。

我们忘了带烟草。"

可是大伙儿没有烟草

于是苍蝇和蜂鸟只得

一路飞回去

飞到下面的第四个世界

再次询问我们的母亲

哪里可以找到烟草。

"我们又回来了。"

---

① 位于得克萨斯州西部的一个城市,北临新墨西哥州,南与墨西哥接壤。

他们对母亲解释。
"你们还需要什么?"
"烟草。"
"去问毛毛虫吧。"

"他们有了一个孩子,墨西哥女人让德屈尼的女儿们抚养她,那些同父异母的姐姐们教唆着她害怕自己的母亲。很多年以后,她有了自己的孩子。我刚一断奶,外婆就来了,她来把我带走,我妈妈和姨妈们都没有反对,因为德屈尼去世前就做了安排。"

比托尼停下来,朝空中吐着烟圈,塔尤则伸了伸坐得发麻的腿。他还在想着巫医替他举行的仪式,想看看它是否管用,于是放纵了一下思绪,试着回忆罗基和乔赛亚,看是否会胃疼,接着又想象了一番姨妈严厉的眼光和紧抿的双唇。仪式似乎生效了,仿佛巫医袋口的皮带子正在慢慢地抽紧,把嘈杂的声音、光怪陆离的梦境、洛杉矶火车站中斑驳的脸孔和白墙之内死寂的烟雾都暂时屏蔽。

"一晚或是九晚没有区别,"巫医说道,"仪式还没完成呢。"他用手指在地上画着什么。"记住这些星星的位置,"他说,"我看见了它们,我还看到斑点牛群、一座山和一个女人。"

一阵风吹来,吹起了塔尤的袖子,他闻到老人衣服上的烟味和鼠尾草的香味。他伸手到裤兜里去拿钱:"我应该为今晚的仪式付报酬。"

老比托尼摇着头。"这世道如此,已有很长一段时间了,关键在于你的选择。不要让他们阻止你,也不要让他们毁灭这个世界。"

脱下的皮囊

干缩枯萎

还粘在身上。

邪恶的

黑巫术

给他的身体

带来的变化

正在消退。

而他周围

受黑巫术

蛊惑的一切

也在退却。

它飞快地逃离,

朝着北方奔去。

卡车司机在圣菲德尔停了下来,卸下车上的柴油,塔尤走进店里买糖果。自从告别比托尼和他的助手,离开山区后,他就没吃任何东西。便利店的天花板上挂着几圈汽车水箱散热用的风扇皮带,一股子橡胶味,几箱机油散乱地堆在柜台前,桶身布满油污。柜台后的桌子上放着几张红黄相间的纸,那是发票和账单,上面压着杯冷咖啡。桌子上方是本挂历,印着一个金发女郎,面带微笑,身着闪闪发亮的蓝色舞蹈服,穿着过膝的白皮靴,双手抱着一匹银鬃马的脖子,其中一只手拿着一瓶可口可乐。他仔细研究着挂历,马的鬃毛似乎漂白过,毛发一尘不染,四蹄也打过蜡,乌黑铮亮。女郎的眼睛和耀眼的牙齿让他想起比博镇①的酒吧,吧台上方挂着一只山猫标本,有着同样的玻璃珠眼睛和洁白的牙齿。他移开视线,有点恶心,像一个行走的影子,虚弱而无力,还没从长途卡车旅行中恢复过来。售货机上所有糖果类的商品都标着小红旗,表明该商品已断货。

店员走了进来,狐疑地打量着塔尤,仿佛在判断他是醉鬼还是小偷。塔尤很生气,想象着自己把牛仔裤的口袋翻出来,逐个解开衬衫的扣子,以此来证明清白。每个画面都清晰得像电影镜头一样。但这样的对抗太简单了,他不会让他们阻止他。他问店员哪儿可以买到糖果。

"离这儿不远有一个店。"他答道,头也不抬,看着账本。他面孔苍白,蓄着红色的短须,红发中间杂着白发,额头和眼角有着皱纹,似乎习惯于皱眉,手背上有几根稀疏卷曲的毛发,手指污黑。他从来没这么近距离地观察过一个白人。他挪开眼。老比托尼的故事在他脑海中萦绕不去,令他无法控制自己的言行,他想嘲讽店员,他甚至不知道自己和所有白人的存在都是黑巫术的成果。

他对司机说,他就在这儿下车了。阳光照在他的后背,一阵暖风从西南方吹来,吹干了他额上的汗水,也烘干了腋下的汗渍。他走下沟渠,顺着高速公路的路肩,沿着公路前行。他不想再搭车了,打算就这样走下去,直到重新寻回自己的身份。不远处,蚱蜢发出唧唧声,在草丛中跳跃着,春天时换上的碧绿外壳现在变成枯黄色,

---

① 位于拉古纳部落北边的一个小镇。据2010年人口普查显示,此地只生活着约140人。

翅翼反射着阳光。他盯着脚下,小心翼翼地选择落脚点,用靴尖拨开草丛,确保干枯的向日葵下没有藏着蚱蜢,他的脚踩在枝条上,咔嚓作响。高速公路对面是位于赛瑞托镇的一间酒吧,酒吧后面有很大一块玉米地,玉米茎秆低矮稀疏,叶片枯黄,和蚱蜢一个色,玉米秆上只有稀稀拉拉的几只玉米棒子,又丑又小。他不知道库贝罗的墨西哥人怎么想,他们的牛群也是同样瘦小。他们会怎么办?是在教堂里虔诚地跪倒,手捧汗湿的草帽,闻着烛火的蜡味,盯着红蓝二色的祭典烛?还是对着身穿玫红长袍、双手前伸的塑料耶稣像虔诚地祈祷?"帮帮我们吧,原谅我们吧。"

高速公路上疾驰的一辆卡车忽地在他身后停下,他转过身,看见哈利从车窗里探出大半个身体,冲他招手。没等绿色的旧卡车停稳,他推开车门,从座位上跳了下来,他咧嘴笑着,双手各举着一瓶花园牌豪华版托考伊白葡萄酒。哈利拍着他的背,推着他上了卡车,开车的是勒罗伊,中间还坐着一个人。

"嗨,伙计,这是海伦·琼。"哈利介绍道,边挤眉弄眼,他有点喝高了。她穿着一条紧身的蓝色西裤和一件褶边的粉色衬衫,没说什么,只是笑了笑,朝勒罗伊身旁挪过去了点。勒罗伊对塔尤笑着。她的腿轻蹭着勒罗伊,不动声色地盯着窗外,若有所思。勒罗伊和哈利兴致不错,车里有葡萄酒和两箱六瓶装的啤酒。塔尤仔细地打量她。她香气袭人,闻着这味道,塔尤几乎窒息,好像一下子吞了几十朵红玫瑰,他把脸转向一旁,窗外的新鲜空气扑面而来。

"伙计,还好你这么瘦,要不,我们都关不上门!"勒罗伊边换挡边说。女人意味深长地笑着,双腿分开跨坐在换挡杆上,每次换挡时,他都得擦过她的大腿。哈利用胳膊肘碰碰她的前胸,递给她酒瓶。

"瞧!她喝得很像样。"哈利惊呼道,显然很高兴,"我们是昨晚在盖洛普找到她的,对不?"

勒罗伊点点头,他的眼睛布满血丝。

哈利把酒瓶递给塔尤,塔尤摇头拒绝了。

"那你喝啤酒?"

塔尤还是摇摇头,指了指自己的胃。

"生病了? 嘿,勒罗伊,这家伙说他生病了! 我们有法子治好他,对不,海伦·琼?"她点头,塔尤看见她眼角的皱纹和下巴上的一条弧线,她的短发弯曲,紧贴着头皮,睫毛上的膏体已僵硬,她不时从腿间的手工皮包里取出唇膏,来回抹着嘴唇,涂满厚厚一层红色的唇膏。她看上去比他们大不了几岁。

塔尤尽量朝窗外探身,好给大家更多的空间,可哈利、海伦·琼和勒罗伊似乎很享受这样挤在一起。他想下车继续步行,可又太了解这帮朋友了,他们喝醉时,你怎么推辞都没用,他们肯定会把车挂到低挡,在高速公路的路肩开上数十里,慢悠悠地跟随他,直到他重新回到车上。他多想抓住一只蚱蜢,放在掌心,看着它巨大扁平的复眼,盯着它光滑的细腿,棕黑相间,如同设计精美的串珠。上次他这么做时,是和罗基在一块儿,他们捧着蚱蜢,指尖被蚱蜢吐出来的烟叶渣染得棕黄。

"嘿!"哈利招呼道,"你在看什么呢?"

"蚱蜢。"

她咯咯笑着。

哈利摇摇头,不由分说地把酒瓶塞到他的怀里。"我说,你最好来一口。你看着不对劲,勒罗伊,你觉得呢? 面对美丽动人的海伦·琼,你居然去看蚱蜢,嗯?"他忍不住又笑起来。

酒几乎喝光了,瓶身黏糊糊的。他看着窗外的沟渠,枯草飞快掠过。这些蚱蜢都活不了多久,再过一个月,秋风渐凉,它们会变成枯白的空壳,与枯叶一起在沟渠中飞舞。

"嘿,这卡车怎么样?"

塔尤点点头。

"哪儿买的?"

"没有首付!头个月就还清了贷款!"

"只要别被逮住!"哈利大笑着。

"是啊!他们也得先抓得住我再说!"

哈利在座位上跳来跳去,乐不可支。"他们欠我们的——他们偷走了我们的土地,这只不过是一点利息而已!"

海伦·琼没笑,反驳说:"你们又被骗了!这破车哪值半亩地!"

塔尤大笑了起来,确实如此,这车哪值半亩地。汽车的减声器坏了,发出巨大的噪音,散发出难闻的味道。他想补上个笑话,讲白人是如何专把坏掉的皮卡卖给印第安人,他们开啊开啊,没准哪一天就自己闷死在车里;可这一点都不好笑。真不好笑。

他们快到拉古纳了,正经过新拉古纳的路桥,勒罗伊挂到二挡,开始爬坡。

"谢谢带了我一路,"塔尤感谢道,"随便找个地方让我下车吧。"他把酒瓶还给海伦·琼,她用双腿夹住酒瓶,拔开了瓶塞。

"慢点,开慢点,"她提醒勒罗伊,"你们已经打翻了一瓶酒,洒得我满身都是。"她看上去像是阿帕切人或是犹他人①,面孔棱角分明,鼻子和眼睛长得像老鹰。

勒罗伊减速,把车停在公路右侧。

---

① 指居住在美国犹他州、科罗拉多州和新墨西哥州的犹他部落印第安人。

"嘿,等一下!他跟我们一道。对吧,塔尤?哎,伙计!"哈利拽住塔尤的胳膊,朝他靠过来,满嘴酒气,混着香水味,浑身臭汗,面庞发亮。他们都是他的老朋友了,而且是仅剩的朋友。他犹豫着,哈利看出了这点,卖力游说塔尤,拍着他的后背。勒罗伊发动车,从低挡起步,后轮卷起沙子和砾石,弹在挡泥板上。他刹车,往后退到人行道上,掉过车头,然后换到二挡,冲过天桥,爬上坡,飞速经过威利·克里格家的车库。海伦·琼尖叫不已,大声笑着,因为勒罗伊猛地加速,大家撞在一处;哈利抱着她的脖子,发出战斗般的呐喊声,哈哈大笑。车身剧烈地震动,方向盘有点松了,前轮沿着马路中间的白线扭麻花,不时驶到对面去,每次对面会车时,勒罗伊得猛打方向盘,让卡车回到正常的轨迹。白人专门把旧车卖给印第安人,这让塔尤情不自禁地与十九世纪六十年代比较,白人上尉"慷慨地"赠送阿帕切人羊毛毯,所有的毛毯都特意沾满了天花病毒。他无言地苦笑,但一路的颠簸仿佛把笑声颠走了,像旧枕头里不断飘出的羽毛,直到他全身发软,眼角带泪。

"我们可以治好你!我们有法子,是不是?"哈利在座位上扭来扭去,车身随之摇晃。海伦·琼尖叫起来,手中的酒洒了大家一身。塔尤一把抓过酒瓶,喝光了剩余无几的酒。

"喝吧!喝吧!这对你有好处!你马上就会康复!把这家伙送到库尔斯医院去!快点!"

勒罗伊一脚把油门踩到底,速度计飞快地旋转,颤巍巍地指到65英里。引擎不堪重负,呻吟着,热量计指向212,塔尤甚至闻到了机油燃烧的味道和橡胶的臭味,可勒罗伊毫不在乎,一路疾驰驶过墨西塔①。

---

① 拉古纳部落中的一个村庄。

前方不远处有一个大坑,高速公路开始下坡,穿过下陷的河床区。勒罗伊没减速,一路冲下去,卡车猛地跳起来,重重地落在了大坑的另一边,大伙儿的脑袋撞到了车顶,哈利说这比在拉古纳过节时骑马狂奔还销魂。塔尤也沉醉其中,享受着卡车的颠簸碰撞和身体挤作一团的感觉。车里散发着汗臭、酒精和香水味,凉风扑面而来。任何一点动静都让他们笑个不停,甚至包含自己的笑闹声。他不用控制感受,除了此刻,他一无所求。他希望卡车永远不要停,一直这样开下去。

勒罗伊把车停在Y酒吧外的榆树下,停车场到处是被碾碎的空酒瓶和被压瘪的啤酒罐。勒罗伊拔出了车钥匙,却忘了把车还原到停车挡,刚一松开离合器,汽车就猛地往前一冲。哈利正扶着海伦·琼下车,她扑到他身上,两人摔倒在地,笑得打滚。绘有玫瑰图案的皮包摔开了,里面的东西撒了一地。她捡起钱夹,其他人趴在地上替她找东西:几管口红、一面镜子和一个粉扑。哈利从她手里夺过镜子,围着一棵榆树昂首阔步地走着,假装是站街女郎,扭动着腰身。

"嘿,哈利!"塔尤喊道,"别骗我们了!我们知道你是那种家伙!你的唇膏和指甲油呢?"

哈利迈着矫揉造作的步子,把镜子放回了海伦·琼的皮包。"我们比赛,先到的赢一瓶冰啤酒!"他边喊边朝酒吧大门跑去。

哈利和勒罗伊跑向铁门,塔尤和海伦·琼则落后一步。她还在咯咯笑着,深一脚浅一脚地往前跑,步履蹒跚,似乎不太确信脚下是平地。他们跨过木台阶,台阶旁的阴凉处有一个纳瓦霍人在打盹。音乐盒中正在播放一首墨西哥波尔卡音乐,哈利随着节拍起舞。几个墨西哥养路工坐在角落的一张桌子旁喝着啤酒,三个纳瓦霍人无精打采地坐在吧台旁的高凳上。墨西哥人看出她喝醉了,开始打起她的主意。

看到那群人色眯眯地盯着她瞧,塔尤攥紧了拳头,欢愉之情一下子消失殆尽。他挺直了背,勒罗伊为他拖出一张椅子,他直挺挺地坐下。哈利把海伦·琼安排在自己和塔尤之间,离勒罗伊远远的,其实他该防备的是角落里的那帮墨西哥人,而不是勒罗伊。塔尤有点担忧,看着哈利离座为大伙儿点了一轮库尔斯啤酒,他往音乐盒投入一个25分硬币,砸着按钮,恶狠狠地点了所有汉克·威廉斯的歌曲。

海伦·琼朝一个墨西哥人抛着媚眼。酒吧里灯光昏暗,塔尤眯着眼,想看清是哪个家伙,但他的脑袋嗡嗡作响,无法集中精力。他猛灌了几口啤酒,试图驱走头疼,最后说服自己,他太累了,管不了海伦·琼。

"我俩没戏,"哈利故意高声抱怨,"瞧瞧我的啤酒肚和她的大肚皮,那距离得多远哪!"他嘎嘎笑着,侧头看海伦·琼的反应。她正看着高个儿的留着鬓发的墨西哥人,不自然地挪开眼睛,低头看着桌子,自顾自地笑着。

那帮墨西哥人准备离开,高个儿慢吞吞地戴上帽子,斜拉了一下,挑逗性地看着海伦·琼,他目不斜视,也不在意印第安人的反应。他微微颔首,而她回报以微笑。哈利正举着酒瓶,把最后几滴酒倒入口中,他满脸酒意,兴致勃勃,没注意到两人间的暗流涌动;勒罗伊的衬衣角从牛仔裤中滑了出来,正在词不达意地回答哈利的问题。

海伦·琼伸手到脚边去拿包,犹疑了一会儿,然后冲塔尤笑着,并说道:"我得去尿尿。"他点了点头,一口喝光了瓶里的酒,哈利和勒罗伊没注意到她的离去。

那天早晨他们离开盖洛普时,她就在考虑这个计划的可行性了。有什么东西提醒了她,也许是酒吧里的那些人,他们一直在谈论着两周之后的盖洛普庆典。她是一年前的那个八月离开托瓦克①的,但直到那天早上她才下定决心找一份工作,再也不要待在保留地了。或许是受这几个来自保留地的印第安人的影响,他们饮酒作乐,在盖洛普同其他的印第安人欢歌狂舞;又或是某人不经意间提到了托瓦克。

她带上微薄的积蓄——这是她给传教士夫人煮饭的报酬——到爱玛家去向众人告别,但是门锁上了,挂锁紧钩在门的搭扣上,这意味着爱玛整天都不在家,有可能去了科特兹②。她走之前没有与妹妹们告别。这没关系,她打算每个周末搭车回家,把收入带回去帮助大家。

这几个拉古纳人是她遇过的最糟糕的人,尤其是沿着公路步行,后来被接上车的那个,他怪怪的,安静得过分,也不是很友好。她巴不得立刻与他们分道扬镳。当然,与另外两个俄克拉何马人相比,他们本性还不坏。一天下午,在鄂尔费德尔旅馆后的停车场,他

---

① 位于科罗拉多州,是当地犹他印第安部落的首府。
② 位于科罗拉多州的一个城市,与托瓦克邻近。

们把她堵在一辆车里暴打。波尼贱种①,他们骂着。诺曼底。奥马哈沙滩。他们狠命打她,一人按住她,另一人则施虐。他们高声咒骂,掩盖着自己的色心。他们是战场上出生入死的兄弟,现在这个女人在他们间插了一杠,他们骂道。至少这几个拉古纳人不会打她,虽说她不相信那个沉默的怪胎,但哈利和勒罗伊为人还不错。她不想与他们漫无目的地转下去了,就算他们是退伍军人,她也不想继续在荒野转悠了。

那天早上,这个想法只不过初露端倪。她一会儿想着庆典快到了,一会儿又想到很久没给爱玛和妹妹们寄信了。她打算寄的,有几晚,她坐在厨房公用的小桌旁,用斯蒂芬妮的粉色信纸写了几封信。她把信放入信封,没有封口,等着凑够几美元一并寄回家。

钱总是凑不够。室友们都非常友好,可大家得分摊房租,凑份子买食物。有一个周六,大家花了整天时间替对方做卷发,拔眉毛,再画上弯弯的蛾眉。周一她特意向伊莱恩借了她蓝色的连衣裙,到市中心的基摩剧院面试,她看到他们贴在橱窗上的招聘广告了。一个男人接待了她,让她在前厅等候;厅堂里散发着冷爆米花和香烟的煳味。她很害羞,甚至都没问那个男人招聘的职位是什么,也没机会跟他说她会打字。她热切地盯着标着"私人"和"办公室"字眼的几道门,想象着办公桌后面是什么,或是打字机的型号。他面无笑容,甚至没看她的眼睛,说道:"你今天就可以来上班了,但是你应该换一身衣服。"她局促地站在他面前,羞于询问衣服有哪儿不对劲。他转过身,示意她跟上,在走廊的尽头停下来,推开一道门,门后是一个手推扫帚和一个擦洗用的水桶。"哦,"她嗫嚅道,尴尬时,

---

① 波尼人是印第安族群的一支,昔时居住在内布拉斯加州的普拉特河沿岸,现生活在俄克拉何马州北部。

她总是腼腆地微笑,"工资是多少?""每小时 75 美分。"他说完就走开了。

这几个拉古纳人还不错,花钱大手大脚,要是她开口向他们求助,让他们救济她,她都不知道他们是不是还有余钱。她的室友们已经厌倦了总是"救济"她。她们以为她找到了一份秘书的工作,不停地打听她是如何支配工资的。她撒谎了,说她得寄钱回家给爱玛和妹妹们。每天清晨,她都和大家一样,打扮梳洗,穿得鲜丽明亮,准备去上班。到剧院后,她总是先到女盥洗间去换衣服,可就是这个计划也搁浅了。自从男人看见她去盥洗间后,现在他每天清晨都堵她。有一天,她在换衣服时,听到盥洗间的门被推开,又轻轻关上,接着他的棕色皮鞋出现在厕所隔间的门外。她一点也没觉得意外。

这些上过战场的印第安人总是吹嘘他们去过的各种地方。圣地亚哥,奥克兰,德国,菲律宾。刚开始,她还真信了他们,那时她还是个刚到城里的乡下姑娘。一个周末,室友们带她出去玩,她闲逛着,看着高楼大厦和中央大道上闪着霓虹灯的招牌,目不暇接。每次坐电梯时,她都忍不住想家乡的老人会怎么说,只要一提到电梯、高楼大厦,或是能播放一百张不同唱片的点歌机,他们总是不赞成地摇头。部落里的长者会说这是谎话,没这样的东西。可她现在每天都能见到这些东西,有好长一阵子,一见到它们,她就为家乡的老人们感到羞愧,他们居然不相信它们的存在。因此她更加小心谨慎,尽量不犯同样的错误,这是为什么她轻易地就相信了这几个家伙。他们的皮包里有缎带和军功章,要是连美国政府都表彰他们,那肯定错不了。

她知道哪儿可以找到他们,他们喜欢光顾市中心的几家酒吧,她还知道退伍军人的抚恤金总是每月月初发放。这些都是她从那家剧院辞职后学到的东西。那天辞职后,她走在鄂尔费德尔旅馆附近,里面传出欢声笑语,还夹杂着口哨声,她猜想他们是印第安人。她的初衷只不过是想借几块钱,因为家里又交不上房租了。那些人让她坐下,她给自己点了一杯可乐,他们嚷着让酒保加入朗姆酒。

"你会喜欢上的!"他们向她保证,边笑边捶着对方的后背,"托瓦克可没这样的好东西,对吧?"

结果她在那儿待了整个下午,里面阴暗清凉,因为他们挑了一张靠近风扇的桌子。一到七月,街道和人行道热得连脚都不能沾。她一直在找工作,但每天太阳一热起来,她就忍不住来鄂尔费德尔碰运气,看他们是否在那儿。他们当然很高兴看见她,把她介绍给其他人。黄昏时,起身准备离开前,她会问谁可以帮助她,就救济她一丁点。大家正是酒酣耳热,总会有一两人给她不是五块就是十块。"战争期间我们经常这样做。"其中一人安慰她,"有一次,在圣地亚哥,我们给整个酒吧的人买了一轮酒——所有的大兵和他们的姑娘们。酒保直摇脑袋,告诉我们:'都不用看就知道你们是印第安人。以前从没人这么做,你们这些印第安士兵来了之后就不一样了。'"

他们还给她讲其他的见闻,再接着,他们会一直盯着她瞧,靠得越来越近。其中一个来自伊斯莱塔部落①的中士,穿着土黄色的军用衬衫,胳膊上还戴着肩章。他凑过来又替她倒了些啤酒,手颤巍巍地,从身侧去抚摸她的乳房。她并没有大惊小怪。她清楚若是他们同意救济她的话,自然有权变得更加"友好"。他跟她讲过如何炸

---

① 位于新墨西哥州的印第安部落之一。

掉一个掩体,里面挤满了日本士兵,故事结尾时,他掏出了钱包,给她看一个缀在蓝缎带上的小小的铜星。"还有就是女人,加州的白人娘们儿,真带劲!你可没见识过,她们总是要不够我们,是吧?""太对了!"同桌的退伍军人异口同声地嚷着。"瞧。"中士说,边朝她挤挤眼,"我再跟你讲一个爱上我的白人娘们儿的故事。"他用力点了一下头:"没错,她迷死了我。我对她说我在家乡已经结婚了,她一点也不在乎。老天,你们真应该瞧瞧她的满头金发,总是弄成卷发的样子,而她前面,是这样的波涛汹涌。"他双手环在自己胸前比画着,冲其他人隐晦地笑着,接着转过身来,对着她的耳朵呼着热气:"嘿,我们换个地方吧,我给你讲剩下的部分。"

她可不想跟他走。"就在这儿讲吧,"她回绝道,"我得把酒喝完呢。"

"她叫多琳,妈妈是个跛子,因此她需要一点点帮助。她可不像其他人,她跟着我只是因为她爱我。要是我回到加州的话,我还可以找到她。"

同桌有一人是阿帕切人,他冲伊斯莱塔中士喊着:"她对每个人都那么说。多琳,她确实是这么介绍自己的。她当然对印第安人情有独钟!因为他们都是像你这样的蠢家伙!"

阿帕切人整晚都在打量海伦·琼,注视着伊斯莱塔人蹭着她的身体。伊斯莱塔中士一把抓住海伦·琼的胳膊,说道:"走吧。"她没有动,而阿帕切人跳了起来,准备打架。

"她不想跟你走。"阿帕切人喊道。

伊斯莱塔人转向她,眼睛眯着,充满怒火。"你这个婊子!以为自己比白人姑娘还高贵啊?"他扇了她一巴掌,她的牙齿撞在一处,咬到了舌头和面颊,眼泪流了下来。阿帕切人用力抓住他,两人缠在一处,绕着舞池,互相推搡着对方。其他人则大声呐喊助威,没人理会她。

她知道那些传闻,听说过圣地亚哥、奥克兰和洛杉矶等地的白人姑娘们。她们全是金发或红发,家中都有病弱或残疾的父母要侍奉。那又关她什么事呢。他们喝得酩酊大醉,步履蹒跚,瘫在她身上。她向他们开口要点钱,可以给爱玛寄去,一切只为了家中的妹妹们。然后他们会一块儿跟跄地走到哈德森旅馆开房,要是她在盥洗间故意待久点,出来时他们准已在床上呼呼大睡了。

寒冬腊月,哈德森旅馆的房间冰冷,床边的窗户结满了冰霜,男人们浑身酒臭,重重地压在她身上,她喘不过气来。他们的嘴巴湿漉漉的,充斥着啤酒的酸臭味。男人们弯下身来,陷在她双腿间,显得渺小而疲软。她盯着天花板上的污渍,耐心地等待他们完事或是睡去,然后从他们身下滚出来。

她看了一眼这几个拉古纳人,身着军服时,他们似乎享受一等公民的待遇,当然前提是战争还在继续,白人还害怕日本人和希特勒。可这几人误以为他们会一直享受这种待遇,她早已厌倦装模作样,附和他们,好像这一切都不会结束。她离开托瓦克几乎有一年了,盖洛普的某种东西令她想到它,她不喜欢盖洛普的印第安女人脸上的神情,她们在埃迪俱乐部和醉鬼们在舞池中跌跌撞撞地寻欢,头发油腻肮脏。她们剃光了眉毛,在毛发长回来后,甚至懒于描画它们。她们的衬衫大多缺了几颗纽扣,用几个安全别针代替;西裤的裤缝脱线,裤裆处露出可疑的污渍。

她从包里取出一个粉色的化妆镜,端详着自己:头发短短的,略带卷曲,当然它们需要好好梳洗一番,但至少不像那些女人一样又长又脏。她抚摸着左眉,拿出了口红。她一点都不喜欢这个乡下地方,到处是岩石、黄沙、干涸的河床,没有任何树木。她已经在托瓦克待够了,再也不愿在这个鸟不拉屎的地方,在这个比保留地还糟糕的地方浪费时间了。要是一直跟这些家伙混在一起,她的下场可以预料,与其他的印第安人没有区别。她朝墨西哥人笑着,而他则冲她挤了一下眼。他抽了一叠现金,放在桌上。他肯定可以"救济"她,给她一些钱寄回托瓦克,这次她真的得给爱玛寄钱,而不是与这些印第安的战斗英雄再鬼混下去。

他往椅背一靠,头倚着灰泥墙,背后很凉爽。透过音乐盒的乐声,他听到了铁门外那个纳瓦霍人的歌声,那声音非常熟悉,有点像比托尼的吟唱。他的胃开始搅动起来,但他已经走得够远了。他躲进黑暗深处,那儿一片漆黑,布满巨大的蛛网,他的挣扎是徒劳,不过是流星划过夜空。眩晕和头痛似乎不见了,这广漠无垠的黑暗可以屏蔽一切。

有人喊叫着,又有人用力摇着他,把他从树上晃了下来。恍惚中,他以为是老比托尼让他出发,嘱咐他不能睡得太久,因为他还得去找牛群、星星、山峰和那个女人。

他迷迷糊糊地回答比托尼,说自己没忘记。

"我这就去。"他说道。

"说得太他妈对了。"摇醒他的白人说道,"你的同伴快被人打死了,你们别再惹麻烦了。"

最后一道余晖照在他身上,他头痛欲裂,好像有人把他的脑袋劈成了两半,像冬天用斧头劈木柴那样。他把手遮在额前,挡住阳光,小心翼翼地下了台阶,他还记得坐在门前唱歌的那个纳瓦霍人,但他不见了;墨西哥人也离去了,橘黄和绛紫的余晖洒在泰勒山山峰上。勒罗伊跪在哈利身旁,手撑在地上,颤悠着,他的衣角滑落至臀部,像一片裙角,他正在问哈利:"哈利,伙计,他们伤到你了吗?"勒罗伊的双唇红肿,嘴角淌着血,而哈利呼吸平稳,不知是醉过去了还是被打昏了,他的左眉上方有一道口子,血已经止住了,形成一道血痂。

他们动手把哈利抬往卡车,他的双腿拖在地上,脚尖划出了歪歪斜斜的痕迹。他们把他托在两腿之间,塔尤背靠着车轮,勒罗伊则挪动身躯去打开车门,还没等靠到车门,勒罗伊身子一歪,瘫在了地上。塔尤摸索着去抓操纵杆,打算至少打开车灯,他用力一拉,操纵杆脱落下来,掉在他手中。要不是他疲惫不堪,头疼欲裂,他一定会好好大笑一番,他多想海伦·琼也在场,她早就说过:他们又被骗了。

余晖中,大地显得昏暗,看不清楚罗密欧家的羊是不是还在路边吃草。66号公路上游客的车辆逐渐稀少,塔尤猜想,那些白人们大概已在格兰兹热气腾腾的咖啡馆里用餐,就着肉汁吃着土豆泥呢。

参军前的那个夏天,他们沿着这片平地骑马去找牛群,把它们赶作一处,然后烙卜印记。他慢慢地开着皮卡,小心地避开深坑,仿佛这辆皮卡就是他那匹瞎眼的驴,经不起一丝折腾。他想着哈利和勒罗伊的命运,海伦·琼和他自己的命运。他们还能这样鬼混多久?这样醉生梦死还算幸运,说不准什么时候他们中的某人会被捅上一刀,死在酒吧的争风吃醋中。就是这辆皮卡也说不定何时就会打滑,迎面撞上一辆汽车。这样的结局没有任何区别。他们这样寻欢作乐、惹是生非与他闲坐牧场观看黄猫跳到空中抓苍蝇没有两样,都是在打发时间,等待可以预见的结局。

有人呻吟着,他转身去看,闻到呕吐味,哈利吐了自己一身。塔尤摇下车窗,把头伸出去透透气,像火车司机常做的那般,凉风扑面而来,高速公路的白线飞速倒退。

他在墨西塔下了高速,伸手去摇醒勒罗伊,他咕哝了几句,粗鲁地把塔尤的手拨开。塔尤熄了引擎,看着眼前的村庄。几处房屋稀稀拉拉地透出灯光,犹如遥远的星子。他没有把钥匙拔出引擎,而是摇起了车窗,以防当晚起风。不知是谁尿在了车上,勒罗伊脚下的垫子湿湿的,车窗刚关上,尿骚味腾地弥漫开来。他边推开车门边呕吐着,胃里翻江倒海,把那晚喝的都吐了出来,胃里空了之后,他依旧跪在路旁,捧着沉甸甸的肚子,仿佛要把一切都吐空——所有的过去,他的一生。

剥皮仪式的目的是为了让日本士兵们的灵魂安息,他们还滞留在热带丛林,过去只要勇士们奉上自己的梦境以飨女巨人就行了,现在却不行。老比托尼的解释是:如今世界的变化——城市、高楼大厦、噪音和霓虹灯,以及可怕的武器和机器——这一切都要求仪式做出相应的变更。白人偷走了他们的土地,又对土地下了魔咒,这和白贝壳珠串的故事很类似。有一天,一个人在路上走着,发现了一串从坟墓中偷出来的珠子。由于怀疑珠子的来源,他只用棍尖挑起了珠串,把它挂在一棵松树上。尽管碰都没碰过这串珠子,他还是中了魔咒,他日思夜梦,想的都是挂在松枝上的珠串,为此他食不下咽,无心工作。自从找到珠子,他的生活就永远改变了,旧有的他迷失在发现珠串的那条路上。他们也是如此,再也回不到从前。每一天,只要极目四望,从天边到天际,看着这片被偷走的土地,他们就会痛彻心扉,犹如死者未得到妥善的安葬,对亡者和土地的哀悼永无止尽。因此他们用劣酒买醉,讲述着战士过去的辉煌,以此麻醉自己,甚至加入军队,保卫着永远失去的家园。

他沿着车道走向拉古纳,循着记忆,留意着地上的泥印。气温凉了下来,繁星点点,空气闻起来有点潮湿。老比托尼可能会这样解释,可塔尤不太信:在重新变得完整之前有很多过渡时段,要经历这些过渡,我们的母亲才会记起我们的样子。这些过渡是必须的,犹如迷失在熊之国的男孩那般,他只能一步一步被喊回来。

在遥远的北方
一个叫瑞得里夫的小镇
住着个科约巫师
人们称他考帕塔或是赌徒。
他个头高高的
长了张俊俏的脸孔
常年戴着云杉编成的头冠。
他身着昂贵的白鹿皮外套

脚穿精美的莫卡辛鞋。
脖子上挂着成串的天蓝色绿松石,
耳朵上装饰着珊瑚的坠子。
从头到脚
赌徒看上去一表人才。

他把屋子建得高高的
在祖尼山脉的最高峰
耐心地等待着
误入领地的路人。
他精心地准备了
待客的赌博木条。

他昂首阔步,华丽转身
炫耀着精美的服饰和昂贵的珠串。
催促着他们与他赌上一场——
用他们的衣服和首饰来赢他的。
山中狩猎时
人们总是衣着旧衫,
所以即便输了也没什么损失,
不管怎样,他们可能赢走他的好东西呢。
没多少人能回绝他的提议。

但人们不知道实情。
在他殷勤端上的

蓝玉米面里,

人们不知道,

那里面掺着人血。

但凡吃下肚的客人

永远无法赢他。

通过这样的伎俩,他控制了他们,

一旦赌博开始,

不输个一干二净

他们无法住手。

他们身无寸缕

而他身前堆满战果

于是他开口说:

"这么说吧

我既善良又大方

再给你们最后一次机会。

看见挂在北边墙上的

那个牛皮袋没有?

要是你们能猜出里面装的是什么

我会把衣服和首饰都还给你

还包括我所有的财产——

      柔暖的鸭绒毯

      美丽的珊瑚珠串

      精致的鹿皮靴。

要是没猜对的话

你的命就归我了。"

　　他们中了他的魔咒。
　　他们已输光一切。
　　这是他们最后的机会。
　　于是他们答应了下来
　　可没人能猜出
　　皮袋中的东西。

　　他们被倒挂在储藏室里，
　　与其他的受害者做难兄难弟。
　　他挖出他们的心脏
　　让血慢慢淌出
　　装到放蓝玉米面的罐中。

这就是科约的考帕塔即赌徒
　　在那祖尼山巅的游戏。
　　有一次
　　他甚至抓住了积雨云们。
　　赢光了他们的一切，
　　但无法杀死他们，
　　只好把他们
　　关在四间
　　不同的房间——
　　　东方的云朵被关在东边

南方的云朵被关在南边
西方的云朵被关在西边
北方的云朵被关在北边。

太阳是他们的父亲。
每天清晨他喊孩子们起床。
但这天早上他先是
来到西山的北峰
接着前往南山的西峰
又来到东山的南峰;
最后,到了北山的东峰
他终于意识到孩子们失踪了。

积雨云们成了赌徒的囚徒
整整三年没人见过他们。
大地干涸
人们和动物忍饥挨饿。
他们是太阳的子裔
他出发去寻找孩子们。
他带上了蓝色和黄色的花粉
还有烟草和珊瑚珠串;
他来到山丘之下
空阔的平地上。
蓝色的花藤旁有一片沙地,
蜘蛛女人在那儿等候。

"我的孙儿。"她呼唤道。
"我听到了您的声音。"他虔诚地回答,
"您在哪儿呢?"
"就在你的脚下,在这地底深处。"
他仔细观察地面,看见一个小洞。

"祖母,我给您带了一些礼物。"
"哦,谢谢你,孙儿,
我正好可以用上它们。"她温柔地回答。
"积雨云们失踪了。"
"是科约的考帕塔,叫赌徒的那个人囚禁了他们。"
她告诉太阳。
"我怎么才能解救他们呢?"

"孙儿啊,事情可没那么容易。
过来吧,
拿上这个药。
你会见到赌徒的卫兵黑鸭子,
把药吹到他脸上,
出其不意地制住他。
接下来一定记好:
不要吃赌徒给你的任何东西。
去吧,
放心地与他赌上一场。

让他误以为你也中了他的魔咒。
他会诱惑你与他赌最后一把——
赔上你的性命或是赢走一切，
甚至包括他的生命。
他会故技重施：
'知道东墙的皮袋装着什么吗？'
你要故意说：'是些闪闪发光的珠子吧。'
然后假装为难：'让我想想。'
接着再猜：
'可能是蚊子吧。'
他会磨着石刀，威胁道：
'最后一次了。'
但这次你一定要说：
'昴宿星团！'
他会跳起来兴奋地说：'啊呀呀！你是头一个猜出来的人呢。'
接着他会指着
南墙上的一个棉布袋，
他会说：
'那里面装的是什么？'
你就说：
'是大黄蜂吗？'
他会高声嘲笑：'猜错了！'
'也许是蝴蝶吧，黄色小小的那种。'
'或是小黑蚁吧。'你接着猜。
'不对。'考帕塔会嘲笑你。

'好了,游戏结束。'他会宣告。

这是你最后的机会,孙儿,
你说出谜底:'是猎户星座吧。'
接着
所有的东西——
他的衣服、珠串、心脏
还有积雨云们
就全是你的了。"

"知道了,祖母,我这就去。"
他带上迷药,进入祖尼的群峰。
他离开小径后,攀爬上最高峰。
黑鸭子们凶猛地冲上来
还没来得及呱呱报警
就被药给迷倒了。

他来到赌徒身后
他正坐在地板上
练习抛掷赌博木条。

赌徒端来蓝玉米面,
他婉转地谢绝:"我正在斋戒,
非常感谢你的盛情。"
太阳于是拿出他的赌注:

四套新衣

两双新的莫卡辛鞋

两串白色的珠贝项链。

考帕塔眼睛发光,满面笑容

"我们可以赌上整晚。"他说道。

一切如同

蜘蛛女人预测的那样:

他输得精光

考帕塔给他最后一次机会。

赌徒打赌

太阳肯定猜不出

东边的袋子里有什么。

他又以性命打赌,

太阳绝对不知道

南边的袋中装着什么。

"啊呀呀!你猜中了啊!

拿起这把石刀吧,太阳,

来吧,挖出我的心脏,杀死我吧。"

考帕塔躺在地板上

头朝着东方。

可太阳知道考帕塔身怀巫术

无法被杀死。

考帕塔打算无赖地躺在地上

假装奄奄一息。
接着太阳做了如下的事情：
他拿起石刀
挖出了赌徒的眼睛
抛到南边的天空
化作了秋天地平线上的星辰。

接着他打开四间房门
呼唤着积雨云们。
"我的孩子啊,"他唤道,
"终于找到你们了！
快出来吧。我们回家。
你们的母亲,大地母亲整日哭泣。
回家吧,孩子们,快回家吧。"

"你在这儿干什么?"

院子里传来问话声。她站在杏树的阴影里,头顶是垂下的枝条,藤蔓嫩枝随风颤动,轻拂着地面,树影中,她的皮肤和头发显得越发黝黑。

"桥被冲走了,我没办法开过去,所以我把卡车留在了下面,骑马上来。"夕阳西下,地平线沉入远方,天空和云朵一片通红。

"谁让你来的?"

"我来找牛群,我舅舅的牛群。"

"有人让你来的。"她肯定地说道。她手中拿着一个柳条做成的东西,尾端轻微卷曲。西北方吹来一阵山风,拂过他们的头顶,带来高地的清凉,吹得杏树叶唰唰作响。他翻身下马,解开了马的肚带,马儿浑身抖了抖,甩去汗水和一路的疲劳。马鞍上的铁器和小配件撞在辔头上,叮当作响。她从树影中走了出来,身着一件男士衬衫,束在一条过膝的黄色长裙中,脚上浅色的鹿皮靴触及裙边。莫卡辛鞋的两侧饰有银扣,上面刻着雨鸟的图案。她比他大不了几岁,但像年长的女人那样把长发在脑后扎成一个发髻。

"可以给马儿一点水吗?"

她下颌一抬,冲马厩的方向示意。她的眼睛狭长,顺着颧骨往上挑着,犹如羚羊舞者的面具。

"自己动手吧。"她回答道。

她有着浅棕色的皮肤,眼睛是赭色。她静静地站在院中,看着他把马牵走。

大风吹来,马尾被吹散在空中,又纠缠在一处,像是沙丘上的乱草,马厩的门也被风吹得来回撞击。牝马显然渴得厉害,一头扎入水中,鼻孔都埋进了水里,只偶尔抬头换口气。他轻轻抚摸她的耳背,辔头在马鬃上留下了油腻的印子。潮湿的皮革味混着马的汗腺味扑面而来;马儿站立在齐膝的水槽里,水槽散发出湿润的土味。他闻着这一切,在风中嗅到了冬天的气息。

他把马儿系在马厩中,取下了马鞍,解开了绑在马鞍后的被铺卷,四下打量,想找一块背风的沙地铺开被卷。风声愈发大了起来,沙土弥漫,他没听见她从身后走来。当他转身时,她静静地伫立在他身前。

"进去吧。"风声很大,她得高声喊着。她拉紧了身上的手织毯子,裹住头和肩膀,弓着身子顶风前行。他同样低着头,跟随着她的步伐。沙土弥漫,他不得不眯着眼睛,但这并没有妨碍他看清楚她身上的毛毯的图样:它由四种颜色织成——白色和灰色的积雨云,黑色的闪电在棕色的风中肆虐。

他跟随着她,穿过长长的走廊,来到了松木门前。她推开门,迎面传来晒干的杏脯味,还有杜松燃烧的香气。屋内宽敞明亮,但是门廊极低。黏土和鼠尾草的气味似乎很熟悉。他穿过一个门廊,轻轻抚摸着泛白的墙壁,指尖碾着墙上搓下来的黏土屑,心跳加快,手心泛潮。

壁炉在房间的一角,炉火烧得正旺,柴火噼啪作响,烟囱漏下的气流使得火焰不时明灭吞吐。他站在火前烤着双手。

"坐吧。吃点东西。"

他脱下外套,挂在旁边的椅背上,看着她在灶台上摆弄着罐碟,不一会儿,他面前放了一碗炖汤和一个勺子。辣椒煲很浓稠,红辣椒浓郁似血,放了许多干玉米和新鲜的鹿肉。她站在窗前,看着外面。

"天已经放晴了,你今晚可以看见星星。"她突然说道,并没有转身。他脖子上冒过一阵凉气,鲜美的肉汤也瞬间难以下咽。

他每晚都观察着群星,试图找出老人那晚在沙地上画的图案,九月下旬时,终于在北方的天空看到了它们。

天不亮他就离开了拉古纳,开了一天的车后,他被堵在了河前。多年的夏季降雨逐渐侵蚀着木桥下方的河岸,在公路和桥之前冲出了一条新的河道。

他站起身,穿过几个房间,推开走廊尽头的纱门,仰望夜空,老比托尼的星群当空悬照。

*本画作由作者绘制。

> 于是他们再次
> 飞上地面的世界。
> 来到西方的某处

> （瞧，事情总是这么复杂……）
> 他们在他屋外呼喊：
> "楼下的,你还好吗?"
> "还不错,"他回答道,"下来吧。"
> 他们进门往下飞。
> "你们需要什么吗?"
> "对了,我们想要烟草。"
> 毛毛虫在地板上
> 铺开干枯的玉米叶。
> 他搓着众多的胸足
> 烟草滚落在玉米叶上。
> 他包好叶子
> 把烟草递给他们。

　　他仔细观察她的脸,她也不眨眼地看着他。她脱掉衣服,褪下他的牛仔裤,抚摸着他的大腿,但做这一切时,她目不转睛地注视着他。她解开他衬衫的扣子,他的呼吸急促起来,小腹和双腿间阵阵发热。他害怕迷失在这欲望中,因此在心中默念着：这是我的嘴在吮吸她棕色的乳房,这是我在呼唤她的名字。他慢慢抵达她的身体深处,感觉暖洋洋的,像是河底的沙子,一脚踩下去,沙子蠕动开来,让脚挤进去,然后温热的河水回涌上来包住脚踝。他没有迷失。她抬起他的臀部,用力把他压入身体深处,他对她微笑。他跟随这节奏,体会着体内的韵律,先是微不可察,在腹部酝酿着,高潮到达时,就像是陡峭的河岸终于抵挡不住暴雨的侵蚀,轰然垮塌,散成齑粉,片甲不存。

他把毛毯下的羊皮抻直,翻身躺了下来。身下有一片叶子状的潮湿的印记,就在她刚才躺的地方,都渗透到毛毯中了。

那晚他梦到了牛群,梦境延绵不断,甚至在她伸手拽过他,重新让他趴到自己身上时也没有终止。他边在她体内抽动着,边继续做梦,她在耳旁轻声呢喃,待在荒芜的丘顶的牛群忽地惊动,从他身旁奔过,以他为圆心,如同水波的涟漪层层四下惊散。

天还未亮她就起床了。当她离开家时,他已穿好衣服,跟在身后出门。空气湿冷,犹如积雪刚刚融化的地面,厚重肥沃。他在台阶上停下来,望着西边的晨星,深深地吸了口气,贪婪地闻着北方积雪的清新气味、山崖顶黄松的清香,最后他还闻到了马厩中马的气味,他不由笑了起来。活着真好,他很久都没能这样呼吸了。

他到马厩里去解开牝马,把她牵到池塘边的草地,放松了缰绳,让她自己吃草。她大口地啃着草,舌头搅拌着一部分,后齿咀嚼着其余的部分。他蹲在池塘边,看着晨曦张开黄色的翅膀晕染天边。牝马啃着草,偶尔触动腿边的马具,发出轻微的叮当声,这令他想起十一月底,节日的铃声像风中的雪花般繁忙。天亮前,村子东南角传来叮当声,他们到来了,声音时断时续,犹如风声掠过沙丘,间杂着隐隐约约的龟壳撞击声。天色渐亮,声音越发清晰起来。他们离河边越来越近,行进的声音隐约可闻,像是天边的晨曦冲破阻拦,渲染了片片金黄;晨色渐深,铃声越发清晰入耳。当太阳终于挣脱黑暗,跃出天边那一刻,铃声蓦地回响在河边,这是克奇纳神在渡河。

他站起身。他知道有一首歌颂日出的曲子:

> 日出!
> 我们日出时
> 来迎接你。
> 我们呼唤你
> 在日出时分。
> 云朵的父亲
> 你如此壮美
> 壮哉日升。
> 日出!

他依循着记忆中的调子哼着赞美诗,不清楚歌词是否准确,但又觉得它就该如此。他感受着日出这一奇观,这庄严的一刻,它把所有的东西都聚在一处——最后的晚星、壮观的峰峦、变幻的云团、莫测的山风——它们尽皆臣服,赞美这日出时分。越过群山,新的一天在这样庄严肃穆的仪式中开始了。日出。他以"日出"两字结束赞美诗,因为以前晨曦一族的人们就是这么祈祷的,以"日出"开始,以"日出"结束。

牝马已吃完了草,静静待在一旁;她可能只是啃完了缰绳范围内的草,等着他移到下一片草场;或许她也像骡鹿一样习惯在日出时分停止进食。也许晨曦唤醒了马匹体内的本能,稀薄的血脉的记忆,在久远的过去,在它们还能像野鹿一样自由奔跑时,每当日出时分,它们都会躲进树林或灌木丛。

他把牝马带回马厩,走回房屋。墙壁外层曾经是一层红色石膏,但风吹雨打已经露出了内层的稻草。锡制的雨水槽下是层层脱落的石膏,露出了里层的土砖。他试着估摸房屋的建成年份,但除了一层松垮环绕前廊的纱布,这所房子像四周的台壁一样,似乎在时光中屹然独立,岿然不动。南墙之旁,在干枯的玉米茎秆之中,耸立着一簇簇高大的向日葵,橙色的大花朵热烈盛放。头晚的大风刮得向日葵和玉米茎秆缠绕在一处,晨光中,干枯的玉米秆头顶着金黄的花朵,四周散落一层金黄的花粉。以前有人在宽敞的窗户下种下了蓝色的牵牛花,沿着窗棂拉了几条棉线,牵牛花于是攀藤而上,开得正欢,每朵都是天空的颜色,白色的云朵从花心蔓延而出,似乎可以延伸入蓝天。

她端上了冷的烤鹿肉和咖啡,坐在桌子的另一端,仔细查看鹿皮捆和牛皮袋。偶尔她会挑出一块闪闪发亮的圆石子,放在桌上。她解开了一捆鹿皮,他瞥见了里面裹着的牙齿和兽爪,想问她在干什么,但她那副冷漠的神情让他望而却步。她神情专注,挑拣着石块,有几块浅色的看上去像是砂岩,其中一块赭黄色、沙粉状质地,他以前从没见过这种石块。她接着取出一块灰中略带粉色的石头,它被包在一片麦斯林纱布中,放在桌上一块外表布满粉末的蓝色石头旁边,她顺手把麦斯林布揉成一团。突然,她抬头瞧了他一眼,依旧一声不吭,但动作越来越慢,似乎意识到他的注视。她于是弯下身,从脚边的米袋中拿出一捆新鲜采摘的植物,嗅着每株植物,把它们吹干净,给每块石头都配上一种植物。在蓝色的石头旁边她放置了一根蓝灰色的鼠尾草枝条。一棵山顶摘来的深黄色植物闻起来像是潮湿的烟草，她摆在了赭黄色石头旁边。她扯出一根藤蔓，上面挂着白色的六瓣形的小花，看上去像星子。她轻轻晃了晃藤条，把绿叶上爬着的蚂蚁都抖在了地板上，它们散成一圈围着她的脚，然后又被地板上炉子旁的食物给吸引了过去。阳光透过窗户照了进来，在地板上形成一个正方形，房间里静寂无声，但有某样东西像这阳光一样温暖舒适。

他喝完了锡杯中的咖啡，站了起来。

"谢谢你。"他真诚地感谢。她从藤蔓中抬起头，略略点头示意。

山道与平顶山的橘黄色山头齐平，非常狭窄，几乎容不下马身，牝马挣扎着往上爬，踢下一连串石子和沙石，顺着陡峭的斜坡滚了下去。他竭力低伏在马背，想让马匹爬坡更容易些。太阳升到了天顶，嶙嶙山崖反射着日光。他在山顶不远处勒住了马，把外套绑在马鞍后，与被褥和食物放在一起。他抬头看看天，一片湛蓝，太阳的轨迹刚从夏天移向秋天，只有这样的初秋才能孕育出如此纯净的湛蓝。他的目光挪向远方，这条山道如此狭窄，甚至无法掉转马头，除了向前别无选择。因为刮着风，山顶温度更低，他停下来穿好外衣，让牝马休息一会儿。山脚下，女人的房屋被山麓遮蔽，但放眼望去，平原一望无际，四通八达。东边是里奥普尔科山谷，从前普尔科河冲刷出一条深深的沟壑，现在的水量极低，已经无法满足两岸的需求。多年的干旱和常年的风沙侵蚀着山谷，曾经富饶的河床已变成深灰色的片岩，只有盐碱地的灌木丛才能存活。越过普尔科河，在西南方是绵延于格兰德河东部的蓝色群峦，一个接一个的丰饶山谷构成了城市。可是他站立之处从来没有白人生活过的痕迹，他们似乎从来没存在过，只存留于他的记忆中。他茫然了一阵子，好像也不在乎事实,只是极目远眺,寻找南方的高峰,它们隐入天际,只依稀见到一片淡蓝,昭示着远处的群峦和山峰。

山峰因山顶常年环绕的云层而得名,绵绵不绝的雾气锁住峰顶,山顶处白雪皑皑。这天清晨,山上刮着雪屑,偶尔露出云雾缠绕的峰顶。他拉了拉缰绳,让牝马停下啃草,继续爬山。马儿朝西边小跑起来,穿过一片草地,绕着火山岩组成的山丘环行,火山岩上稀疏地盖着一层薄土,长着稀稀拉拉的草丛,旁边是小簇的矮栎灌木丛。与低洼处干涸的火山岩地貌不同,山脊上是一片片的松树林。快到峰顶时,路变得陡峭起来,往上延伸,进入一片密林,四周的空地上长着一簇一簇的矮栎树和杂草。

牧场的白人管这处叫"北峰",但他记住它是因为乔赛亚讲的一个故事。从前有一个猎人误入这片草地,看到一只美洲狮的幼兽在追逐蝴蝶,只要猎人一直对着幼狮唱歌,它就不停地玩耍。但是猎人想起了母狮,害怕起来,声音颤抖,于是幼狮警觉地跑开了。这里是拉古纳人的狩猎场。夏天时,鹿群会越过草地,爬到林线以上去避暑,它们红棕色的皮毛油光闪亮,猎人们会沿着锥形的陡坡爬上山来。秋末冬初,每一场降雪都迫使鹿群往下迁徙,拉古纳猎人活跃在山麓、草地,还有平原区布满草丛的火山岩地带。寒冬来临,鹿群们披上厚实的灰毛,为了躲避严寒,它们迁徙到纵横密布的山径,猎人们可以轻而易举地在那儿猎到被橡树果实和松果喂得肥实壮硕的野鹿。

现在这片山地只有一小部分是属于印第安人的,其余大部分都被瓜分了。保留地只包括恩西诺附近的一个峡谷,还有高原上几英里的林地,其他都属于美国国家森林局和新墨西哥州。二十世纪初,州政府把这片地卖给了从得克萨斯州来的白人牧场主们。二十年代到三十年代,伐木工人大批涌入,砍光了谷底的树木,并在高原上砍伐出大片平地。伐木公司聘请了全职猎人,为营区提供食物,他们每周猎杀十到十五只野鹿,每月捕杀五十只野生的火鸡;伐木工人们则以猎杀黑熊和美洲狮为乐。拉古纳人深刻感受到土地被偷走的后果,但他们无能为力,无法阻止白人们为所欲为,猎杀动物,毁灭大地。拉古纳部落和阿科玛部落的祭司也警告族人,说白人破坏了世界的平衡,从此将土地干旱,世道艰辛。

白人牧场主在这片山区放牧牛群,尤其是近些年,由于干旱,山下几乎是寸草不生。夏季时,他们把牛群赶到高原,把牛儿们喂得肥肥的,秋末再带到山下去找买主。经过一个磨坊时,他看见一群白脸的赫里福德牛,它们愚蠢地盯着塔尤和牝马。他没想到乔赛亚的牛群就在离赫里福德牛群不远处,因为花斑牛野性十足,喜欢到处乱跑。要不是比托尼的预言,他自己根本找不到牛群。其实就在前晚,比托尼沙画里的星群、牛群、女人,还有山峰似乎都遥不可及。当他在北方的天空看见比托尼画里的星象时,他还试图保持谨慎的态度。牛群看上去应该是在遥远的南方,应该还在更南边一些,它们也一直是朝那个方向奔跑的。乔赛亚最后一次见到牛群时,它们漫游在西南方,在保留地和新墨西哥州交界处。塔尤告诉罗伯特他要去北边,进山里去找牛群时,罗伯特耸耸肩,摇摇头。"也许吧,"他说道,"兴许在那边。我猜,要是有人能逮住它们,他们可以把牛群带到任何地方。"他于是启程了,除了一点模糊的希望,在北边天空可以找到比托尼的星群之类的,他没更大的指望;可是突然之间,比托尼的预言——应验——先是北边天空的星群,然后是女人和山峰,最后是牛群。

塔尤来到山脊上,灌木丛旁有一棵松树,他停了下来,让缰绳松松地绕着马脖,又放松了辔头,马儿可以四下走动吃草。接着他从马鞍后解下食物袋,朝树下走去。脚下是厚厚一层棕红色的松针,坐下之前,他用脚把散落的松果踢到一旁。从他坐的方向看过去,世界好像一个由蓝天组成的半球,正在缓缓合上。夕阳慢慢下沉,即将消失于西南方的天际。他像牝马吃草那样,用舌头搅拌着食物,细细咀嚼着牛肉干,牙齿慢慢碾磨着牛肉里的筋骨。他吞下最后一口牛肉干,感觉到食物迫不及待地蠕动,一路进入胃里。

得克萨斯牧场主们在买下这块山区后,修建了铁丝网,到处竖起英语和西班牙语的双语标志,警告行人不得侵犯私产。但是拥有以前墨西哥政府颁发的土地授权书①的人们,还有拉古纳和阿科玛部落都忽视这样的警示牌,照旧在这片山区狩猎;偶尔还会有一两个墨西哥人越界过来,顺手牵走一两只牛。后来,牧场主们不得不雇用工人,马鞍上挎着.30-30口径的枪支,骑马巡逻整座山。但这样的武装巡逻也不太顶用,因为铁丝网长达几英里,而区区几个偷猎者大可浑水摸鱼。尽管如此,他还是得小心点。找到牛群后,他就尽快把它们赶回家,在衬衫的口袋里,他还带着乌利巴利开具的出售证明,以防万一。

他站起身,心情不错,充满期待。他会把牛群带回家,并依照乔赛亚的规划,培育一群耐旱又结实的新品种。他把午餐捆在铺盖卷的下方,重新把辔头拉到牝马的耳后,沿着高原南边的山崖,一路朝

---

① 在新墨西哥州历史上的西班牙占领期和墨西哥政府占领期,西班牙和墨西哥政府曾分别授予私人和社区土地所有权证明文书。美国政府在美西战争胜利后与墨西哥政府签订瓜达卢佩-伊达尔戈条约(Treaty of Gudulupe-Hidalgo),正式把新墨西哥划归美国领土。条约第8条规定,美国政府承认以前由西班牙和墨西哥政府颁发的土地授权书,并成立新墨西哥州土地丈量委员会解决土地纠纷。但事实上诉讼费时费钱,只有少数案件申诉成功。新墨西哥州关于土地授权书以及土地所有权的争议延续至今。

西走去，寻找一群倏忽移动的白色斑点牛群。一排带倒钩的铁丝网与山崖并行，倒钩上挂着丝丝白毛，这是鹿群跨过铁丝网时留下的痕迹。它们可拦不下牛群，但牛群似乎没来过此地。他又朝北边骑着，也许它们被另一段铁丝网拦住了。

他又骑了几里路，穿过干涸的火山岩地区，爬上了布满岩石的开阔地带，然后看见一道厚实的铁栏，上方装着三道带倒钩的铁丝网。这道铁网由粗大的铁丝组成，绝对能拦住牛群。那个叫弗洛伊德·李的白人甚至夸口这是防狼网，当然他也没什么狼可以防，因为他毒杀了这片山区所有的狼。大家都知道他防的是谁，这每英里1000美元防的是印第安人和墨西哥人，以每英里1000美元为代价把整座山锁住，把这片土地变成他的绝对私产。

他仔细研究着栅栏，琢磨铁丝网是如何埋入地下，因此动物们既不能从下方钻过去，也不可能在底下挖洞通过。突然他的眼角瞟到了一群移动的动物，隔得太远他瞧不清，也分辨不出它们浅色皮毛上的淡棕色斑点，但它们像牡鹿一样疾驰而过，步履轻盈。是它们。

南边山坡是一片火山岩构成的圆形山丘，牛群们三三两两，排成一串，沿着铁丝网往西奔跑。它们消失在一座山脊后，不一会儿头牛又从另一边的陡坡钻出来，依旧沿着铁丝网前行。它们的路径虽然偶尔左突右进，偏东或往西，却坚定不移地朝南，似乎在寻找一个契机，寻找一棵被风刮倒又恰好砸在铁丝网上的松树，打开一个口子，这样它们就可以南归。南方，那是刻在它们骨子里的家的方向。

他加快了速度，手有点颤抖。牝马呼哧喘着气，不太情愿地跟上突然改变的步伐。他拉紧了缰绳，靠近牝马，轻柔地安慰她。他轻拍着马脖子，直到她安静下来。他瞧了一眼牛群消失的地方，有点手慌脚乱地解开马鞍,松开了铺盖卷,伸手在毛毯里摸索着。对一个骑手来说,除了绳子之外,最重要的工具就是一副可以用来剪开铁丝网的老虎钳。上百英里长的带倒钩的铁丝网界定了边域,防止牛群和马匹跑出界外。乔赛亚老早就教过他如何寻找松垮的铁丝,从哪儿打开豁口,他也教过塔尤如何修补铁网,确保牛羊不会跑出保留地。有一天晚上,在晚餐过后,他帮塔尤缝了一个装钳子的皮套,并告诫他,无论身在何处,你都说不准,也许一道铁丝网就会成为你的拦路虎。说这话时,乔赛亚意指泰勒山,因为他冲那个方向点了点头。

他戴上工装手套,开始工作,剪开了四道粗铁丝网后,突然意识到自己站的地方太显眼,任何人都可以看见他。他迅速瞟了一眼四周,也许哪儿就会冒出一个骑在马上或是开着卡车的巡逻员。他躺了下来,心跳加速,有点像很久以前玩捉迷藏的游戏,尿意突然涌了上来。他把钳子抛在一旁,脱下了手套,决定先小便,然后再考虑下一步。没必要这么着急。牛群不会跟丢,因为它们一直在靠近南边的铁网。几小时后天就会黑了,他可以在夜晚追踪牛群。事情很简单,他没必要忙中出错。

他找到一块矮栎灌木围绕的空地,把牝马绑好,在一棵矮栎树旁坐下,随手捡了几颗身旁的橡子。栎树的叶子已经由深绿变成浅黄,一周之内它们就会变成金黄色或是火红色。橡子的颜色渐趋棕色,果壳也慢慢变干。在树叶凋零和橡子成熟前,他一定可以带着牛群回家。

夕阳西沉,挂在不远处的树梢,灌木和空地被浓浓的树荫给遮住。风吹过栎叶,发出哗哗的声音,牝马拉了一泡屎,热气袅袅飘荡。他蹲下身,手插入口袋,衣领竖起,抵御着寒风,山上风凉,寒冬将至。他又吃了一块牛肉干和一捧干玉米,耐心地等待天黑。他拿出水壶,灌了几口水,抬头凝望秋季的夜空,等待着星辰出现。

他给牝马喂了一把玉米,又检查了一番她的蹄子,她并没有上马掌,因此他有点担心刚才尖锐的火山岩可能伤到她。天色已晚,路又崎岖,他不知道她是如何找到路的。由火山岩构成的低地和长满矮栎灌木的山脊,夜晚看来并没有很大区别;肉眼几乎无法辨别布满锐石的山丘和遍布松树的山丘。从前他和罗基、罗伯特,还有乔赛亚一块儿狩猎时就犯过类似的错误。那次他们把卡车停在一片平地上,附近是一片长满松树的隆起的山丘,可是夜幕降临时,他与罗基几乎走断了腿,每经过一片山丘,他们都以为卡车就在附近。他们并没有迷路,因为对这块地形熟悉得很,可他们就是找不到那辆绿卡车。他们不知走过了多少片低地和山脊,一边互相打气:"这一次,这次一定对了。"最后还是乔赛亚和罗伯特开着卡车不知从哪一片洼地窜出来,他们才搭上车。

塔尤骑马沿着铁网仔细查看,想找到一个在夜晚也不会错认的地方。他只有一次机会把牛群聚拢,驱赶它们穿过铁丝网。他焦虑地寻找着一处可以下手的地方,牛群也不知道都跑哪儿去了。他停在一棵枯干的松树旁,闪电正劈在树的中段,树身一片漆黑,树皮脱落,露出了里面银白色的躯干。树后不远处是一块火山岩形成的大石,突兀地伫立在山脊上。他下马,开始剪起铁网来。

铁丝网是由四分之一英寸粗的铁线组成,每隔四英寸就有一道铁丝。他得不时停下来甩甩手,免得手抽筋。今晚的月亮出来得有点早,他双膝跪在地上,从贴在地上的那一层铁丝开始剪起,这一层铁丝埋在地下,至少有六英寸深,用来防止郊狼或是野狼们从底下钻过去。他用手抹平地面,想让膝盖少受点罪,但地上到处是岩石和石块,凹凸不平。他剪了 10 英尺的铁丝网,费力把它们扳上去,膝盖已经开始发麻了,他感觉双膝发冷,猜想李维斯牌牛仔裤肯定磨出了两个破洞。他不由自主地想起了牛群,奇怪它们是怎样跑到弗洛伊德·李家的领地来的。要是牛群出现在拥有前土地授权书的人的牧场,或是阿科玛某一处的畜栏,他会毫不犹豫指责他们"偷"了牛群。但是如今牛群是在一个白人的牧场上,内心深处,他有点迟疑该不该做出这样的指控。他极力说服自己,这只是个误会,弗洛伊德·李也许是无辜的呢,说不定他只是从真正的盗牛贼手里买来这群牛,毫不知情呢。要是墨西哥人,或是印第安人,他一点心理负担都没有,可对上一个白人,他为什么这么犹疑不决呢?他脱下手套,把手伸进夹克,挤掉手掌上破了的水泡。汗水令他双臂刺痛,肩膀也酸痛不已。他清楚自己是全心全意相信了这个谎话,这是他们刻意教导的谎言:棕色皮肤的人才做贼,白人从不偷窃,他们可有钱了,什么都买得起。

谎话。他恶狠狠地剪着铁丝,好像这样可以把刻在骨髓的谎言给挖出来。骗子们愚弄所有人,白人或是印第安人没有区别,一旦人们相信了这些谎言,他们就不再能够辨别出加诸自身或是他人的恶行。他举手用袖口擦去脸上的汗珠,退后一步,打量着剪出来的豁口。如果白人从来不审视这些谎言,从不反思他们的国度不过是建立在偷窃来的土地上,那他们永远无法明白自己也是巫术的一部分,不明白即便时至今日,他们依旧被有心人操控,是锅里巫药的一部分;白人窃贼和世间不义搅匀,煎熬着愤怒和仇恨,终将毁灭整个世界。穷人反抗富人,有色人种反抗白人。毁灭者只要推动齿轮,往后轻松一躺,惬意地收割人头。谎言摧毁的不仅仅是肉体,还吞噬了白人的灵魂。过去两百年间,白人发动狂热的爱国战争,沉迷于科技和它带来的财富,好不容易才填补上那片空虚。他们一直在自欺欺人,而自己也心知肚明。

他在铁丝网上剪出了一个将近20英尺的豁口，牛群应该很容易就发现这处豁口。他走到马旁，收好钳子，倒了大半壶水洗手，喝光了剩下的水，又最后拉了一泡尿。

月光明亮，如同白天一般，照得山峦和洼地纤毫毕现，可牝马却趔趄了一下，他狠狠地撞在马鞍突起的边沿上，这才意识到月光的欺骗性。明亮的月光下，阴影也格外黑，阴影里的树根和岩石如野兽般虎视眈眈。他们的谎言终将摧毁整个世界。

山道上到处是牛粪，他不时勒住马，俯身查看粪便的新鲜程度。山路往西延伸，地势越来越高，两旁是枝叶茂盛的巨松，松树间遍布矮松和雪松，层叠的枝丫使得林间密不透光。他放松缰绳，让牝马自己在小径上寻找道路，有时两旁的树木把山径完全遮住，他低下头，紧闭双眼，以免松针和尖锐的树枝刮伤自己。

他在林边的空地上停下了马，这里空气格外冷冽。他是如此专心寻找牛群，几乎忘记最近几天甚至近几年的遭遇。比托尼又说对了，寻找牛群对他有好处，这确实是一种治疗，也许它还可以治愈其他什么的。花斑牛不再走丢，不再散落在他的梦中，在梦里，他同样犹疑，不敢直接承认牛群确实是被偷走了，正如这块土地一样——所有的这些土地——被偷走了。马上就要找到牛群了，他忍不住紧张起来，肚皮发紧，恍惚间，他好像一下子又回到了那个空荡荡的房间，窗帘之后是那座停摆的时钟。他停下马，内心平静，胃里也放松下来，没必要着急。骑马上山这一行动如同带他回溯时光，他可以回到任何时段。他终于明白为什么老一辈人只能相对当下谈论昨天和明天，因为只有当下是确切的，例如在说"我昨天上山或我明天上山"时，只有当下的时态和情形是最明晰的，昨天和明天只是作为两个时间指示词出现。同样，时间的枝丫密布，每一个点都是当下。来自科约的赌徒考帕塔正在某处整理他的小木条,等待着某个拜访者自愿上钩;月光下,罗基和我匆匆走上山脊,寻找那辆绿色的卡车;乔赛亚和罗伯特在车里等我们。这都是同一个夜晚,从来没有另一个夜晚。

他以为在空地上会见到牛群,它们或站或躺,皮毛上的斑点折射着月光,如同山顶的积雪一般。可他什么也没看见,于是经过第七片还是第八片空地时,他停下来侧耳倾听,林间只有辔头轻微的叮当声,那是牝马趁停歇的间隙吃草的声音。他一把拉起辔头,让她停止吃草。

他火冒三丈,要是不趁早制止这个随处吃草的坏毛病,她会被惯坏的。他记起了那匹被骗了的黑色的老马,乔赛亚在场时,老马还能勉强围着畜栏慢跑一番,耐心地等着罗基爬下马,然后让塔尤爬上马背。可等乔赛亚进工作棚去修马笼头时,它就开始作怪了,由慢跑变成小跑,有意颠簸,塔尤被颠得牙齿上下撞击,双手紧紧抓住马脖上坚硬的鬃毛,马背上没几块肉,硌得他屁股生痛。骟马觉察到缰绳松脱后,立刻止住了颠簸,走到栏边吃风滚草的嫩芽。罗基跑过来,捡起缰绳,递给塔尤;他高声呵斥老马,两脚夹住马刺,几乎刺进它的肋骨。老马略微抬了抬头,似乎有点吃惊,但塔尤力气太小,无法让黑马掉转马头离开栏杆;它低下头继续吃草,似乎旁边这俩小家伙不存在。他们不想让乔赛亚知道老马占了上风,因为乔赛亚老早说过,要是他们俩降服不了骟马,他们就没资格骑它。于是他们假装自己累了,暂时让马儿歇口气。可骟马玩着这样的把戏,从畜栏慢慢挪到了河边,他们不断朝它掷石块和木棍,罗基还大声威胁,最后棚里的乔赛亚都被惊动了,出来看是怎么回事,他责怪他们不该用石块砸老马,脸上却绷不住笑容。

"我猜,还是老马赢了吧?"他打趣道,几乎笑出声来,"你们居然打骂它。"

他紧勒住缰绳,双腿用力夹住牝马的两侧,让她知道他可是来真的。乔赛亚总是教育他们,说暴力和愤怒都很荒谬;也是,难道责打牝马就能让牛群自动现身吗。

他来到一片宽阔的浅溪,下马让牝马喝水。她跑了几小时,还没沾过水呢,她把肚子喝得圆鼓鼓的,满足地叹了口气,然后甩干了身上的水。她也有点累了。他牵着马离开溪边,两腿颤抖,膝盖因为长时间骑马和跪在石地上剪铁丝网酸痛不已。他的手也痛起来,手指红肿,满是水泡。他知道自己在干什么。从林地抬头看夜空,猎户星座已经移动到天边,他没多少时间了。他的胃又痉挛起来。不管这一晚是时间枝丫上的哪一晚,他总归是在铁丝网上剪开了一个大洞,现在他必须找到牛群,并在巡逻员发现这豁口前把牛群带过界。他们会追捕他,查看他一路留下的痕迹,就像他们猎杀山里最后的几只熊一样狩猎他。他非常气愤,胸口发闷。他凭什么认为自己可以干得了这么一件大事?杏树下的女人不再重要,全是他自己凭空想象。等他们抓住他后,肯定会把他重新送回那个疯人院。他进退两难,仿佛上当受骗,在做一件永远无法成功的事情。

现在回头还来得及,他可以把铁丝网原样拉回去,再把几股铁丝合拢就行了,然后若无其事地骑马下山。他们哪知道是谁干的,也许又会算到马尔克斯镇的墨西哥人头上。这是目前最好的打算。至于其他的,像是老比托尼和他的观星爱好,或是女人和她的暴雨印花毛毯,这些全是不着实际的幻象,是印第安学校的老师曾经警告过他和罗基要提防的古老的迷信。比如第一次上生物课,老师端进了一盆死蛙,被福尔马林泡得发胀,所有的纳瓦霍学生全离开了教室;老师说这些旧迷信都愚陋不堪。有个来自黑马兹①的女孩举手,说他们部落的老人告诉孩子们,不可以伤害青蛙,因为青蛙们会生气,降下暴雨,带来洪灾。生物老师哈哈大笑,停不下来,一边擦拭着笑出来的泪水。"你瞧,就这些青蛙,"他轻蔑地说,指着变了色的青蛙尸体,它们的眼睛蒙着一层白翳,"你们真的认为它们还可以动吗?它们是怎么发洪水的?在这门课上,我们每年都要解剖青蛙。"部队的医生也是同样的口吻:"当他们枪杀那些该死的日本俘虏时,你见到了乔赛亚?全是迷信。你说最近的干旱是因为你下了诅咒,全是迷信。"

他突然被回忆给击垮了,全身疲惫,心跳加速,他大口喘着气,想走上两步,离拴马的地方远一点,可他的双腿发软,栽倒在树下,倒在一片松针和松果上。这是他的末日。他连做个样子逃跑都做不到,他们会在松树下找到瘫作一团的他。

他的脸压在松针上,鼻中闻到整片松林,从扎根地底的潮湿的树根,到月光下蓝色的枝丫,高处的树叶随风飘舞。种种气味凝聚为薄透的一层,包裹着他,抽吸着他的骨血,他的身体变得虚无缥缈,要是那些手提.30-30口径枪支的巡逻员跟踪而至,他们在树下只会看见一团影子。

美洲狮从空地上的一片橡木林中出现,步态独特,既不是走,也不是跳或跑,而是像劲草在风中摇晃,一闪而至。他穿过草地,进入风中。塔尤躺在地上,看着狮子走来,甚至还有闲心注意到头发上沾着的松针。那团黄色的影子越来越近,塔尤以为牝马会被惊走,但是马儿在上风口,什么也没闻到。美洲狮的眼里倒映着两轮明

---

① 位于新墨西哥州的印第安部落之一。

月,琥珀色的,波光闪闪,似乎一下子就映入他的心底,他猛地吸了口气。美洲狮具有变幻莫测之美,似山巅的云团在风中起舞,随着山峰轮廓的变化不断改变节奏,时聚时散,一会儿暗如熔岩,一会儿又洁白如新雪。美洲狮终于在他身前站定,月光蓦地洒在狮身。塔尤慢慢爬起来,双手撑在地上。

"美洲狮,"他低语道,"美洲狮,每一次呼吸,你都会变幻形象,你的形体随大地天空一道变幻。"美洲狮眨眨眼,毫不惧怕。他又盯了塔尤一瞬,嗅了嗅西南方刮来的风,跨过溪水,消失在密林中,他的身影像一团黄色的烟雾,残留了一瞬间,然后散得无影无踪。

这时牝马才闻到空气中美洲狮的气味,不断跺着前蹄,鼻孔张开。塔尤拍拍她的脖子,摸了摸缰绳,确保绳子还系在树上。他走到林地上美洲狮出现的地方,跪下来抚摸着狮子留下的足印,手指沿着爪印的边缘描摹,中间地方深深地凹下,而每一个足印有着清晰的指旋。他用身子挡住风,掏出乔赛亚的烟袋,倒了一些玉米粉到掌中,俯下身来,在四个爪印上轻轻地弹上玉米粉。美洲狮与猎人。美洲狮是猎人的帮手。

他骑着马往西走,那是美洲狮来的方向。风吹松枝的哗哗声和山中新雪的气味都令他格外警觉。

拂晓时,他在一片长着青草的山脊上驻足,静静地观看日出。他放开缰绳让牝马自己去吃草,这也是复原的一部分。体内疯狂旋转的泥浆流终于慢慢停歇,一股股清泉缓缓涌现。沙画在指尖滑落,寻找斑点牛群只不过是其中的颜色之一;沙画还在继续,揭示种种进展,可是很久以前他就是沙画的一部分了。

他转过身,准备上马,突然瞥见了花斑牛群,就在山脊下方的火山岩洼地里吃草,聚在一起,面朝东南方。它们肯定闻到了马和骑手的气味,探究地望向山脊;他上马的动作惊吓了牛群,它们嘴里还嚼着青草,却本能地奔跑起来。罗伯特说得真准,它们奔跑起来比羚羊更迅疾,对人类的反应比驼鹿更警觉。它们对人类的记忆历久弥新,即便所有驯养的痕迹都消失之后,它们对人类依然警惕。塔尤正是指望着它们这种本能,希望它们模糊的记忆中还有关于南方的回忆,这是为什么它们一直朝南跑的原因,南方,它们出生的墨西哥沙漠。

它们朝着东南方跑开,正是他想要牛群去的方向,它们尾巴高扬,臀部还沾着粪便,像鹿群一样轻快地奔跑,从一片灌木丛移向下一片灌木丛,明智地避开中间的空地,选择对于马匹和猎人来说狭窄的小道。塔尤驰马在后方远远地追着牛群,清楚它们要去何处。迎面的冷风令他双眼流泪,可心情很不错;牛群在他面前集结,走上了归家之路。它们选了一条与铁丝网平行的小道,顺道往东走,他在后方压阵,确保没有哪只牛掉转头来往回跑;可他根本不用担心这点,即便半大的牛犊都遗传了往南走的本能。他让马儿放缓了脚步,尽量不超过牛群。马儿有些累了,马脖和马肩处都汗湿了。倘若他跟得太近,或是催逼得太急,牛群就会散开,四下跑散,这样它们就不能整群一块儿穿过那个豁口了。这会儿它们在前方半英里处又出现了,正在爬过一座山脊,牛群已经慢了下来,从开始的埋头奔驰变成了小跑。

阳光刺眼,蓝天看上去有些泛白,西风正猛,他估摸着正午前可能有场暴雨。牛群已经跑得离他有点远了,但还是可以看见它们稳跑的身影,一会儿出现在空地上,一会儿钻入一片橡木灌木林中,一直在沿着南边的铁网往东方走。

他喘着气,脖子和肩膀之间的僵硬感慢慢松弛下来,微笑着轻拍牝马的脖子,她鬃毛上全是汗水。他放松了缰绳,让马儿慢慢踱着。

他深信牛群会发现那个豁口,钻过铁网,然后沿着山脉一路向南。他从马镫里拔出靴子,用力伸了伸双腿,松动僵硬的筋骨和肌肉,他在马鞍上坐得有点久了。他向自己证明了,他的病情没有想象的那么糟糕。它在变化,像一团裹着尸体的深黑色粗毯,上面的线团在逐渐脱落,又脏又臭的线团慢慢解开,新鲜的空气可以透进来,一直压迫在头颅里的那股力道在悄悄放松。

他的眼角瞥见两个点,开始他以为是自己被风吹起的头发,转过身来,他看清了那是两个从北方过来的骑手。他立即纵马全力奔跑,伏身在马上,引导她穿过崎岖的山区,快速跑下陡峭的山坡。他们在一英里开外,他想躲进一片松林,等他们经过后再出来;他不时眺望前方,看牛群是不是还在视线内,他怀疑是不是牛群把巡逻员引过来了。出售证明书还在他的衬衣口袋,但是对于追捕偷猎者的武装巡逻员来说,那不管用。他双腿夹紧马肚,让她跑得再快点,可脚下散布着尖锐的火山岩,她艰难地保持着平衡。他回头,看他们是否已经追到了身后;他们还没那么快,他让牝马缓了缓,喘口气,节省点力气。他用袖口擦去被风吹出来的泪水,尽力分辨眼前的山坡和低洼处,一边寻找那块火山岩大石和被雷击过的松树,他剪开的豁口就在那处。

他缓缓睁开眼,映入眼帘的蓝天白云显得格外高远,有一瞬间,他仿佛回到了过去,还在太平洋上的某座不知名的小岛上。他以为自己中枪了,于是高声喊着,让罗基过来帮忙。可衬衫袖口的颜色,还有火山岩大石压在手上的痛感提醒了他。

眼前如慢镜头回放,他想起了跌倒前的景象:阳光明媚,矮栎树刚染上秋天的色彩。他记起来了,那刻他似乎还有时间自嘲,本以为危险都应该发生在午夜时分,没想到大白天的被抓了;他似乎还瞥见远方低洼处的那棵松树,最后一匹花斑牛挣扎着,后蹄踢在铁网上,挣扎着窜过豁口,迅速消失在天边。一切如回放般历历在目,他甚至记得牝马的前蹄是怎样踩滑了一块岩石,马身颤抖着试图维系平衡,如慢镜头般缓缓倒下。

闻到鼠尾草的味道,他这才发现自己被甩入草丛深处,他的头发和背上沾满了草屑和树叶。刚挪了一下身子,脑袋就剧烈地痛起来,他只得又平躺下来,吐出口里的沙砾和尘土。吸气时,他的肋骨疼痛,手指和双腿倒还可以动弹。他闭上了眼,安慰自己:他还有时间,只需要休息一会儿。可这不过是自我欺骗,仿佛冬日早上起床前,天色还没亮,灶上没一丝火星,告诉自己就再待一会儿。

"你他妈的跑这么快去哪儿?"一个带着得克萨斯口音的声音响起,充满敌意。他用右肘撑起身子,抬头看着他们。两个一模一样打扮的金发瘦高个儿,脚上的皮靴布满灰尘,有些破旧,牛仔裤呈同样的浅蓝色,甚至袖口都一模一样地撸起。他们的脸略有不同,长脸的那个明显更生气,不停质问塔尤在这儿干吗。

"猎鹿?"他显然不信,走近了一步,皮靴重重踩下——杂草倒下,拂在塔尤的指尖——似乎下一步就会碾碎他的指头,要是他不说实话的话。

"你是躲在这儿偷吃牛肉吧,嗯?"

塔尤一声不吭,让他们猜想去。另一个人脸圆乎乎的,几乎没有下巴,看上去还比较平静。

"你受伤了吗?"他问道,"能自己站起来吗?"他蹲下身,抓住塔尤的左臂,想扶他起来。塔尤担忧他们发现了牛群和豁口,可他们只关注着他,还没注意到其他的异常。他脑袋非常痛,迷迷糊糊中,只有一个念头:缠住他们,不让他们去查看山坡。

"你最好回去取车,"圆脸的那个有些担忧,"他好像受伤了。"

"呸!这狗娘养的没事!让他坐在我的身后跟我们回去。"

他们拉着他站起身,他头晕脑胀,眼冒金星,撞在帕洛米洛马身上,它喷出一阵鼻息。

"喂!笨蛋!吁!"他们扶着他上马,坐在米色的马鞍上。他一阵耳鸣,用力抓住马鞍边沿的丝绦,尽力坐直,马儿感觉到背上的骑手不住打晃,不安地趔趄了几步。得克萨斯骑手迈出一条长腿,正要跨上马鞍,塔尤忽地侧过身,呕吐物喷到鼠尾草丛中。

他脑袋肿胀,一阵阵尖锐的疼痛抨击着头颅,猛锤双耳,一路直下,让胃里发紧,令他阵阵眩晕。太阳西沉,圆脸的巡逻员蜷着身子,手揣在兜里,背着风站在山丘上。他用力嚼着烟草,又猛力地吐出,棕色的唾沫星子四下飞散,溅在脚边。风吹日晒令他脸上起了皱纹,皮肤干燥发红。脖子上绑了一条蓝色的手帕,没遮住的地方露出苍白的皮肤。他并不比塔尤大多少,也许他们参加了同一支部队。他好像并不想把事情弄大,有意放走这个印第安人,但他的同伴已经回去取车了,那个得克萨斯人坚持把塔尤带回去。或许他们的老板期盼他们时不时做出些成就,比如射杀一只郊狼,或是抓住一个墨西哥人之类。天色慢慢黑了下来,暴风雨将要来临,风雪在峰顶酝酿,北风凛冽。等他们把他带回牧场的总部时,肯定会很晚了,接着他们还要开很长一段路,把他送进格兰兹的监狱。为了一个印第安人整夜奔波,他们也许会觉得不值,或许会放他走。

石渣和灰屑掉进衣领，磨得脊背有点痛，他半闭着眼睛，并没有睡着，听着寒风席卷落叶，吹得枯草飒飒作响。身后的牛仔慢慢嚼着烟草，咽下烟汁，大口吐出渣滓。地底深处有股力量，通过双手沾满泥土的伤口侵入他的身体，把他拽入深处。地心的磁力震颤着，像雨水滑过脖子和肩膀，平滑地掠过全身，伤口处犹如被羽毛轻轻拂过，一片清凉。他被拽入地心，靠近如山岩般幽深平静的地核，尽管依旧头痛欲裂，他明白这不会是灵肉的分离，而是长久迷失后的回归。意识到这一点后，他不再害怕与爱人别离。这股力量环抱着他，缓缓下坠，无比亲切熟悉，山峦静默，他渐渐沉入它的怀抱。只有大脑还不合作，发出抵抗的哀鸣，震耳欲聋。他仿佛端详着自己的头颅，抚摸着头皮上的凹凸之处，试图寻找一块薄弱的头皮，一块被时间侵袭，被巫术、被死灰和蘑菇云状的子弹击溃的薄弱点。他摸索着双耳后细长的耳骨，轻触着软骨和接缝处。他不敢昏睡过去，一旦放松警惕，它就会乘虚而入。他微弱的抵抗会瞬间溃不成军，最终臣服。他会沉入地心，从此长眠，寂静是如此熟悉，黑暗如同爱人。他或者鼓足残余的勇气，痛苦地挣扎，以免沉沦，抑或就此放手，重归大地母亲的怀抱。一切在于他的选择。

　　他听到引擎熄火声，接着车门被用力关上。声音有点远，不太清楚,但得克萨斯人好像还带了一个人过来。

"嘿!看我发现了什么!记得去年开春时的那些狮子足迹吗?就在这儿,这片地方到处是新鲜的足印!在靠近12号磨坊那儿。是个大家伙呢!爪子都有我的手掌这么大!"新来的这个人声音尖锐,充满兴奋。

牛仔从山坡上僵硬地直起身子,吐出了最后一口烟草唾沫。

"那,这家伙怎么办?"牛仔问道,"我以为你要把他送进牢里呢。"

得克萨斯人清了清嗓子。"真该死,"他骂道,"这些墨西哥佬和印第安人,我们什么时候抓他们都行,但上次发现狮子的踪迹还是几年前的事了。"

"好了,好了。是你要抓他的,我可不想。"

"呸,等我们送他去监狱后再回来,狮子早不知跑哪儿了。"

"就把他丢这儿吧。我们回去带猎犬,天都快全黑了。"

"没错,我们已经教训了他一顿,"得克萨斯人说道,"这些该死的印第安人得知道这究竟是谁的土地!"

他再次醒来时,他们已走了,风声渐渐平息,天空布满乌云,依旧阴沉潮湿。脑袋没那么剧痛了,他小心翼翼地坐起身,免得旧病复发。他的手脚冻得发僵,因为在地上待得太久,双腿僵硬。他坐起身,揉着双腿和双足,觉得后背有点冷。要是他能爬上几英尺,爬到山坡上那片矮栎林中,他就能找到一个躲避风雪的地方。

矮栎树不高,茂密旺盛。他跪在林边,透过枝丫,勉强可见一条仅供一人通过的小径。这条小径明显是鹿儿踏出来的。有时在大一点的林子里,会有两至三条这样的山径,逶迤通往山顶。鹿群日出后躲进密林,在里面睡觉,或是吃橡子,只有要迁徙到下一片树林时,它们才会出林,快速穿过开阔地带。地上堆满厚厚的落叶,经年的落叶像层层地毯,一脚踩下去,翻上来的是今年早些时候橘红的枯叶。在几棵高高的橡树下,鹿儿们搭建了窝,茂密的枝丫给它们提供了遮掩。

他躺进一个浅坑中,把枯叶堆在身上,渐渐暖和起来。头顶的树叶变黄了,快要落下,透过树梢,他看见深灰色的夜空,山顶上飘着厚厚的深紫色云层。冬雪闻起来冰冷潮湿,带着一股夏季雨水没有的冷冽气味。他肚皮发凉,隐隐充满期待,好像儿时等待第一片雪花飘落。

他躺在落叶中,痛恨着那些人,不是因为他们想把他送进监狱,而是因为他们的机器正毁灭大地,他们的猎犬和枪炮正残杀动物们。它一再发生,人们只能无力地旁观,既无法拯救也不能保护他们生命中重要的东西。他牙关咬得紧紧的,他得做点什么来停止体内这股冉冉升起的恐惧。大地和动物们可不知道,它们不懂他并不是他们中的一员,他不是毁灭者中的一员。他想把那些软绵绵的白色躯壳踢进大西洋,大喊着,他们才是越界者和偷猎者。当他们狩猎美洲狮时,他要尾随他们,用他们的枪射杀他们,并结果他们该死的猎狗。毁灭者派遣他们来破坏这个世界,而他们也忠实地执行这一任务。他要喊醒像罗基、海伦·琼,还有鄂摩这样的印第安人,不要再羡慕白人的东西了——白人的高楼大厦、灯红酒绿、美食甜点,还有摩登汽车——这些都是从印第安人的土地上偷来的;他们用了科约赌徒的巫术,让印第安人自投罗网。印第安人被教导鄙视自己,因为他们与贫瘠的土地和干枯的河床为伍。他们错了,白人才一无所有,只有白人才像窃贼一样,终日惶惶,他们的骄傲是建立在偷窃之上,是建立在从来都不是他们的,也永远不能拥有的东西之上。毁灭者既骗了白人,也愚弄了印第安人,只有一小部分人才清楚骗局的真相,明白谎言给白人带来的危害远远超过印第安人。但是真相被掩盖,即便他们的艺术也无能为力,艺术为虎作伥,粉饰虚妄,把一切变成死物:塑料、霓虹、钢筋、水泥。它们冰冷空虚,像是巫术造出的死躯。假如白人还有一点性灵犹存,它也像一颗存储过期的种子,打开时只剩下脆弱苍白的干枝,早已成形,只是在萌芽前就已枯萎。

他醒来时,天色依旧阴沉,风吹着雪花,飘落在脸上。乌云低垂,风雪交加,他看不清东方是否已经放亮。头顶的枝条形成一个穹顶,挡住了大部分风雪;他抖掉头上的雪,起身拍拍身上的落叶,留了一泡黄色的尿液在雪地上。

他往东南方慢慢地走去,全身酸痛,积雪还遮住了路径,甚至盖住了大石;天空稍微亮了点,他还是几乎找不到山径。天色阴沉,一片铅灰色,以至于他无法判断距离。他回头看来时山的方向,它已被厚厚的云层遮挡。他啃了一捧雪充饥,眨眨眼把睫毛上的雪花抖落,迎着风雪继续前行,那是牛仔们离去的方向。一阵旋风刮过,雪花在他的头顶飞扬,犹如夏天成群飞舞的蛾子,接着掠过火山岩的边沿,露出黄色的草尖。

大雪遮住了一切,掩盖了美洲狮的足迹,消除了它的气味。白人和猎犬应该追不上狮子了。他顺风前行。这场风雪也掩盖了牛群的踪迹,雪花挂在铁丝网上,会被冻成冰凌,他剪开的铁丝网和弄出的豁口都会被皑皑白雪遮住。脚下的泥土吸满了水,又黏又湿,牧场上的路都成了泥泞,无法通过,至少要几天之后才能重新巡逻。塔尤笑了。他体内的漩涡温顺驯服,犹如山峦起伏的轮廓,又如静默的积雪。他回头望望来时路,风雪漫天飞扬,像他撒在狮子足印上的玉米粉,纷纷扬扬遮蔽了他的足印。他像鹿一样甩甩头,大喊着"啊吼哇!"跑过一片开阔的火山岩平地,冲上了高地。

每走一步,积雪微沉,发出咯吱的声音,身后仍旧是茫茫的漫天飞雪,像是那个女人房间里的薄帘。他站在一块突出的岩石上,审视着崖下,山谷的斜坡上有一大片深绿,密布着常青树和松树。他得往北走上大约100英尺,才能重新找到掩隐在两棵巨松之间的山径。他从身边的雪枝上摘下一颗松果,轻轻摇晃,让丰满的松子落在掌中。他一边走,一边吃着松子,用牙齿一颗一颗咬开果壳,舌头接着分开果肉,把果壳吐到路旁。远处是平顶山,下方有一条山径,一路往下走,她的小屋就伫立路旁。身后忽然传来一阵歌声,一个男人的声音。他驻足聆听,胃里有点发紧,背冒冷汗,心跳加快,这并不是害怕,只是非常意外。

嘿-呀-啊-哪-啊! 嘿-呀-啊-哪-啊!

库-鲁-褚-呃-啊-呃-哪! 库-鲁-褚-呃-啊-呃-哪!

东方之下

南方之下

冬天的人们到来了。

嘿-呀-啊-哪-啊! 嘿-呀-啊-哪-啊!

库-鲁-褚-呃-啊-呃-哪! 库-鲁-褚-呃-啊-呃-哪!

来自西方之上

来自北方之上

冬天的人们到来了。

呃-啊-哪-啊!

呃—啊—哪—啊！

风之鹿角

雪之足蹄

冰之晶目

冰之晶目

呃—啊—哪—啊！

呃—啊—哪—啊！

风之鹿角

风之鹿角

呃—啊—哪—啊！ 呃—啊—哪—啊！

歌声时断时续，随风飘荡，有时低不可闻，甚至完全消失。他辨别出了几句歌词。从前，十月底，猎人们在山底耐心等待，等着鹿群被寒风和冬雪驱赶下高坡，他们会唱起这首歌谣。他站在路边，等着猎人走近。猎人肩上扛着一只体型较小的牡鹿，为了保持平衡，他一手抓着鹿角，一手抓着鹿的后腿。他瞧见塔尤，咧嘴笑了。

他留着长发，用白棉线以传统的方式绑在脑后，双耳挂着长长的天蓝色的绿松石耳饰，每只手上带着四枚银色的戒指。面孔宽阔，脸色棕黑，皮肤柔滑如老妪。他身穿一件灰色兔皮缝制的长马甲，皮毛有些旧了，兔毛有几处脱落，露出内里的皮子。里面是一件棕色的法兰绒衬衫，双肘处磨得发薄，似乎双肘随时会露出。他头戴一顶黄褐色的皮帽，皮质顺滑，闪闪发亮，看上去好像是用美洲狮的皮制成。

"你在打猎吗？"他把公鹿从肩上放下，随口问道。塔尤注意到他在鹿角上捆着蓝色的绒羽。

"我在寻找牛群。"

"它们应该到了山下吧。"他应道,示意着下方的山丘,雪还下着。塔尤点头,盯着猎人身后的旧来复枪。

"这把枪挺老的。"他说着,帮助猎人抬起公鹿,重新扛到肩上。

"它挺管用,"猎人答道,沿着小路先行几步,"它性能不错,这点最重要。"他再次唱起歌来,这次不是拉古纳歌谣,听上去像是黑马兹或是祖尼部落的曲子。塔尤不想打断猎人的歌声,尽管很好奇,他没有出声询问猎人来自何方,又是从哪儿学会的这首拉古纳歌谣。

他顺着山径下行,举目望去,四周白茫茫一片,分不清天际。到达山脚时,塔尤踢开积雪,观察下方的沙地,希望发现牛群的踪迹,诸如粪便或是它们经过此处的痕迹。猎人摇了摇头。

"先进来吃点东西吧,休息一下再找牛群。"猎人喊道,塔尤跟随着他走进院子。杏树的枝条上堆满积雪,树叶冻得发硬。他想看看牝马和牛群是否都在畜栏里,但风雪弥漫,伸手不见五指。他闻到松枝燃烧的香气,猎人招手,示意他进屋。

他们并排站在角落的壁炉前,抖落着衣服上的积雪,雪花落在火上,激得火焰一阵摇晃,咝咝作响。塔尤的皮靴,还有猎人的驼鹿皮绑腿散发着腾腾热气,仿佛雨后山间的雾气。塔尤烤着火,凝视着火堆,身上渐渐变干,心绪逐渐安定下来,觉得好多了。他终于转过身来,他们正在处理鹿身,猎人跪在女人的身旁,把几撮玉米粉塞进鹿的鼻孔,轻声祝祷。

他们在他的对面坐下用餐。饭后,猎人起身,指着窗外。

"瞧那棵树,"他对女人说,"你最好把你的毛毯收起来,不然大雪会把树枝压断。"

"我正好要出去,我去把枝条上的雪摇下来。"塔尤说道。记得有一年春天,突降暴雪,他和乔赛亚还有罗基也是这样帮助长满花苞的苹果树抖落积雪。她点点头,走进了卧室。那块装饰有暴雨图案的毯子平摊在灰色的石板上,他看见她把它折了起来。

他走出屋,来到树旁,它看上去像一把雪做的伞,只有边缘和顶端露出几片绿叶。冬雪来得太早,杏树还没做好过冬的准备,叶片堆满积雪,在风中颤巍巍的,枝条拖曳着垂向地面。他脱下手套,放在夹克口袋中,双手轻托着树枝。树龄颇老,他顾忌着脆弱的枝条,小心翼翼地抖落树枝上的积雪,先是轻轻拔掉东边树枝上的积雪,接着挪到南边,然后按着顺序从西至北,他的呼吸在面前形成一团白雾。清理完整棵树后,积雪在树下围成一圈,不知不觉中暴风雪已停了。东边还在下雪,平顶山看不清楚,可他们头顶这块已露出暗蓝色的天空。狂风已经止息,偶尔还有一两片雪花慢悠悠地落下。西边的乌云渐渐散开,露出了铅灰的云层,缝隙处透出几线蓝天。

他突然听到牝马的嘶鸣声,不禁笑起来,动物们都有独特的方式记住它们的喂养者。她靠着畜栏的门边,双耳竖立,警惕地看着四周,不耐烦地刨着蹄子,鼻子拱着他的手心,鼻息热乎乎的。她前腿跌倒处有一片干涸的棕色血迹,塔尤牵着她走了几步,看她是不是摔瘸了。牝马兴奋地跟着他。

"你把我那样丢在山上,还指望我给你吃的?"他挠着牝马的脖子,那里毛发厚实,就在几天前,那儿摸上去还是一层夏季的薄毛,短短几天之内,马儿就做好了过冬的准备。他把她牵回畜栏,关好门。

她在窗前梳着头发,注视着夜空。他看着她用手拢起一把长发,用一把简陋的木梳在身后梳顺着。她的一举一动无比优雅,胳膊在脑后优美地舞动,每梳一下头发,胸口随之起伏,甚至她的呼吸也令人感到亲近。他脸孔发热,迅速望向别处,猎人刚走进屋。

"你没什么要问的吗?"

"问什么?"他假装镇定,低声问道,以为她指的是他们睡在一起的那一晚。

"你的马儿独自跑回我家的畜栏,你都不问我是怎么想的?"

"哦。"

"你也没有向我打听你家的斑点牛群。"她朝他笑着,仿佛猜到他为何如此尴尬。

"我是打算问的,但不知道——哎,我说,我不确信你的丈夫——"梳子落在腿上,她鼓着掌大笑。猎人从后面的房间钻出来。

"她捉弄你了,嘿?"他问着,也笑了起来。塔尤的指尖全是汗。

"你知道不,她还拦下了你的牛群。"塔尤点头,快速瞥了她一眼。她冲他露齿微笑,猎人开口时,她仔细端详着塔尤的表情。

"它们是从哪边下来的?"

他想表现得自然点,却忍不住猜测猎人是否清楚他与女人之间的关系。

"大概昨天下午吧,"她解释,"可能还要早些。它们从山谷那边的高地,就是河床那边跑下来。"

"可是,你怎么抓住它们的呢?"

"它们就像暴雨之后的洪水,顺着山谷的河床一路狂冲下来,直到被陷阱挡住,后来就待在那儿了。我们都是这么抓从山上下来的家畜的。我不过是走上几步,关上栅栏而已。"她的手指缠住长发,绕了几圈,盘成一个髻在脑后,"我们家的马也是这么回栏的。"说毕,她站起身:"来吧,我带你去看。"

他跟着她走下山径,来到宽阔的河床。河床干涸,顺着河道往上,两侧是陡峭的山岩,河床蜿蜒曲折,像是蛇行在沙地上的痕迹,山谷两侧的岩层展现出不同历史时期形成的地质结构。泥土湿润黏稠,粘在他的鞋底。陷阱的设计简单,一直以来人们都是用这样的办法抓捕野兽。陷阱的布置也简单,便于操作,只要一两个人就可以让大群的马匹或牛群归栏。牛马们一旦被赶入山谷里的河床,只能顺道而下,无路可逃;它们无法爬上两侧陡峭的崖壁,栅栏就是利用这一原理建成的。牛群或是马群先被赶入一条浅浅的河道,顺河前行,两壁渐渐变成高达15甚至20英尺的岩壁,形成一道自然的藩篱。有些河床常年干涸,可几场暴雨过后,洪水暴涨,裹挟着石块、树木汹涌而下,席卷着杂草和枯枝败叶。稍花点时间,清除残骸碎片,用石块、木头和枯枝交错搭成一个路障,只让水流通过。

他第一眼没看见陷阱的路障,因为陷阱依着岸边的一块空地搭建而成,动物们顺着河道,一直冲过栅栏的大门,才见到这个陷阱。可用来做栅栏门的材料很多,但这个门由粗大的杜松原木和铁丝束简单地捆在一处,门两旁是杂乱的石块和木头,门边堆满了顺水漂下的枯枝落叶,不仔细看,几乎找不到门。动物们进入陷阱后,只要把门拖过来关上就可以了。

风雪过后,乌云逐渐散去,天空满是深浅不一的灰色云层,看起来像蜕下的蛇皮。"今年雪下得早,"他喃喃自语,"冬天可能还会有几场降雪呢,明年的光景会不错。"

她没吭声,地上积雪很厚,有几处比她的莫卡辛鞋帮还高,她小心翼翼地挑选着落脚点。牛群围着陷阱的大门乱转,把脚下的黏土和积雪踩得一片泥泞,不时用脑袋撞着松木,试图逃走。

他随着她走入陷阱,在身后关上门。她挑着边上的路,避开粪便和泥浆。牛群远远地退到路障的左侧,眼里流露出恐惧,有几只不安地踢着前蹄。它们呼吸粗重,喷出的鼻息在头顶上方形成一片白雾,袅袅蒸腾,飘荡过河岸。他们走上前,牛群紧靠在一处,几只公牛低下角来,摆出防御狼群的架势。他略觉不安,因为他们在陷阱里,而又没有马匹的优势,动物们才不管你是谁呢,它们尊敬的是体形高大的马匹,而不是坐在上面的骑手。女人毫不害怕,走上前,仔细检查牛的肚子和四肢,绕着牛群走了半圈,确保没错过一只。牛儿们紧紧地盯着她的一举一动。

它们身上的雪花已经融化,冲刷干净了污垢和粪土,露出了黄点白底的原貌。新长的一层过冬的毛发厚厚的,几乎遮住蝴蝶烙印和姨妈的伞烙印。乔赛亚要的是一种全新的品种,不是白人养的那种流着口水的蠢笨的赫里福德牛,像绵羊一样被赶着去喝水,每次伸嘴去啃仙人掌或是爬坡去吃灌木和树皮时,都畏缩不前。

"我舅舅想养一种全新的耐旱耐劳的牛群。"

她退后几步,离开牛群,点头赞同,莫卡辛鞋上沾满了泥浆。

"你能找回这么多牛,已经很了不起了。"她赞叹道。"看。"她指着离她最近的一只牛,牛脖上有一圈被绳子拉伤后结的疤痕,牛蹄上方的距毛脱落,露出条状伤痕。

"典型的得州式套牛留下的痕迹。"她确认,"他们想抓这些耐旱擅跑的墨西哥牛群。要是不巧牛儿摔断腿或者折断脖子,他们又没什么损失。"

他从不知道得州式套牛这个词,他们管这叫掷索套牛,比赛常用的是筋骨瘦长的墨西哥牛,而不是更贵的奶牛或小牛犊。这种骑术原先是由得州牛仔传过来的,非常简单:骑手控制着训练有素的高头大马,挥动着绳索套住牛,接着马儿停下来用力抽动绳索,奔跑的牛被迫停步,巨大的冲力往往把牛儿撞得昏迷过去,死亡或受伤是常事。这是年老牛仔的游戏,他们体形逐渐笨重,行动迟缓,不能像套小牛犊或是双人合作套牛那样,下马按住挣扎的牛,迅速捆住它。他以前只在格兰兹的骑术表演场上看过一次这样的套牛,骑手得在10秒内制住牛,然后计时才正式开始。当天的赌金高达300美元,由一个红脸膛的白人获得,他只用了破纪录的6秒。当他把绳索从牛脖上松开时,牛儿站不起来,最后被拴在马后拖了出去,折断的前腿无力地挂在身后,兀自颤抖着。看着牛群的遭遇,他怒火腾地冒起来,烧得他头晕眼花,都顾不上评论这种病态的、他们称之为"竞技"的运动和变态的娱乐,猎狮也是其中一种。

他们回到畜栏,她默立一旁,看着他抖落马鞍上的雪,牵着牝马到泉边喝了点水。他抬头看了看,天色已经放晴,虽说天边依旧铅灰,南边露出了一丝阳光。

"他们会来这边寻找牛群吗?"

她耸耸肩,满不在乎。

"他们不会下到这边来。"她说。

"为什么?"

她意味深长地看了他一眼,令他寒毛倒竖。她猜到他的想法,忍不住笑了,认真解释:"因为这边的雪这么厚。你以为是什么理由啊?"她又在捉弄他,他摇摇头。

"我会尽快回来把牛群带走。"他说道,慢慢地束紧马鞍的肚带,又检查辔头的皮带。他想说点什么,想告诉她,他喜欢她站得这么近,但猎人还在屋内,他终究还是没开口。他转过身,绑紧鞍后的铺盖卷,不小心碰到了她,她回了他一个微笑。她知道。他牵着牝马走出畜栏,她与他并肩走着,指着东北角的乌云,警告说:"晚上会很冷。泥浆和雪水都会结冰。"

"我倒希望如此,"他说,"否则的话,山径会变得泥烂,牛群会被陷住,那我只有等到明年开春了。"她笑笑,同意地点点头。

"再见。"他告别道。

"我们很快还会再见。"她说道。

他回身挥手道别,她已消失不见。

他们从表兄罗密欧那儿借了一辆带后篷的卡车,罗伯特待在车上,塔尤上前敲门。杏树掉光了叶子,风刮着落叶在脚边旋转。他上前敲门,敲门声在屋内回响,但没闻见壁炉的柴火味,里面似乎没人,他推开门,穿过房间走到厨房,嘴里呵出的热气在面前凝结成白雾。屋里有股泥土味,屋顶的椽子散发着松香,煤油灯都不见了,咖啡壶放在炉子后方。他走到卧室,羊皮毯和有暴雨印花的毛毯也不在,石板地扫得干干净净。北面墙上挂着一块盾,用木钉钉在墙上。他上次好像没见到它,盾用驼鹿皮或水牛皮制成,厚重坚硬,足以抵挡石块或是箭镞。干燥的气候使得盾的边沿干皱开裂,失去了初制时的原形。盾呈黑色,起先他以为是长年使用所致,但手摸到盾牌,才发现颜色是涂上去的。盾牌上有星星白点,他退后一步细看,原来那是九月时头顶这片夜空的星象。比托尼的沙画中出现过这个星象。

"没人在家。"他回到车里,对罗伯特说。他们把牛群从陷阱里赶到了畜栏,那儿有个水塘,牛儿可以喝水。

"有人喂过它们了。"罗伯特满意地说,指给塔尤看畜栏地上成堆的玉米秆。他把车倒好,车厢对准畜栏的狭口,塔尤把后挡板放下,进入畜栏,走到牛群后方,驱赶它们上车,牛儿们犹豫着,但还是一只接一只爬上了卡车。

"它们看上去真不错,塔尤,"罗伯特再次表示满意,"有人替你照顾它们呢。"

"比托尼老头倒有点用。"外婆坐在煤油炉边,用牙咬开松子,重复了几次。十二月初她就病了,她的角落充斥着维克斯牌糖浆和本盖牌止痛膏的味道。她总是穿一件黑色旧毛衣,天气暖和时也是如此,腿上裹着一条羊毛毯。

"你现在好了,是不,小家伙?"

"是的,外婆,我没事了。"他擦拭着一把.22口径的枪,准备出门去猎兔子。姨妈盯着他,他抬起头,她转开眼,瞧着炉上滋滋冒气的炖肉和咖啡。她一直在观察他,等待一个机会。她不信赖家里的平静,只等待一个合适的机会。

他整夜梦见她,梦里他们肢体交缠,渴求着对方,美梦一直持续到天明。清晨,他随着第一道曙光醒来,臂弯里犹存她的体温,令梦境更为真实。他起身下床,没打开灯,在黑暗中摸着衣裤,边听着罗伯特和外婆的鼾声。姨妈睡觉一向轻,这几天早上他穿衣出门时,总觉得姨妈仿佛醒了,在暗中观察他。

他站在砂岩的边缘,整块岩石深埋地底,贯通拉古纳。他的目光穿过河面,看着东方的晨曦。

"日出,日出。"他吟唱着,唇边的字句在寒冷的清晨凝成白雾,这个仪式似乎把他和女人联系起来。他走回屋,太阳在身后升起,照得背上暖洋洋的。他在屋外砍了一会儿柴火,等到屋内的烟囱开始冒烟时,才抱着一大捆柴火进屋。有时候,姨妈仔细观察他,似乎在回想几年前他躺在床上边哭边吐的样子。

最近他每天都与罗伯特一起干活,把成捆的松枝拖下山,堆成柴火堆,然后从坎农西托运来煤,铲进仓库。他们经常查看斑点牛群,看它们是否还在山谷的温泉那边,牛群似乎很喜欢山谷,打算在那儿过冬。他们于是给在营区牧羊的小拇指送苏打水和插图书过去。

小拇指靠在羊圈的栏杆上,两肩耸着,身形单薄,双手插在牛仔裤的前兜。他盯着远处的盖洛普,没理会正在检查几只母羊的塔尤和罗伯特。他穿一件有着白纽扣的短袖衬衫,衣摆没扎进裤里,被风吹得噼啪作响。他从不把衣摆束进裤子,在部队里也这样,有一次甚至因此被关了一个月的禁闭。他谈到那次经历时,脸色还是铁青。

他们抓住一只怀孕的母羊,她挣扎着,发出咩咩的叫声,拼命踢着沾满粪便的后腿。他们不想就这样放手,塔尤抬头看着小拇指,希望他过来按住母羊的头,但他背朝他们,看着远处,对身边的噪音和响动无动于衷。他手里拿着把折刀,一根一根地打开刀刃,然后一把插进身边的栅栏。

他们离开时,小拇指从羊倌住的小石屋里钻出来。他戴着一副深蓝色的太阳镜,头上是一顶黑色的新牛仔帽,手里提着一个购物袋,那是他的全部家当了。塔尤朝里移了一点,给他让出位置。大家都没吭声,因为这次小拇指在山上待的时间比较久,比以往要长了一周。

"到了高速公路时把我放下。"他说道。

才刚到三月,气温已回升了,风有点暖和,融化了积雪,路上泥泞,尽是一道道的车辙。罗伯特把车打到低挡,费力地爬过了一个名叫草原犬鼠的山坡。他们被颠得跳起来,东倒西歪,小拇指一只手紧撑住前面的面板。轮子打了一下滑,但罗伯特马上又挂上了挡,塔尤觉得他们勉强可以撑过这一段路。终于上了高速公路后,罗伯特停下车来,擦掉挡风玻璃上的泥浆。小拇指走下车,帽子压得低低的,遮住了眼睛,手里拎着购物袋,沿着高速公路走了。他没回头,大拇指举得高高的。他会一路这样走下去,要是有可能的话就搭便车,说不准他会搭到勒罗伊的车呢,一路从66号公路到迪科西酒馆,再到圣菲德尔和塞瑞托,一直到盖洛普,最终回家。他会在比博和Y酒吧之间歇息几次,直到兜里一文不剩。

雨打在锡皮屋顶上,他醒了过来,梦中她的双臂紧紧缠住他,热情似火。头晚罗伯特把一只鞋抵着窗户,让窗开着透点气;雨中散发着泥土的气息。对她的深情忽然把他淹没,他不可自制,泪水涌了出来,喉咙哽咽,胸口发疼。他从山丘一路跑到河边,在雨中尽情奔跑,直到胸口的疼痛渐渐平息,仿佛晨雾般散了开来。他停下来,端详着雨中的晨曦,知道自己一定要找到她。

五月下旬的某一天,他告诉家人要去牧场待几天。罗伯特点头同意,最近他在打理新拉古纳的田地,这样安排的话,塔尤可以照看牛群和新出生的小牛犊。姨妈在读一本关于教会的书,自复活节起她就在读那本书了,她抬起头,比较满意,好像等了一整冬之后,塔尤终于说了他该说的话。

"我不想雇用其他人。他们可以到其他地方去喝酒,但不是在我们这儿。"她面部僵硬,说话时嘴唇几乎不动。她预计他早晚会跟他那些朋友一起,例如小拇指、哈利,反正就是那类人,不是喝酒就是无事生非——给她添更多更大的麻烦——就像他妈妈那样,让家人蒙羞。

"替我准备一些印第安茶,"外婆在里间喊着,"听到没有?我说给我摘些茶叶。"她颤巍巍地走出来,动作比去年要迟缓,如今总是拄着拐杖。天气已经暖和起来,她还是穿着那件黑毛衣,腿上裹着毛毯。她在炉旁坐下,动作迟缓僵硬。

"还有一件事,"外婆接着说,"还有一件事,塔尤。库莪什老头前两天来过了。他说也许过不了多久,你就会找到你要的东西,他让你有空过去跟他们谈谈。"

罗伯特开车离开后,他随便走着,看有什么变化。黄色条纹的猫和黑山羊跟在他身后,黄猫扑到一团绿色的风滚草上,抓住几只蚱蜢,津津有味吃了起来,黑山羊慢吞吞走着,不时停下来啃着刚冒芽的嫩草,转过身,紧跑了几步跟上他们。屋旁有几处水坑,积水被晒干后,里面的红色砂岩干成碎片,形成一圈圈的波纹状。远处山谷里,到处是积满红色泥水的水坑,在阳光下闪烁着。极目四望,从西北方的砂岩平顶山到南方的火山岩山丘,山谷绿意盎然,但这绿色的丛林并不给人窒息的感觉,大地只是浅浅地披上一层绿衣,好似轻柔的夏风只是小心翼翼地染绿一根根草尖,在茎叶之间留下足够的空间。今年没有席卷高原的季风,往年此时总是狂风大作,漫天红尘。

灰骡已经死了,被埋在某处,风吹日晒,骨头可能都泛白了。这些变化令他心里发紧;不管怎样,骡子多年前就又瞎又老。他的房间几乎原封未动,除了那张咯吱作响的弹簧床和床架,它们被推到了西南角的窗下。他在那张床上做过许多噩梦,现在它们都被从他腹里连根拔起了,女人和关于她的梦填补了空白。

院里杂草丛生,传来蚱蜢摩擦翅膀的唧唧声,他在满是灰尘的床垫上躺下来,闭上了眼睛,全身放松下来。他的噩梦是害怕失去,害怕永远失去某样东西,但是并没有任何东西被遗失,它们一直存留于天地之间,一直珍藏于他的心中。他从来没有失去任何东西。白雪皑皑的山峰静默矗立,并不因所有权的变更和自认为拥有它的白人而改变。他们砍伐林木,他们猎杀鹿、熊,还有美洲狮,他们竖起高高的藩篱,但是群山依旧巍峨,恒久不变。正如爱的力量可以战胜死亡,巍巍山脉也可以战胜毁灭。这山这地并没有被输给白人,因为它与印第安人血脉相连;乔赛亚和罗基并没有远去,他们在身边,一直就在身旁。他以前就很爱他们,一直就很爱他们,现在这份爱更加深切,深入骨髓。他们也同样爱他,他同样深切地感受到他们的爱。伤痛无法摧毁这种感觉,它流淌在血脉中,深刻于亘古的记忆里,它造就了坚强的印第安人,第五个世界也是因此幸存,只要还有爱,他们永远不能夺走一切。

他站起来走到屋外。太阳被乌云遮住,气温有点低。不远处的山巅,白云露出蓝色的肚皮,懒洋洋地飘荡着,远处隐约传来雷声。

他沿着山径向北走去,想着一年前他骑着一头瞎骡,哈利骑着一匹小驴,也是这样走在山径上。帕托奇山矗立如旧,岁月的流逝丝毫没有增减它的灰岩与黄石,唯一变迁的只有天空,它碧蓝如洗,不复从前夏天的尘土飞扬。他闻到路边野花的香气,听到大黄蜂和蜜蜂吮吸花蜜的轻啜声。漫山遍野覆盖着黄色的野花,从金丝雀翅羽般的明黄色到阳光般耀眼的金黄色,深浅不一。

他找到几朵没有蜜蜂的花朵,从乔赛亚的烟袋中取出一片蓝色的羽毛,开始小心翼翼地刷取花粉,如同蜜蜂擦动腿腹般,用羽毛轻轻拂过花心。

他继续朝北行去,前方是红黄色山崖,崖底是陡峭的峡谷,延伸至平顶山,直至山泉处。他不知牛群目前在何处,是否冲破铁丝网,一路南行,或许已回到墨西哥,它们的起源地。这是一群固执的牛,坚定不移地执行乔赛亚的计划。

他离开山路,选了一条直通山崖的小径,它蜿蜒曲折,经过灰白色的高原平顶,一直通向一片由红色碎页岩组成的平坦地带。太阳照在身上暖洋洋的,雨后松树犹带湿气,路旁一大片蜜蜂草①发出醉人的甜蜜香气。小径的尽头是一小块浅浅的沙地,经过风吹雨淋,沙砾变得平滑,呈乳白色。他跪下,轻轻触摸着沙砾,接着脱下鞋袜,将脚趾伸进潮湿的沙里,然后继续前行。眼前出现一条蛇,它的头略微抬起,警戒的样子,舌头快速地伸缩,直到确定塔尤的方位。蛇身是浅黄色,躯干上散布着红铜色的圆点,好像一把野花纷乱地洒在它身上。它爬过沙地,一弓一曲地爬上山坡,消失在草丛里。塔尤跪下,在蛇爬过的痕迹上轻轻撒上黄色的花粉。他放眼四顾,

---

① 学名为锯齿醉蝶花,为美国西部落基山脉地带特有植物。

一切生机勃勃,甚至可以感受到潮湿的泥土在阳光的照射下轻微膨胀,向上拱出;蛇即是使者,背负着信息,向人们报信。

她在一片向日葵地里走着,肩披一条蓝色的披肩,一手在胸前抓着围巾的两角,一手拿着一根长长的柳条。他刚见到她的身影,她蓦地转过身来,好像一直在等候他。他的心怦怦跳动,脑中冒出梦中种种片段,胸口发紧。

"打春天起,我就在这儿露营了。"她指着不远处的山谷解释道,"来吧,走这边。我带你过去。"

山崖突出的岩石下方有一片水塘,她坐在塘边柳树的树荫下,双腿伸直在身前,红色的印花衬衫盖在腿上,手按着衬衫的两侧。她扭扭脚指头,看着上方岩洞里的麻雀窝,雀儿发出啾啾的叫声。柳叶的影子落在她脸上,斑驳陆离,像黄色的山崖被剥落外层的砂岩,露出内里的含铁岩层。

他蹲在塘边的沙地上,盯着清澈的泉水。塘底倒映着金色的阳光,沙地上长着片片细小的绿叶,在水中悬浮漂荡。几只黑色的小虫在水底费力地爬着,吐出一排排气泡,在水面上显出移动的痕迹。几只麻雀叽叽喳喳,一只鸽子在谷口哀鸣,山谷非常宁静。暖和的阳光像一只大手抚摸着他的背,他的脖子和胃里暖融融的。他在她对面躺了下来,闭上了眼睛。

他梦见他们在水塘边做爱。温暖的沙子包围着他的脚趾和膝盖,他抚摸着她的身子,像沙子一样温暖,他无法辨别身体和沙子的界限,不知身体的轮廓在何处结束,沙子又从何处开始。醒来时,她已经不见了。他双拳紧攥着沙子,背流冷汗。太阳渐渐西沉,他睡了有几个小时了。他在塘中洗了把脸,水面暖暖的,他双手插入塘底,下层的水凉凉的,等他从塘边走回她坐的地方,脸上和手上的水已经干了。他试图寻找她的足迹或是衣摆在沙上印下的痕迹。他走进水边的草丛,围着池塘搜寻,一只青蛙从水草中跃出,哗的一声又跳入塘中。他惶恐起来:要是到处都找不到她来过的痕迹呢?要是沙地上没有她坐过的印记,要是水塘也没留下她衣角轻轻划过的涟漪呢?

他看见了那些痕迹,手指轻轻描摹着泥印。他并不是凭空梦见了她,她确实来过,雀声确定无疑地证实了她的存在,泥地上也留下条条印记。

"我在这儿。"她的声音从山谷的东边传来。他飞快地爬过几块大岩石,一只金花鼠从他身前窜过,他担心回音停歇,她会再次消失。砂岩硌得脚掌和脚趾生痛,他站在她身前的一块巨石上,俯视着她,气喘吁吁。她坐在沙地上,身旁是一株巨大的月光花①,蓝色的披肩摊开来放在脚前,上面放着她刚挖出来的植物块茎和不同植物的叶子。她没抬眼,把围巾扎起来,爬上了岩石与他站在一处。

他们一道爬上陡峭的山径,山路上有一些以前挖出来可以容人踩立或攀缘的地方,但经过几百年之后,已是一片平滑,露出黄色的砂岩。她抓住一丛熊果灌木,用力爬上去,接着伸手来拽他。越过这片岩石后,天地忽地开阔起来,峡谷和崖壁好像都消失了,从他们立脚之处到远处的平顶山,都笼罩在天空的穹庐中。

"你还没告诉过我你的名字。"他说道。

---

① 又称香曼陀罗或牛眼菊。

"我是个蒙塔诺山区人①,"她回答道,"你也可以喊我茨娥,这是我的昵称,因为我的印第安原名非常长,你知道孩子们喊不来那么长的名。"

他点点头:"我们也是这样做的,只喊绰号或昵称。"他想起罗基,他的受洗名是奥古斯丁,罗基是他自己选的绰号,因为它与祖姨婆替他取的印第安名最接近。"你还有兄弟姐妹吧。"他用确定的语气问道,希望能更多地了解她。

"是的,"她回答,举头望着远处南边的黑山,"我们很亲近,关系很好。"

他问他们住在何处,又搬到了哪儿,因为他只见过猎人。她的眼睛闪闪发亮,比她的话语透露更多的信息。

"我有个姐姐就住在离这儿不远处,她嫁了一个来自红湖的纳瓦霍人。"她指着刚才望的南方,"另一个姐姐住在弗拉格斯塔夫②。哥哥就住在黑马兹。"她突然停下,笑了起来:"你晓得我们蒙塔诺山区人的名声吧。"她的语气确认无疑,好像他应该知道大家是怎么背后非议她的家人的,但他根本没听过任何传言。

"在这儿,这山巅,我们不用担心那些流言。"她是对的,他们应该把闲言碎语,把有关家谱、部落和姓氏这样的恼人问题留给山下的闲人,留给像姨妈那样凡事追根究底的人。

---

① 此处提到的"蒙塔诺"和 24 页哈利所说的无关,只是茨娥在介绍自己是一个山区人。他们的信仰体系和白人文化不同,也与部落神话有区别,他们认为河流山川皆有神灵,有自己的传说和故事。
② 位于亚利桑那州北部的一个城市。

他们一道往回走。远处,斑点牛群在两座平顶山之间的山谷悠闲地吃草,表兄罗密欧借给他们的那只种牛离得远远的,似乎还在害怕它们的犄角。牛群的背部反射着夕阳的光芒,像晚霞。

"你怎么知道我会到这儿来的?"他忍不住问道,一边注视着牛群。

她大笑起来,边摇着头。"瞧你说这话的样子!"她边笑边说,"我比你早到一周。你怎么知道到这儿来找我的?你先说。"

他与她一道清理她摘的根茎和植物。她找到一个舒适的地方,确保附近没有蚁窝,清理掉小石块和枝条,然后在地上摊开蓝色的披肩。她平摊着双腿坐下,微微俯身,检察着植物,看了很长一段时间,先是拨弄几片花瓣,接着弹弹几朵花,仔细验看花粉,又检查了茎秆和叶子,最后细细研究几块从沙地里小心挖出来的块茎。

"这株植物有着夏日雨后天空的颜色,是在这附近采的。我想把它栽到另一个峡谷,那儿已经很久没下雨了。"

趁她收拾着植株,他查看了一下牛群,它们待在松林旁边的河床啃着草,稍高处有一片高大的米草①地。它们终于停止了南下,体内的南归机制寿终正寝,于是惬意地定居下来。用乔赛亚的话来说,它们聪明伶俐,要是找到一处合适的定居点,会毫不犹豫地停步,当然,前提是得有泉水和植被。那么罗密欧的公牛呢?他似乎听到乔赛亚调皮地发问,边挤了一下眼。母牛眼里可没有公牛,至

---

① 又称印第安黍米或沙草,性喜沙质土壤,适应干旱地带,其米粒可食用。对印第安部落具有特殊重要性,是内华达州的州草。

少刚开始时不是那么想的。

罗密欧的公牛腿短背阔,棕黄色的身体和山崖上断落的砂岩一个色,眼睛小小的,脖子上有一块隆肉。它是罗密欧在匹雷维特①的一个骑术表演场找到的,那是表演后的次日,当时它断了一条腿,没有白人想要它,因为公牛的肉质粗糙。罗密欧跟他们商量,要是免费的话,他可以把公牛带走。

据罗密欧说,他当时不知道在套牛表演后这头公牛会不会发狂,但它的双角被锯短了,又只有三条好腿,所以罗密欧决定冒险带它回家,并替它治疗。在公牛爬上卡车之前,他在畜栏通道里就开始给它上药,公牛一动不动,给它上夹板时也没有挣扎。罗密欧弄烂了一个橘色的箱子,卸下一块边板,用它做夹板,扯了几块碎布条缠住它受伤的腿。一切几乎完美,罗密欧说,要不是这该死的公牛在畜栏的柱子上磨腿,过早地把夹板弄松了的话。所以它的腿伤虽然恢复了,但总有点瘸。要是它不磨腿的话,这条腿就会像全新的一样,罗密欧叹气道。

公牛走下了装马的拖车,嗅着母牛,开始靠近,牛群聚在一处,紧张地摇着头,双角挑起,眼睛发出危险的信号。忽然,它们像旋风一样跑起来,尘土飞扬,把公牛赶回到卡车处,当公牛转过身来,它们旋即四下散开,消失在西部峡谷处的杜松林里。公牛摇着粗短的尾巴,乐颠颠地追了过去。

公牛在开阔地带吃草,牛群们躲在松林,像受惊的小鹿般倾听

---

① 位于新墨西哥州的一个小镇。

着塔尤走近,斑点皮毛和平顶山斜坡的颜色混在一起,难以分辨。它们渐渐放松警惕,和公牛走到一处。塔尤靠着沙地边一棵小棉白杨悄悄坐下,牛群把小牛犊护在身后,偶尔会有一只小牛犊跑离牛群,欢快地翻滚跳跃,玩累了后,再回到母牛身边。塔尤的心跳得有点快,他好像看见乔赛亚的梦想成真,看见故事在骨头和血肉里生根成形。

"我还需要一种植物,"她说着,下颌指着装满植株的黄麻袋,"它一时半会儿还成熟不了,我带你过去看是哪一棵,万一它成熟前我不在这儿的话,你可以帮我摘它。"

塔尤靠着岩壁,被太阳晒得暖洋洋的,闻言睁开眼,艰难地坐起来。

"什么万一?"他心跳加速,不安起来。她眼里有明显的距离感,当他仔细看着她的眼睛,那层距离迅速拉大,变成沟壑山丘。她在他身旁跪下,眼睛泛着泪花。

"那片地方,"她低语,"万事万物都在移动,无时无刻不在变化着。有时候,夜晚我会听见它们的动静。"

他们爬过西边的平顶山,在山顶的平地上,有一个石头垒成的圈,那是前人留下的指路标记。石堆下方是峡谷和山泉。

"就是这一株。"她指着一棵高高的墨绿色的植物,它有着圆形分叉的叶子,叶片厚厚的,像是化石贝壳。它的荚果扁平,荚壳还是绿色的。秋季,厚厚的荚壳将会变薄,寒风会剥去外壳,露出里面的膜衣,看上去像一只只眼睛。

"这里面是天空的哪种颜色?"

她摇着头,"摘这株不是因为它的颜色,"她接着解释,"是为了光芒。星星的光芒,明月刺破黑暗的那种光芒。现在荚果的外壳还太厚,豆荚也没有成熟,要是在成熟前就折断枝干的话,荚果里流淌的活力会马上流失。"

"我记住了。"他认真地说,"万一你不在,我会替你摘它。"

他们在一起的日子像是忽然从山峦和沟壑获得魔力,取代了许久以前被中断的节奏。过去的痛苦记忆不过喉头一动,随时可以咽下。他们又在一起,好似从未中断过的心跳,如同昼夜的交替,夕阳西下,星辰浮现,逐一划过天空。苦难与痛苦消失了,胸中涌上阵阵爱意,要是他哭泣,是因为她的爱是如此深沉。

夏末时,罗伯特过来接他。中间他只来过一次,把山羊和猫带回拉古纳,顺便看看塔尤有没有什么需要的东西。看见他睡在山上,而不是牧场的小屋,罗伯特什么也没问。但是当他们像往常那样沿着山谷散步,照看斑点牛群,查看牛犊,塔尤觉得罗伯特有话要说。他们回到停车的地方,罗伯特看上去很不安。

"回到拉古纳后,我该怎么跟他们说?"罗伯特抬头看着黑山方向滚滚而来的乌云。整个夏天,那边的路都布满泥泞,他不想回程时又被堵在路上。塔尤摇摇头。一只老鹰在他们上方盘旋,顺着空中的湍流滑翔。暴雨将至,山崖处传来阵阵雷声,罗伯特还没有要告辞的意思。

"他们想你回家。大家都担心你。他们认为你也许又要看医生了。"

"哦。"他心里发沉,双手冰凉。

"库莪什老头,还有其他人,都在问你为什么还没回家。他们觉得你可能有什么隐情。"话语堵在喉头,他咳了起来。"鄂摩也在背后说你的坏话。他逢人就说你疯了,这才一个人待在山上。他还提到狗屁的岩洞和动物什么的。"

塔尤从没见过罗伯特以这样的语气说话,也从未见他这么生气。他一阵头晕,罗伯特听上去很难过。

"你知道大家是怎么想那一类事情的。白人的反应也同样。部队可能会派人来带你回医院。"一道闪电划过,刺穿蓝黑色的云团,但对塔尤来说,罗伯特的话语比闪电更快更直接地击中他的心房。

"你就是先回去一阵子也行。你明白,至少大家可以看到你,你也可以解释,这样大家就会知道鄂摩是个骗子,谎话连篇。"

他冲罗伯特点点头,眼中浮现种种景象:模糊的记忆、夜晚听到的呓语、黑白相间的菱形图案;深埋地底的能量,蓦地爆发,冲入云霄,令人目眩眼花。

雨点落在车顶,发出砰砰的声音。罗伯特踢了一脚前轮,刚翻新过的轮胎的胎面松脱了。

"谢谢了,"塔尤说道,"谢谢告诉我这些。"

他目送罗伯特离去。雨水顺着头发流入衬衫,他的头发已长过耳朵,碰到了脖子。他想起了鄂摩,鄂摩总是留着军队式的平头。

"死亡没什么可怕的。"她说。她坐在沙地上,双腿前伸,编了几根棉绳,正打算把柳条扎成捆。那天早晨,他们在一条沟壑里发现一只死去的牛犊,密密麻麻的黑蚁在它的头颅里进进出出,鼻腔和眼睛里到处是蚂蚁。随着温度升高,它的肚子膨胀起来。

"有时它们运气不好,就那样。生死之界并不分明。"她紧盯着他,继续说着。

"你知道,还有比这更糟糕的呢。比如毁灭者,他们破坏只是为了看人们有什么可失去的,人们又会遗忘什么。他们摧毁人与人之间互相关爱的那种真情。"

他深深地吸了口气,吸得太猛,胸口都痛了起来。他想到了乔赛亚,又想起了罗基。

"他们最大的野心是把人生生剖开,把活生生的心剜出来,受害者还有呼吸和心跳,却无任何知觉。罪行结束时,你恍如就在不远处观看这一切,却无法哭喊,甚是无法为自己哭泣。"

他深有体会:这一层淡色皮肤囚禁住他,所有活着的感受,不管是爱还是悲伤,都被禁锢住,剩下的只是一层徒有其表的肌肤。他在洛杉矶医院的时候就是如此,像行尸走肉一样迷失了很久。

"这样的人比比皆是。只有毁灭才能带来刺激,他们只剩这点东西了;每一次他们破坏,疤痕会变厚,感知越来越麻木,却又企望更多的刺激。"她收好了柳条捆,向西南方走去。

"老比托尼说过,总有办法阻止——"

"那视情况而定,"她简短地回答,接着问,"你想走多远?"

他们一道走着,经过沙地上方的沙丘,路过几块巨岩,岩石被风吹雨打,侵蚀成蘑菇状,上方的臼形石块滚落下来。他们目睹房屋和会堂①的几何造型湮没在时间长河,最终与沙砾和沟壑混为一处。即使坚硬的陶器碎片也变成沙砾,最终化作泥土,回归大地。

头顶的太阳高度适宜,将要移到下一个位置,但季节一眼可辨。天空是秋天清晨特有的黑马兹绿松石的颜色,点缀着几片薄薄的白云。他深深地呼吸,尽力记住这广袤无垠,把它留存在体内,如同沟壑中的沙砾一般吞噬时间。

她静静地看着帕托奇山,头发被风吹得拂在脸上。他终于知道她来自何处,也明白她将去往何处。

岩壁上刻画着身形巨大的母驼鹿,用浅紫色刻在南面的砂岩壁上,和山崖底齐平。她的腹部凸出,里面孕育着新的生命,正纵身一跃,准备跃过山崖,她的双耳竖立,仿佛在聆听身后的响动。每年祭司们都会过来重新上色,他们退后,着迷地看着她,放声大哭:"啊摩哦!啊摩哦!你如此美丽!你孕育一切生命!啊摩哦!有了你,山崖才有了生命。"

他们把滚落的石块重新堆好,垒成正方形的石龛。她把捆好的柳条束放在龛内,他捡了一块薄薄的石片,放置于石龛的顶端。风吹日晒已磨损了驼鹿的形状,腿上有些线条消失不见,四蹄处痕迹

---

① 指美国西南部和墨西哥等地的印第安人举行宗教仪式用的一种圆形建筑物 kiva,通常全部或部分位于地下。

模糊不清,似乎融入了山岩。

"它快消失了。"他叹气。

"岩层也脱落了,"她说着,"自开战后就没人过来修缮壁画了。但只要记住眼见的,你永远不会失去任何东西,只要你还有记忆。这就是我们在一起书写的这个故事的真谛。"

他们在那儿待到日落入山谷,崖壁上的驼鹿融为一片蓝黑色的暗影。

她把一根干枯的松枝抛入火堆,火舌迅速吞噬了灰白的树皮,像羊毛遇火一样卷曲着,黄色的火焰腾起。她的脸在火光中明灭不已,他惊愕地发现她在哭泣。他想在她身旁跪下,拥抱着她,让她不要哭泣,但是身下的大地紧紧捆住他,他手抱双膝,蜷曲着身子,蹲在地上。他的肢体麻木,胸口疼痛,但他毫无知觉,仿佛这是一个陌生人的身体。只有他的大脑还能转动,里面潮湿黏稠的液体顺着头颅爬行,企图寻找一处骨头的缝隙逃脱而出。他开口说话,但遥远空洞得好像是另一个人的声音,他听着每一个字句落下,试图明白自己在说什么。

"这又怎么了?你为什么哭?"他被声音中的怒气吓了一跳。她抬起头,脸上两道泪痕,她用手背拭去泪水,留下一道黑黑的印子。

"故事得结束了。他们想改变这个故事,想它在此处结束,像所有的故事那样,慢吞吞、迂回地走到尾声,把最后一点活力耗尽。你越是挣扎,他们越兴奋,杀戮给他们带来安慰。他们编造了关于我们的故事——印第安人只会碌碌无为地等待死亡。他们会在此地结束这个故事,故事的结尾就是你独自一人在这苍茫山丘苦苦挣扎,最后孤独地死去。医院的医生必须到场,印第安事务所的警察会开着巡逻车过来,拉古纳的几个老人也会被喊来。"她指着沟壑不远处的一块平地,那儿以前有过一条车道,但被雨水冲垮了,几乎找不到:"他们会从那边步行过来。医生带了镇静剂,其他人则准备了枪支。鄂摩告密说你精神失常,住在山洞里,以为自己是一个日本士兵。他们害怕你。"她的眼睛又充满了泪水:"他们先是用友好温和的声音,冲你大声喊话。要是你安静地走出来,他们会抓住你,把你关进医院,白色的囚牢。要是你不出来,他们会搜捕你,不计成本地抓捕你。他们只明白这一种结尾。"

"你怎么知道?"

他胃里翻滚,一阵热流涌上喉咙。她没回答,只是抬头看着天空,一颗流星自西往东划过夜空,身后拖着长长的光芒。见她没有立刻回答,他明白了,像老比托尼一样,她也同样具有预言的能力,能在雨后水塘的倒影中和跳动的火焰中预见命运,她还能倾听暗夜里遥远的轻声呓语。

"你只有一线生机,"她最终打破沉默,眼睛看着灰烬中隐隐闪亮的炭头,"与鄂摩一边的毕竟是少数,大多数人不过是被愚弄了,像工具一样被人利用了。部队的人不懂这些,他们完全不懂诸如故事的重要性或是掌握结尾的必要性。白人们一贯很忙。他们只会问:这个印第安退伍军人躲在保留地的山洞里干什么?他们没时间关心你。他们来保留地的唯一原因是鄂摩打电话举报了你。"

"那么部落里的老人呢?"

"他们不愿参与此事,是政府官员硬要他们过来的。他们不喜欢这样被白人呵来斥去。你只有一线生机:他们还没达成一致意见。"

"关于什么的一致意见?"

"他们还不确定你究竟是谁。"

她捡起一根树枝,拨弄了几下炭火。"要是他们不能马上找到你,白人可没多少耐心。"塔尤笑了,点头同意,胸口的刺痛感轻了一点。他知道怎么把故事接下去。

"他们可不想爬这些山,再说,他们还怕蛇。他们开着政府配的车,没准就陷在沙地里或泥潭中。老人们会不耐烦地坐在烈日下,看着白人像傻瓜一样折腾。他们会回家。"塔尤不动声色地说着。

"接着就只剩下鄂摩和他的同伙了,"她一边接过话头,一边把毛毯摊开铺在沙地上,"这一茬并不容易解决。"

他整晚都把她紧抱在怀里,汗水和热气融在一处,借此抵挡外面呼号的寒风。他们一起构建了这片平静之地,远离尘嚣,这个星空下静逸的世外桃源。夜间他醒来过一次,把她拉近自己,似乎整个世界都在怀中。黎明前他就醒了,感到她呼出的热气,睁开眼,她正朝他微笑。

牛群沐浴在晨光中,立在地平线上的剪影一动不动,晨曦仿佛凝滞,定格在这一刻。塔尤和女人经过牛群时,它们也没惊动,眼睛闪耀着金光,毛发反射着点点晨光。她停下来查看牛群,他则像牛儿们一般享受着照到脸上的懒洋洋的阳光。她转过身,面对着塔尤。

"一切接近尾声,"她宣告,"我们马上就要迎来故事的结局。"

黑夜即将逝去,在峡谷里拉长了影子,风中有一股湿气。沙地上留下一圈篝火的灰烬。塔尤记起了比托尼的预言,他说新的仪式将会和传统的仪式不同,但他从未告诉塔尤这些新的仪式还不完整,他只强调了新旧交替。

她打开蓝色的披肩,把所有的东西放在中间。她头天洗了澡,衣服在柳树上晾着。他替她取衣服时,柳枝上的衬衣和裙子像色彩斑斓的蝴蝶,张开着双翼,栖息在枝条上。他将衣服从树上小心地取下,以免挂丝,他尴尬地叠好它们,再递给她。她看见衣裙时,发出轻笑声,重新叠了一遍,把装着种子的小袋子和小石子放在衣物之间,用裙子裹着几捆香蒲草的茎秆和柳枝条。她把围巾束成一条,像拉古纳的老妇人一样绑在额头,冲他笑着。

"瞧,"她笑着说,在他面前展示衣着,"这是我告别的装束,这样就行了。"

她再次检查了一番四周,怕遗漏任何东西。意识到她离去的时刻接近,他似乎被定在了原地。

"我陪你过去。"他说道。

他们手挽手并排走着,从彼此身上获得力量。沙地上方的蒿草里,一只鸽子鸣叫着,牛群在山崖下吃草。每一步都像是告别的词语,犹如从断枝处涌出的松脂,慢慢堆积,压得他心口生痛。别离开我。他咬紧牙关,猛吸了一口气,把那几个字咽回体内。她在路边的一棵杜松旁坐下,把包裹放在地上。山路蜿蜒穿过砂岩和松林,伸向西北方的山丘,下坡处是一片灰色的页岩山岭和山谷间的平地。一年前他和哈利骑着骡驴从那条山路走下来,但眼下路旁绿草丛生,目力所及——东方、南方,还有西方,绿色遍野,整片大地恢复了生机。

"记着,"她告诫道,"记着这所有的一切。"他紧紧拥抱她,用力闭着眼,挡住了流出的泪水。她拿起包裹,顶在头上,用一只手扶着。

"再见。"她说道,走上了山路,在山丘处她再次回头,朝他挥手告别。

丛林黏热的潮气缠住他,让他喘不过气来,他推开毛毯,蓦地醒来,他还在岩洞里,满头大汗,气喘吁吁,这是潮气的源头。噩梦犹如黝黑潮湿的沙子,顺水漂流,是一片没有边际的流沙,无上无下,不时抖动抽搐,直到他感觉到窒息惊醒。

他知道从山路离开并不明智,于是摸黑慢慢地爬上岩石,他依稀记得山崖岩壁的方位,还有几处仅供一人通过的裂缝,从那儿可以爬上平顶山的山顶。他小心翼翼地挪动双脚,害怕踢下石块或是踩断枯枝,掉下峡谷发出声响,要是他们就宿在附近,会猜到他正在逃离。他的心怦怦地跳。他们来了,来用他们的方式给故事结尾。

他趴在山崖边缘,探头看着下方几百尺深的峡谷,肺里发烧,两肋生痛。他仔细倾听着,但过了好长一阵,除了呼啸的风声,下方没传来任何响动,风擦过岩壁,头发被吹进眼里。再过一晚就是满月,月光洒在山顶的秃岩上,洁白如雪,照亮他的归家路。

他一路朝北走着,来到了一条拖木材的小径,顺着它往东走了一阵子,看到了竖立在阿科玛边界的铁网,他轻巧地跨过铁网继续前行。

他停了下来,气喘吁吁,胸口像是要炸开一般,但他必须注意后方的任何响动。风从西边刮来,顺风带来 些模糊的声音,听得不太确切,他觉得像是引擎的轰鸣声。

风向又变了,这次是从他背后刮来,他立即上路,敏捷地跑着,心里盘算着下一步。

他来到机械岩的南面,停下来打量下方通往阿科玛山谷的路,山谷通向名为魔岩的平顶山,山脉在月光下黑白交错,延伸入天际。路上看不见任何车灯。他仔细听着,风声吹得松枝飒飒作响,刮过身边的草丛,发出沙沙声。风声不停,没有任何雨云的气息,似乎带着经年的怨恨。它闻起来空洞无物,只会带来毁灭。

他别无选择,必须把邪风带回他们的方向。他从岩石侧坡爬下,像马儿下山一样侧着落脚,走下了斜坡。

他双手抓住泄洪管道的边缘,先把双脚伸进去,然后慢慢地让双腿和屁股滑入,最后低头钻进去。管道壁压着他的脊柱,管底是雨水冲入的碎石和细沙,硌着他的背。他把枯干的风滚草踢得远了一些,尽量让自己舒服点,他要在这儿待到天亮,然后看是否会有来自阿科玛的人开车路过,当然那人得不认识他。政府八点才上班,到那时他应该早就离开此地了。

天灰蒙蒙的,还没到天亮,他就醒了。乌鸦聚在杜松林的上方,扇动翅膀,围着鸟窝不住盘旋,随着晨曦到来发出啾鸣。月亮已经沉入东方,天边只余几颗星子。他从管道里慢慢爬出来,因为整晚蜷着身子,双腿发麻。他把李维斯夹克的领子竖起,挡住下颌,双手揣进口袋。路上和林间还是一片黢黑,但天际渐渐变亮,灰蓝色的天空布满道道红色的条纹,像是被刀剖开的肚子。一道光线推开云层和地平线,划亮天边。

他仔细查看周围的山丘,尤其是页岩山坡方向用来拖木材的小径,它连接通往阿科玛的公路。整个夜晚都没有汽车经过,但他不知道他们是否也待在某处,只等天亮。除了杜松和丝兰外,他还看见一些黑黢黢的阴影,但它们一动不动,旁边的米草还有页岩碎石也没有发出警告的声响。那个方向没有东西。西方的山岩逐渐现出轮廓,他分辨出远处的磨坊,斑点牛群穿过阿科玛的铁网跑脱时,他和乔赛亚就是从那儿开始追逐牛群的。稍微再远一点是他们第一头灰骡子吃到毒草的地方,它被埋在那儿,现在它的骨头也许散落在磨坊的附近。说是白骨或许太早,骡子还未完全腐烂呢。他注意到与山谷平行的崖壁上有许多浅浅的洞穴和泉眼,少数山洞黢黑深邃。他转过身来。魔岩平顶山还笼罩在一片蓝雾般的晨曦中,只有山顶几处石峰微微露出黄色。所有的一切汇聚于此:公路和运货的小径,峡谷奔流而出的溪水,岩壁上的画和石凫,有关乔赛亚和牛群的记忆。当然,其他的记忆也同样深刻:长着紫花的毒草,骡子因此而丧命;山崖上的黑色刻印;山谷沿途的岩洞,西班牙人就是顺着山谷一路入侵阿科玛部落。可是此刻,在日出时分,山谷看上去是如此美丽,一切如此平和完美,平衡着日夜交替,轮换着春夏秋冬。山谷静静拥抱着这一切,犹如头颅一般把万事万物包容于一瞬间。

它是力量的源泉,是这种爱与包容感,它亘古永存。他静默不语,清晨的阳光照在脸上,或许他终究可以战胜这一切。

他踏上公路往北走,把泄洪管道还有磨坊抛在身后。太阳逐渐升入高空,路旁的草丛里传来鸽子和其他鸟类的啁啾声。太阳的轨迹已行至秋季,每天都会比头天低一点,天空一片湛蓝。在听到动静之前,他已经预感到它的到来,也许是和公路接触的鞋底感受到身后车轮的震动。他停下脚步,侧耳倾听,确信这是汽车的声音,还有一段距离,他快速搜寻道路两旁可以躲藏的地方。他试图说服自己,他应该是安全的,再说,他现在感觉很坚强,头晚的惊慌已经过去了,但是一想到坐在墨绿色车里的军医,他又失去了勇气,于是迅速躲进路旁的松林。他跪在树旁,透过稀疏的树枝偷看。好像过了很长一段时间,他双手全是冷汗,皮卡终于出现在视野。它的引擎轰鸣,费尽全力地爬上山坡。是勒罗伊的卡车。是勒罗伊和哈利。胃里的紧张平息下来,他松了一口气。他笑了,几乎落泪,因为最需要的时候来的是他的朋友。他从树后走出来,高举双手挥动着。

哈利一只手靠在车窗上,穿着一件夏威夷短袖衬衫,上面印着红白相间的花朵,口袋里插着一副墨镜。勒罗伊身穿一件军队的旧衬衣,袖子从肩膀处齐口剪去。塔尤猜出为什么是哈利开车,因为勒罗伊喝得酩酊大醉,替塔尤开门时,他差点顺着门滚了出来,险些摔到地上。他在踏板上站住脚,攥紧车门的把手,塔尤帮他稳住身形,扶着他重新坐好。

"谢了,伙计。"勒罗伊嘟囔着,缩在座位上,直愣愣盯着前方。

哈利伸手到购物袋里掏出一罐啤酒,把开瓶器递给塔尤。"你赶得可巧,正赶上我们的聚会。"他说道。

"哦。"

"是庆祝我们参军的那一天呢。你和罗基是哪天入伍的?"

塔尤摇摇头,忽然觉得不舒服,头也晕起来。他非常疲惫,把勒罗伊拉上车这样的动作耗尽了力气,他浑身冷汗,呼吸急促。

"我不记得了。"他勉强挤出了这几个字,手里仍拿着啤酒,另一只手拿着开瓶器。哈利满嘴酒气,双眼血丝,把车开得飞快,不住地说话。

"嘿,老兄!打开啊!来几口!我们要聚会了!"

哈利用胳膊肘碰碰勒罗伊:"替他打开酒!"

勒罗伊摇摇晃晃地去取啤酒和开瓶器,不小心把它碰落,滚在油门踏板上。

"啊,该死!"他含糊地嘟囔着。

"我来吧。"塔尤弯下身,血液冲上头顶,在踏板旁摸索着找到了开瓶器,把它递给勒罗伊,往座位上一靠,闭上了双眼,喘着气。

"嘿!你病了吗还是怎么回事?"

塔尤摇头。哈利肯定听到了鄂摩传播的流言。

"就是累了,没啥。"

公路高低不平,晒干后的车辙印使得路面更加崎岖,哈利毫不减速,一路飞驰,卡车颠簸得厉害,勒罗伊几乎整个儿靠在了塔尤身上。"哈利,你要我们的命了!"他叫喊着,"你开得那么快,我没法打开啤酒罐!"

"该死!你醉得都没法开罐了!给我!让我来!"哈利放开方向盘来抓酒罐和开瓶器,身子压在方向盘上,用胸口稳住方向,他用力戳了一下罐口的三角形标志,啤酒泡沫喷得到处都是。哈利把啤酒塞到塔尤的腿间,他紧握住酒罐,衬衫和裤子全湿了。勒罗伊哈哈大笑,全不顾自己脸上还流淌着啤酒。哈利将油门一脚踩到底,卡车从路的一侧窜到另一侧,车底飞溅出石块和沙砾。

"喂!你是喝呢还是要洒掉它?"

勒罗伊大笑着,塔尤试着把酒罐放在嘴边,尽量不洒出来,或是撞到仪表板上。啤酒还是温的,刺得舌头有点痛。

"你们两个寻开心时撂下我了,对不?"

"我们整晚都在喝,"勒罗伊说着,眨着眼睛,想看清塔尤的脸,"我们开车逛了整晚,嘿,哈利,是不?"

"别听醉鬼的,"哈利对塔尤说,"这家伙啥都不记得了。昨晚我们在盖洛普。"

塔尤看着哈利的脸,分辨他的神色,但哈利胳膊搭在车窗上,脸扭过去冲着窗外。他喝了几口温啤酒,冷静地思考。皮卡是从南边沿着阿科玛公路开下来的,他们怎么可能头晚在盖洛普?除非他们挑的是运货的小路,从麦克卡兹村后方绕过平顶山过来。要是这样的话,他们一般会走66号公路,因为那条路上隔上10或15英里就会有酒吧,用哈利的话来说,是每六罐啤酒后就会又有酒吧。哈利和勒罗伊是他的搭档,他的老朋友了。他内心翻腾着,感觉很糟糕,勒罗伊说的那句"逛了整晚"令他心头发冷。他们跟他是从同一个方向过来,他们一直跟在他身后。他抓紧啤酒罐,试图止住双手的颤抖。

他喝光啤酒,把罐子扔到窗外,看着它碰撞着弹入路边的草丛。他深深地吸了口气,闭上了眼睛。他得放松一下神经,然后再抓住这些念头,否则,它们会像一群羔羊一样四下散开。他们是他的朋友。

勒罗伊笨手笨脚地开另一罐啤酒:"我他妈的醉得连酒罐都开不了!我得先醒醒酒,再来对付下一罐。"

塔尤替他戳开了啤酒罐,又替自己开了一罐,随后靠在座位上。酒精缓和了他的情绪,心跳慢了下来。卡车的飞驰和啤酒的酒精有镇定的作用,钢筋和玻璃形成一个封闭的世界。天空和大地被远远抛在身后,树木和山丘像电影一样飞速掠过车窗。这是他们的家乡,但同样容易令人迷失。几小时前他深有体会的历史和过去与眼下的感官愉悦相比,忽然失去意义,变得如梦幻般模糊不清。这令人心醉神迷的一切——汽车的飞驰、车轮摩擦路面的震动、肚里温暖的啤酒,还有这牢牢关住他们的驾驶室,他唯愿永远如此,不用再想头晚的经历。他需要歇息一会儿,不用思考故事或仪式之类的。不然,他会疯掉,甚至怀疑自己的朋友。没有朋友,他根本没办法完成仪式。

她让他离开山泉的建议已经被证明是正确的,所以现在他与哈利和勒罗伊在一块儿。大家都明白老伙计见面,喝酒开车闲逛之类很正常。他们不会怀疑他,不会认为他疯掉了。不过是又一个印第安醉鬼,就这么简单。

他醒来,满头大汗。阳光透过挡风玻璃照进来,两边的玻璃窗都关上了。卡车停在一片长满仙人掌的山脚。哈利和勒罗伊不知到哪儿去了。驾驶室的温度令他疲惫难受,他摇下车窗,伸出头去,忍不住呕吐起来,混合着啤酒的呕吐物顺着车门流到草丛中。脑袋中好像有个锤子在拼命捶打,口非常渴。他下了车,双腿虚弱无力,几乎站不稳。他看看四周,想确定哈利和勒罗伊在哪儿。这是一片干燥贫瘠的山岭,位于坎农西托镇的东南面,山丘上裸露着黑色的火山岩,风吹日晒的侵蚀下,部分岩石风化成灰色的黏土,几座平顶山之间沟壑纵横,形成旱谷。他坐在一块灰色的巨石上,旁边是一棵高大的仙人掌。交错的旱谷间遍布着灰绿色的滨藜灌木①丛。南边远处的山谷有一棵高大的棉白杨,绿色的树叶在灰色的山岩中格外醒目。它扎根于山谷底部,网状的根部裸露于外,只靠一根粗大的主根抓住谷壁,向上生长。旱谷的岩壁被风沙侵蚀得很严重,似乎一阵强风就可以把树连根拔起。

一阵热风从谷底盘旋而上,刮向四周,拂去了滨藜叶上的灰尘,也遮盖住了车辙印。每走一步都头痛欲裂,脚掌踩上大地,细微的震动自下而上传递着,到达头颅时,被放大得犹如鼓声。他寻找着足印,倾听着,除了风声,四周寂静无声。风声如一只老鹰俯冲大

---

① 一种常见于沙漠和盐碱地带的植物,又称牛菠菜,是牛及沙漠其他动物的主要食物来源。

地,呼唤着逝去的岁月和逝去的人们,邀请他们乘风归来。风声一过,过去的声音又消逝了,但他渴望与他们一道归去,就这样随风而逝。他已想不起故事给他的感觉,那种与茨娥和比托尼在一起的感觉。眼下谣言更加真实可信。疯狂。疯狂的印第安人。看见莫名的东西。想象莫名的东西。

阳光炽热,汗水流下额头,像一只只细小的黑蚂蚁淌了下来。他找到了他们爬山的痕迹,石块和沙砾被踢开,靴子踩得枯草伏倒。

爬到半山时,他蓦地停下,一个念头忽然击中他,胃里一片翻滚,痛苦又延伸到胸口。他们不是他的朋友,已经背叛了他。他一阵空虚,觉得自己像一只蝗虫的空壳,里面什么都没剩下。他不明白自己为什么哭泣,是因为背叛还是因为他们的迷失。山上传来阵阵低语声。他心跳如雷,听不清说什么,但头脑还清醒,腿脚还灵便。恐惧令他记起一些重要的事情。他悄悄地走下山坡,尽量不踢松一块石子,或是踩进风滚草里。他现在知道了为什么自己感觉虚弱难受,为什么感受不到茨娥给他带来的感觉,为什么自己开始怀疑起仪式来,因为这是他们的地方,在这儿他虚弱无助。

他掀起引擎的机罩,拉扯着点火线,边想着在国外时,那些家伙是如何让军车熄火的。在座位底下他找到一把生锈的螺丝刀。线缆缠作一捆,他的手不停地抖动,他觉得口干舌燥,舔了一下嘴唇。他看了一下山头,又环顾四周的峡谷和天空,太阳渐渐西移,但热气依旧,炙烤着山谷里的滨黎灌木丛。他把螺丝刀塞进裤兜,拔腿就跑。

许多年前,他们首次与色波乐塔镇①的人们交涉时,并没有提到那种矿物质。他们开着饰有政府标志的车辆,付给土地授权协会5000美元,让他们保持缄默,不过问在地面上钻的测试深坑。那年大旱,平顶山上不见丝毫绿色,唯余橘红的砂岩,峡谷完全干涸。自从新墨西哥州强行夺走保留地东北一半的土地,划入它的领地,部落的人们就没有足够的地来牧养牛群。土地被过度啃食,幸好雨水把旱谷山壁冲塌,岩壁沙化,滨藜灌木丛长得到处都是。开矿的传言并没有给当地人带来任何收益,他们既没有见到金矿,也没见到银矿。接着旱灾来临,大多数的牛群都没熬过去,人们哪有心思在乎那一英里的采矿地是怎样忽然变成禁忌之地,四周围起了高高的带倒钩的铁丝网,竖立着西班牙语与英语的标牌,警告闲人免入。

1943年早春时候,矿井被地下涌上来的泉水淹了,他们用平板卡车从阿尔伯克基拖来水泵和压缩机,卡车陷入流沙,沙子都没过了车轴,于是他们从比博镇和马基诺镇雇来当地的印第安人,把卡车的联挂式车轮挖出来,再把卡车和拖车拴在一起。当年夏天矿井又被淹了,这次没人送来水泵或是压缩机。他们已经采到了足够的

---

① 又称色波乐塔土地授权镇,位于拉古纳部落北方的波鸠河旁,是土地授权法律争议的 个典型例了。小镇起源于1746年西班牙政府对该定居点的授权,意图归化纳瓦霍族印第安人。后来该地的法律归属权在1807年和1869年分别被墨西哥政府和美国政府确认。

矿物,矿井就此关闭,但是带倒钩的铁丝网一直没拆掉,直到1945年的八月还有士兵看守。那时,他们已找到其他的铀矿点,这不再是高级机密了。后来开来了一辆灰色的面包车,运走了剩余的器械,只留下倒钩铁丝网、卫兵的窝棚和地面上的一个深洞。色波乐塔镇的人们拆走了窝棚里的木材和锡皮,废物利用,倒是没有动铁丝网,因为派不上用场。那年,在峡谷晃荡的最后一只瘦牛死在了夏季的沙尘暴里。

阵阵热浪涌来,他的双腿和肺部变成了热气的一部分,没有感觉。他只记得不住地奔跑,吸气,呼气,这是唯一的动力。他跌倒在地,又爬起来,定了下神,选择背朝着太阳的方向继续前行。他也没有完全往东,太阳始终斜斜地挂在身后,他一路越过旱谷、平顶山和山丘。日落时,他来到一片长条形的平顶山的山脚,瘫倒在沙地里。温度渐渐降下来,身体逐渐凉爽,融入大地。起风了,他忍不住打了个哆嗦。

他趴着,小心地钻过带倒钩的铁丝网。暮光渐渐变暗,黑夜来临。磨坊下方有一个铁制的水槽,槽道口长了一层厚厚的苔藓,堵住了出水,但槽里还有水。他拨开水面的苔藓,因为白天的日照,水还是温热的,喝到嘴里有点苦。他坐在水槽边沿,望着眼前的峡谷,看着远处的矿井窝棚。也许铀矿改变了水质。地面有成排的土堆,是从山岩里挖出来的岩石和泥土,看起来像是刚造的坟墓。

有次他生病了,躺在黢黑的卧室,外婆讲过铀矿的故事。她慢吞吞地走近,在床边坐下。"我一直在回想一件事,"她说,"那时你不在。一天晚上我起夜,就像往常那样,要用便壶。屋里很黑,大家都睡了。我从厨房走到卧室,窗户外忽然一片明亮,那么一大片,我昏花的老眼都看得清清楚楚。东南那边整片天都照亮了,我起先以为是太阳升起来了,可它很快就消失了,接着所有的狗全叫了起来,就像上次那只熊靠近垃圾堆一样。你记得的,孙儿,那种要命的狗叫声。'噢哟哟,'我跟自己说,'我这辈子都没见过这样的光亮。'"她边讲边拍着他的手,随着拍打的节奏,她慢慢地讲述着。"我告诉你姨妈时,她还笑话我呢。结果那天下午,罗密欧有事过来,说他也看到了,亮得几乎刺瞎了他的眼。他说,有好一会儿,只要闭上眼,就会看到一大团闪亮的东西。"她停下来,好像搜索着合适的词,"你知道的,我到现在都搞不懂看见的是什么。后来报纸报道了那次实验。世上最强的武器,有史以来最大的爆炸,这都是报纸说的。"她摇着头:"我只想知道,孙儿,为什么他们造出那样的东西?"

"我不知道,外婆。"这是他那时的回答,但现在他知道了答案。

他离真相如此近,一直身处其中,以至于被这简单的答案惊得目瞪口呆:三位一体站点①建于保留地东南方 300 英里之外的白沙地带②,他们在那儿引爆了第一颗原子弹。研制原子弹的洛斯阿拉莫斯国家实验室设在黑马兹的深山里,在一块从柯基迪部落征来的地上,就在他站立之处东北方 100 英里处。实验室外是高耸的电网和黄松,还有黄褐色的黑马兹峡谷,那儿曾经是两只美洲狮的圣地。这块地方无始无终,没有边际,他终于来到万物汇聚之地,世界诞生之根源。他明白了在梦中的丛林里,为什么日本士兵的声音会变成拉古纳语,为什么会与乔赛亚和罗基的声音重合;明白了为什么巫

---

① 美国第一次核武器试验的地点。绰号为"小工具"的第一颗原子弹于 1945 年 7 月 16 日在此测试;8 月 9 日,它的兄弟"胖子"在日本长崎投掷。
② 位于新墨西哥州南方,美国白沙导弹军事基地设于此,同时这里还有世界上最大的石膏石沙丘组成的沙漠。现今为白沙国家公园。

师最后的仪式是沙画,为什么沙画中央几条漆黑的粗线条代表了不同的文化和世界。从毁灭者们制定计划起,所有的生灵就被包含其中,因为共同的命运联合起来,人类从此无种族区分。同一种死亡前景威胁着上千万里外的城市,把他们共同联系起来,那些人从未见过平顶山,从未目睹这熔化岩浆的光线,但他们毁于同样的邪恶。

他慢慢地走到窝棚前,激动不已,仪式终于要在此地结束。他跪下,捡起一块矿石。灰色的铀矿石上有着一道道粉末状的黄色条纹,像花粉一样明亮鲜活,黑色的纹理和黄色的石粉交织,形成山峰和河流的图样。如此美丽。可他们从地底挖出这些岩石,用于魔鬼的设计,实现只有他们才敢于想象的毁灭。

眼见故事如此结局,他如释重负地流下了泪水,所有的故事——古老的传说、战争的故事,以及他们的故事——都应该有一个框架,所有的细节都应该契合,变成现在正在讲述的这个故事。他并没有疯,他从来没有疯过。他只不过见到了,也听到了世界真实的样子:无边无垠,随着时空变迁。

他转身。月亮挂在他刚刚经过的平顶山的上空。季节的更替即将在眼前完成:天穹上太阳正经过冬季的顶点,漫长冬夜里许多人会祈求夏季早日降临,带来新的一轮生长。今夜,苍老的祭司们定会祈祷,希望星辰们继续它们既定的轨道,但还会有其他人,做出相反的祈愿,这些恶咒张开乌黑的大嘴,吞噬一切,毁灭宇宙。他们在岩壁上预言了世界的末日,万千星辰停止运转,死寂无声。但他在北边的夜空曾见过预言中的星群,第四颗星星正位于他的上方。星辰的位置预示了仪式,星群化作一幅地图,绘出山脉的形状走势,对应着他因为仪式而走过的路程。每一颗星星都代表一个夜晚和一处地点,这是星辰预示的最后一晚和最后一个地点了,黑夜和白昼势均力敌,保持着平衡。他安然无恙,太阳在穹顶的轨迹、星辰的位置,还有天空都会保护他。他只要坚持这一晚,让毁灭者们无法改变故事,几小时后天就会亮了,他们的巫术就会反弹,给他们自己带去毁灭。

>女孩离去后,箭头少年站起身
>跟随着她走进山里
>那儿洞穴漆黑幽深。
>众人耐心等候。
>他们举着圆环
>围绕着篝火跳舞
>他们跳了四次。

>巫师钻过圆环
>宣告着他要化作一头狼。
>他的确化形,狼首毛身
>下肢依旧是人形。
>"出了点问题,"他说道,
>"有人在看着我们,
>科约巫术失效了。"

东北方忽然出现车灯,先是零星几点,随着汽车的颠簸一闪一闪。他脖子上寒毛倒竖,试图说服自己:也许是土地授权协会的人或是白人牧场主,他们时常使用那条道路。他马上就会知道答案,只看汽车是继续朝西,还是转向南边,开上那条杂草蔓延的沙砾路,朝矿地前行。他直淌冷汗,车灯果然转向南,越来越明亮,划出刺眼的光芒。他听见引擎的轰鸣声。他们来了。

他迅速跑过窝棚,旁边有几块巨石,被推土机铲开,远离入口。夜晚有点凉,月光下他的呼吸变成白雾。他跳上几块车厢大小的巨石,找了一个石头缝隙处藏身。那儿很暖和,白天阳光炎热,砂岩还有着余温。他身体前倾,靠近一个缺口,观察着外面。

他希望是勒罗伊的卡车,但随着车辆拐弯,离矿地越来越近,他看清楚了,是一辆小汽车。有一瞬间,他误认为这是土地协会的人,肌肉绷紧,差点跳出去拦下他们,让他们捎他一程。但是汽车的消音器似乎有点问题,听起来很熟悉,而他以前听过这样的声音。鄂摩。

一人跳下车,掀开引擎的机罩。另一边的车门下来两人。他听到说话声和尿液溅在地上的哗哗声。小拇指的笑声特别响亮。他闻到篝火味,接着三个人影弯腰就着小火堆取暖。火光摇曳不定,忽地爆出一片火花,照亮了三张脸:勒罗伊、小拇指、鄂摩,哈利不在那儿。他们拾起周围的风滚草,没有马上投入火堆,而是顶在头上,围着篝火走了几圈,然后抛入火堆。篝火砰地腾起,炸成几团火球,照亮了他们停车的磨坊四周。他们分享着一瓶酒,勒罗伊摇摇晃晃地走到铁丝网前,从网下拖出几团风滚草。小拇指在乒乒乓乓地敲打着机罩,金属的撞击声穿透岩石在山谷里回荡。

塔尤的双膝和双肘因为石壁的挤压有些痛,他换了个姿势,趴在石缝中,头朝后仰,尽量离裂缝远一些。毁灭者们。他们整晚都会待在这儿,他就知道,举行巫术召来旱灾,炙烤大地,令牛群倒毙,让地里的玉米和南瓜停止生长,让人们越来越难以拒绝谎言。年轻人将会离开,到阿尔伯克基和盖洛普这样的城镇去生活,但他们会被生活的苦难淹没,失去希望,最后终日买醉。

巫术需要整晚不停地进行才能生效,人们将只会关注损失——失去的土地和逝去的生命——自从白人到来。巫术生效后,人们被操纵,只会责怪白人,而不是巫术。它还会让人们忘记五个世界是如何被创造的,生活是如何延续的。老祭司们也会害怕,不像以前一样创造新的仪式,尽管他们每年还会谱写新的水牛舞曲,但仍守着旧有的仪式一成不变。

看守人的小屋年久失修,已经垮了,鄂摩猛扯了几下,彻底拆散了棚屋,把木板抛入火中。火苗腾起,形成一个圆环。小拇指扔下撬胎铁,它撞在前轮的挡泥板上,发出叮当声。他们站在车后,传着酒瓶,喝上几大口,边指点着窝棚的方向和塔尤躲藏的岩石。他怀疑他们是否像追踪饥渴难耐的动物那样搜寻他的足迹,知道在水源旁肯定可以找到他,磨坊是这边唯一的水源。

他有些饿了,身体颤抖,感觉虚弱。茨娥离开后他就没吃过东西了,他又吐了喝下的啤酒。岩石已经冰凉,他的李维斯夹克并不厚,凉气顺着磨破的双肘和腋下钻入身体。他现在亲眼看见他们的所做所为,知道了他们的巫术,可以回去告诉大家。他无意当面质疑他们。月亮慢慢爬上天空,他蜷着身子取暖,要是当晚能平安回家,他已经够幸运的了。

他看着下方。要不是知道他们的巫术,他们肯定能够骗到他。自从私酒被贩入保留地后,经常可以在山径和营地看到醉醺醺的印第安人。他们围着篝火,分享着一瓶廉价酒,小拇指用空酒瓶敲着水槽。木炭被撒成圈状,路旁是辙印。自从退伍军人回到部落,保留地到处是碎玻璃片。他喉头发紧,也许他误会了。哈利去年帮过他,特意过来让他振作起来。他筋疲力尽,恐惧和头天的逃跑令他虚弱。他需要休息。这个仪式非常考验他的耐力。他现在没任何感觉,对乔赛亚,或是罗基,甚至是那个女人,也没任何激情。也许其他纳瓦霍人对老比托尼的看法是对的。

  鄂摩和小拇指的在场令他不敢动。小拇指找到撬胎铁,再次重击引擎盖。这声音使他神经紧绷,也激怒了他,这是他自刺伤鄂摩那天以来从未有过的感觉。这是巫术的声音,划破夜空,尖锐而冰冷,如同黑色金属;是他梦魇的虚空之音,他认得那声音。他用双手捂住耳朵,咬紧牙关。

  一声惊叫传来,令他立刻清醒。他急忙凑近豁口,擦伤了膝盖。汽车后备箱打开了,他们站在旁边,尖叫声是从后备箱里传来的。他头顶着缺口处,岩石在额头压出了一个印子,他又把耳朵贴近石缝,想听清楚他们的行动。是哈利。他们拖着他经过炭圈,现在可以看到他了。小拇指抛了一样东西进火堆,火苗一下变大了,那是哈利的红白色的夏威夷衬衫,火苗吞噬着衣服,白色的图案忽然变得血红。勒罗伊和鄂摩脱下他的牛仔裤,小拇指顺手抛进火堆。哈利的双手双脚被捆绑着,在地上挣扎着,滚来滚去。小拇指接着把他的靴子投入火中,鞋帮燃烧起来,散发着浓厚的黑烟,火光一下子变暗了。哈利再次尖叫,塔尤立刻爬出隐蔽处。他听到了笑声,躲在岩石背后,探头出去,他一下子僵住了,都没意识到自己急促的呼吸。月光照在哈利身上,他被悬挂在两道带倒钩的铁丝网间,黝黑的皮肤像被月光洗刷的砂岩一样苍白,大腿和指尖在流血。

  他到裤兜里去摸螺丝刀,手碰到木头刀柄,感受到尖锐的刀锋。他蹲下身,借着土堆的掩护迅速前进。他知道他们要做什么,哈利没执行他们的计划,所以他们让他来代替塔尤。毁灭者承受不了失败的后果,他们得另寻一个牺牲者,或是一具尸体。他靠得近了,听清了他们的谈话。

"我们说好了让你监视他的,你应该与他待在一起。"

"我们说过的。我们警告过你,瞧你现在的下场。"

小拇指高举着他的一条腿,勒罗伊割下他脚拇指的螺纹,哈利惨叫起来,声嘶力竭,慢慢地变成呻吟。

"尖叫!"鄂摩命令,"大声叫,让他听到。"

螺丝刀在手中有点滑。看着哈利在倒刺中挣扎抽搐,看着他们渴血的手和刀,他一阵头晕恶心,用力咽下一口泛酸的苦水。他的腋下汗湿,汗水顺着肋骨往下流,他紧紧环抱胳膊,想止住颤抖。

他们拿出一只装酒的纸袋,鄂摩用手托着它,袋子浸满了血,血淋淋的人皮贴着纸袋,几乎弄破一个洞。鄂摩把袋子换到另一只手,举起带血的手掌给哈利看,但哈利闭着眼,似乎失去了知觉。

"好好看着,混血的杂种! 狗娘养的白狗! 你躲不了多久! 瞧! 这是你的兄弟,哈利!"

鄂摩手里拿着一瓶红酒,跳上前,瓶里的酒溅出来,洒在哈利脚边的沙地上。血洒在地上,会凝结成红色的血块,但洒在地上的酒迅速被沙地吸收。

"来一口,伙计!"鄂摩把瓶口塞进哈利的嘴里。瓶子撬动牙关,发出咯吱声,哈利呻吟了一声。塔尤五指紧攥着螺丝刀,如此用力,指关节发白,刀仿佛是手的一部分。他明白哈利参与了交易,哈利完全清楚要是不按照他们说的去办,抓住他们提名的牺牲品,等待他的会是怎样的下场。可塔尤再也无法忍受。要是不制止他们,他会疯掉。他必须阻止他们带来的所有痛苦和死亡——那些在爆炸中烧成灰烬的人,那些在盖洛普酒吧外街头流浪的孩子。他无法忍受旁观这一切而无动于衷,他情愿自己死去。

他估摸着在小拇指和勒罗伊反应过来之前,自己可以解决鄂摩。他们都醉了,鄂摩舌头发大,说话含糊不清。小拇指跌倒了,跪在勒罗伊身旁,而勒罗伊蹲在火堆边。

他打量着鄂摩的头颅,他留着平头,露出两边的太阳穴,只要把尖刃插进去,就可以轻易折断头骨。

一阵风过,火苗忽然腾起,勒罗伊往后一跳,狠狠撞在小拇指身上,小拇指一把推开他,勒罗伊跌倒在地。

"该死的矮子!"勒罗伊踢了一脚沙到他脸上,小拇指猛地扑过来。鄂摩站在附近,咧嘴笑着,双下巴笑得发抖,火光照在他的眼镜上,映着两团黄色的火苗。一阵狂风吹开云层,月亮露出来,一片乌云飘过,月亮又被遮住,夜空明暗变幻莫测,如同地面上的搏斗。沙石被踢到空中,飞散在他们身旁。

风吹得他的汗水冰凉。现在时机正好。他的手指发麻,摸着螺丝刀,让手指重新灵活起来。鄂摩现在是一个人,没人会过去帮他,但塔尤还是保持着跪姿,匍匐在阴影中。勒罗伊的膝盖压在小拇指的喉咙上,塔尤听到一阵刺耳的干呕声。鄂摩疯狂大笑,一手指着挂在铁丝网上僵直的哈利,他的身体随风轻晃,一手指着正扼住小拇指喉咙的勒罗伊。

月亮躲进厚厚的云层。他也退回了巨石后。他险些中计。巫术几乎得偿所愿地结束了故事;他差点听从巫术的召唤,把螺丝刀插进鄂摩的脑袋,手起刀落,脑浆四溅,这样他就如巫术所愿,帮助他们完成秋分时必须的邪恶仪式。他会被当作另一个受害者,一个醉酒的印第安退伍军人，与同伴结怨争斗。部队的医生会说，自从他离开洛杉矶退伍军人医院的精神病房，他们就预料到这样的结局了。白人们会摇摇头，有点感伤但更多的是自豪，只有白人才能在他们的世界存活，这些印第安人还真过不下去。家人会怪罪酒精、军队，还有战争，说这些毁了他，但是他们对白人的怨恨远比不上他们的自责，他们愧疚不已，因为无法挽救自己的亲人。

他蹲在两块巨石间，头靠着石头，仰望星空。乌云遮住了月亮，但星辰依旧可见。他来到了一个关键节点，几幅图案相互交错，他现在明白了这些图案。有记忆以来，星辰一直与他们同在，人们因为它们而存在。也是在这同样的星辰照耀下，来自北方白宫的人南下征战。它们见证了山河变迁，沧海桑田，但它们一直都在那儿。故事应该继续生长，随着猎人盾牌上描绘的星辰长存。星辰亘古恒存，会见证第五个世界的结束，迎接新世界的降生。问题是：新生从来不易。

他们把哈利拖进后备箱，砰的一声关上，然后关上车门。红色的尾灯逐渐消失在夜色中，灰烬在地上留下一个惨白的圆环，在月光下并不清晰，山风吹过，除了砸碎的酒瓶和篝火留下的黑印，轮胎的痕迹和争斗的痕迹都消失了，地面空荡荡的。

他应该回到那儿，她指给他看过的地方，替她采摘植物的种子，然后精心地种在沙丘上。雨水会轻柔地渗透进荚果，小心翼翼地以免挤碎或压破薄膜，等候细小的茎秆、纤细的须根，还有嫩叶从荚果中慢慢伸出。植物会像故事一样生长，如星辰一般晶莹恒久。

他的身体已不知疲倦，精神昂扬，肉体蹒跚着拖在后面。他眯着眼睛做梦，梦见坐在乔赛亚的马车上，裹在毛毯里，马车正在穿过帕桂特山下的沙地。风中散发着仙人掌和杜松的香气,两只灰骡的臀部在眼前晃动,犹如两轮满月。乔赛亚赶着车,外婆把他抱在怀里,罗基轻声地喊着"我的弟弟"。他们接他回家。

火车车轨特有的杂酚油和柏油的气味惊醒了他,让他回到现实。靴子在煤渣上走着,发出噗噗声。他穿着这双靴子走过这一路,依靠自己的双脚来到此处。他跨过铁轨,走上通往河边的煤渣路。河水泛着潮气,他奔跑起来。太阳从天边升起,用力挣脱山峦的束缚,迸射出万道金光,朝霞染得天边金黄,河底的沙子熠熠发光,河边的柳荫倒映水面,波光粼粼。夜与昼的交替完成了。在西方,还有南方,朵朵积蓄水汽的雨云齐聚天边,等待破晓。云朵不是必需的,但这样结尾听上去不错,就是满天没有云彩,注定的结局也不会变化。听故事的耳朵是他们的,观看沙画图案的眼睛也是他们的,他们的反应不一,但我们来自这片土地,从地底诞生,我们是她的孩子。

他听到远处 66 号公路上柴油卡车一路轰鸣,呼啸着经过拉古纳。那棵高大的棉白杨依旧伫立村口,树叶开始变黄,第一道曙光落在树顶,给树叶镀上一层明亮的金边。他们是被爱护的。他想起了她,她一直爱着他,从未离开过,她一直在那儿。他在日出时分渡河。

蜂鸟和苍蝇向他道谢。
他们把烟草带回给老鹰。
"给你。我们总算找到了烟草,

过程可一点也不简单。"
"很好,"老鹰回答,
"回去吧。告诉他们
我会去净化小镇。"

他如约而至——
净化了东方
净化了南方
净化了西方
最后净化了北方。
在科约巫术被清除后
一切重新开始。

积雨云回来了
绿草和植物开始生长。
大地重新提供食物
人们再次高兴起来。

最后她训诫道:
"从现在开始
不要再惹麻烦了。

要纠正错误
并不是那么容易。
下一次

科约巫师

出现在城里时

记住这个教训。"

老比托尼坐在会堂的正中,往炉里添着柴火。土坯的地板还在上浆,几道细小的裂缝还没用灰泥填上。墙还没刷完石灰,墙上的壁画被石灰水遮着,半隐半现,冬季仪式的壁画工作还没开始。比托尼点头示意他坐到一张折叠铁椅上,椅背用白漆印着"圣约瑟夫教堂"几个字。他坐下,猜想这椅子的历史,在被搬到祭祀的会堂之前,它在教堂待了多少个年头。他看着其他人,他们坐在环绕会堂的木凳上,冲他点点头。比托尼把火生好后,终于满意,也坐到他们中间。西南的角落里有几个纸盒子和木箱子,上面盖着帆布,遮挡窥视的目光。

他花了很长时间讲故事,他们不时打断他,询问地点和时间,他们详细询问她来的方向还有她眼睛的颜色。坐在那儿,正对着东南方,他头一次注意到会堂南面的四个窗户预示了秋季太阳运行的位置。

啊摩哦,你说你见过她

去年冬天

在北方

与美洲狮一道

你这个猎人

整个夏季

她在南方

靠近阿库的地方

大家哭泣起来

老人们也流着泪

"啊摩哦！啊摩哦！"

你见到她了

我们将会再次

获得她的恩赐。

中午时，外婆的一个侄孙女给库茬什提来两只猪油桶，一桶闻起来像是红辣椒炖汤，另一桶盛满了烤炉面包和碎油炸面包。他们用面包从桶里捞起肉块，再蘸上辣椒汤，然后把桶递给下一个人。吃完午饭后，他跟随大家来到会堂的里间，那儿有一个水桶，上面浮着一个葫芦瓢。他是最后一个喝水的，在他用完后，库茬什捅了捅火炉，把水瓢抛进火焰。

太阳沉到西边窗户的正中，大家起身，要回家休息，用完晚餐后，晚间再回到此处，库茬什这么对他解释。他可以喝水，但不能进食，也不能离开会堂。库茬什指给他看一个陈旧的大口搪瓷罐，上面带着盖子。他说口渴的话可以用手从里面掬水喝。

    他们揭开
    郊狼套在
    他身上的
    动物皮毛。

    他们把皮子
   一束接一束地
     切开。

    缠住他的
   每一小块邪恶
    都被切成
     碎末。

他们在帕桂特山下公路附近的巨石间发现了哈利和勒罗伊的尸体,通用牌皮卡摔在他们身旁,看上去像一个闪闪发亮的铁棺材,退伍军人办公室通常会给他们每人准备这样一个棺材。这看上去与他们当时就战死在威克岛或是硫磺岛没有两样,同样血淋淋的尸体,同样封得严严实实的棺材。葬礼那天上午,阿尔伯克基来了一支仪仗队,在葬礼上鸣枪致礼,然后用两张国旗盖好棺材。参加葬礼的村民似乎只是埋葬了两面旗帜。

姨妈现在与他说话时,用的是与罗伯特和外婆交谈时同样的口吻,似乎字里行间总会冒出怨气。库莪什老头来拜访过一次,这之后姨妈就不盯着他看了,似乎终于放心了。不过,她会说现在教会的女人们总是私下找她,弥撒之后,或是宾果游戏前,打听这些年麻烦一件接一件,她是怎么过来的。外婆在炉边打着盹,温度调到最高挡,塔尤正在给猎靴上油。姨妈对他们说:"我告诉她们,才不容易呢,从来就没有容易过。我就这么说的。"

一天早晨,她做完弥撒回家,脸上有一股胜利的深情。
"小拇指终于死了。"她说道,这一次她没有像以往那样提醒他们,说自从他替他们放羊并把羊弄丢后,她早就预言过这样的结局。
"知道怎么回事吗?"
"是啊,怎么回事?"外婆刚睡醒,从椅子中直起身来。
"他在萨莱希诺家的牧场上帮忙洗碗。"
"哦,这个懒家伙,"外婆鄙夷地说,"他怎能就洗碗呢?"

"记得我警告过你吧,塔尤?我说我才不想要那帮人在我家的牧场上喝酒打闹。"

"鄂摩在场吗?"

"哈,就是鄂摩!就是他干的!小拇指站在一边,在炉上的一个锅里洗碗,其他人坐在桌边喝酒。他们说反正到处都是空啤酒罐和酒瓶。总之,他们提议拿萨莱希诺的那把来复枪玩玩。"

外婆用拖鞋蹭着身前的地板,又用拐杖敲敲椅子。"亲爱的,你能把我皮夹子里的钱给塔尤吗?"她扣上了黑羊毛衫脖颈处的扣子,把披肩裹紧了一点。

"妈妈,"姨妈抗议,"我正要告诉你们可怜的小拇指是怎么被杀害的。他脑袋后中了一枪。再说,罗伯特昨晚在皮夹里放了几张钞票。"

外婆好像没听见姨妈的抱怨,接着问:"他进监狱了吗?"

"联邦调查局说这是意外。"姨妈摇着头,"他给我们带来过多大的麻烦啊,尤其是那次与塔尤打架。我听说他们让他离开保留地,他们不准他靠近村子。老库袤什发话了。他们让他走。"姨妈停下来。"我听说他去了加利福尼亚。"她说。

"加利福尼亚,"塔尤缓缓重复道,"对他来说是一个好地方啊。"

外婆摇摇头,闭上了带有白翳的双眼。"我老了,"她说道,"拉古纳发生的这些事情再也不能让我激动了。"她叹了口气,头缓缓地靠在椅背上。"我总觉得以前都听过这些故事……唯一的区别是,名字听起来不同。"

旋转的黑暗
带着巫术
开启了它的旅程
可是
它的巫术
最终用到自己身上。

它的巫术
返回了
黑暗的中心。

它的巫术
反弹回去
纠缠自身。

旋转的黑暗
自动回到起源地。
把所有的巫术
留在身边。

它的巫术
令它无法睁开眼。

它的巫术
让它渐渐僵化。

它暂时死亡。

它暂时死亡。

它暂时死亡。

它暂时死亡。

日出,
请接受这个故事,
日出。

译后记

时至今日，我还清楚地记得开始翻译莱斯利·马蒙·西尔科的《仪式》是在2010年4月29日那一天。次日，我给西尔科发了一封邮件，在信中我告诉她我刚翻译完她的早期诗歌合集——出版于1974年的《拉古纳女人》。在邮件结尾，我特意提及我已经动手开始翻译她的另一部作品《仪式》了，因为我很喜欢她诗歌中的口述传统、轻快幽默的语调，还有反讽的风格。

与西尔科的缘分，源起于我在写博士论文之余想做点与我的学术研究不那么相关的事情，或者说，换一种方式思考，而我手头刚好有《拉古纳女人》这本诗集。居住在新墨西哥州，我对当地的印第安文化和文学特别感兴趣；同时，我自己也很喜欢诗歌。于是，某一个晚上我就开始翻译了，那一晚我好像整晚没睡，译完一首又接着译另一首，根本停不下来。我还记得读到关于郊狼的那首诗的情景，诗里描述郊狼是如何头尾相连、从崖上垂下去偷食物。突然，有一只郊狼放了一个屁，后面的那个家伙就张嘴问："怎么这么臭？"结果可想而知，这一串郊狼全都骨碌碌地滚下了山。我当时笑得眼泪都出来了。我觉得自己与西尔科的作品特别契合，翻译她的文字真是一种享受。

认真说起来,我在中国时没读过西尔科。在国内的大学读本科和研究生时,我的专业是英美文学,课程侧重于讲乔叟、莎士比亚、海明威、福克纳等白人男性作家,当然也有少数女性作家,但是没有印第安文学。我是在本科毕业后才开始读路易斯·厄德里克的作品,而首次读西尔科,已经是我在美国读博士的时候了。在研究生入门课上我们读了《仪式》的节选,后来又在其他课程上再次学习了《仪式》全文。后来,有一年我所在的英文系的研究生学生会请西尔科来系里做讲座,讲座是在人文楼的一间教室举办的,整个教室挤得满满当当,却又鸦雀无声。西尔科朗读了她的鸿篇巨著《死者年鉴》中的一个章节。现在我已经不记得具体的讲座内容了,只记得她讲述故事时娓娓道来又铿锵有力,我后来在翻译《仪式》的时候一次又一次地体会到这种文风。讲座结束后,我心潮澎湃:我想翻译这个作家的作品!

西尔科的诗歌气韵流畅,如同泉水汩汩涌出,组成一个个千姿百态的故事。我起意翻译西尔科的诗歌只是自娱,没想过要出版,更没想过自己有一天会译出一本近三百页的小说。直到我翻译到《太平洋祈祷词》这首诗,想要翻译她小说的想法才再次被点燃了。《太平洋祈祷词》是《拉古纳女人》中的一首诗,后来又被收入作者的《讲故事的人》一书。在诗中,诗人从西南的砂岩故乡来到太平洋之侧。时值黄昏,诗人看着太阳西沉,沉入中国,"海洋的诞生之地"。跪在海边,她像祖先一样祈祷,把珊瑚、绿松石等物件作为祭祀的物品,归还大海。在祈祷词中,她复述了部落的神话起源。根据拉古纳的印第安传说,三万年前,巨大的海龟驮着印第安人,跨过海洋,从中国来到了美洲。筋疲力尽的海龟蜷入沙堆,像印第安神话描述的那样,一次次地沉入更深一层的世界,逐渐消失。诗人呼吸着带着海风的湿润的空气,感谢着来自太平洋之西的云朵,它们飘到西南的沙漠地带,带来水汽,滋润植物,哺育生机。在诗歌结尾,她祈祷着:"风中的绿叶/我脚上的湿土/吞吐的雨滴/来自中国。"

这首诗写于1974年,那一年西尔科26岁。她之前有一两首诗里面会偶尔提到中国,但我不知道她对中国的情感有这么深。而我就来自她诗歌里的太平洋之西,来自湿润多雨的中国江南。我顺风而来,随雨而行,新墨西哥的沙漠荆棘接受了我,西南的砂岩台地哺育着我,在中英文两种文字和文学的浩瀚长卷里,我见过不同的日出和日落。这首诗似乎就是在召唤我,让我意识到把《仪式》翻译成中文、让中国读者阅读和了解美国西南地区印第安文学和文化传统就是我的职责。

小说翻译的进展很慢。我当时在写博士论文,学期中还要授课,翻译只能在文学理论研究和文学批评写作的缝隙间做,大部分是在多个暑假期间完成的。我那时特别盼望假期,因为可以一整天待在家中后院的办公室工作。说是整天,其实一天能够完成的工作量最多就是原文的五页,在五到六个小时里,一个字一个字地磨合。比如,为了准确地翻译书中有关公牛的内容,我会在互联网上查找套牛的工具,还会观看得州式套牛的视频。翻译作者前言时,我兴致勃勃地在网上搜寻位于阿拉斯加州凯奇坎市市中心的约翰逊大酋长图腾柱的图片,就是为了看看图腾柱上乌鸦、雾女、还有鲑鱼和火焰的位置,这样我就能够追随作者的目光,一边翻译,一边想象着她如何在写作间隙踱到办公室的窗前观看大酋长图腾柱。诸如此类的细节特别多。

翻译工作进行到一半时,出了一次事故。有一次开车出门,我的后备箱没有关严，里面的书包、电脑以及两个装满资料的电脑硬盘全甩出去了，不知所踪。当时我正在为牛津美国文学文献索引写一篇关于美国排华法案的文章，所有的资料都是随身携带，便于随时工作。就这样，我丢失了自己长年积累的文献和文章。与牛津出版社的合约不得不终止，因为我再也没有那么多的时间做前期研究了，而《仪式》的翻译初稿只余四五十页的云端备份。这个打击使得我有一两年没有再碰译文。

再后来，小女儿出生，小名叫小雨，因为她出生的那天刚好下雨。新墨西哥州地处美国西南，年降雨量不足10英寸。小雨出生在夏初，整个春天我们都在盼望雨水。不知怎的，这时我又想起了塔尤，想起了他是如何在菲律宾的丛林里诅咒降雨。塔尤和表兄罗基怀着美好的愿望参军，结果被送到太平洋战场，参与了巴丹半岛战役。这一战美军大败，这是美军历史上最大规模的一次投降。罗基被手榴弹炸伤，在巴丹死亡行军中，是塔尤和一个下士用毯子抬着他走。塔尤拼命地诅咒该死的丛林密雨，希望天气干一点，这样罗基的伤口就不会感染。跟其他数千名战俘的命运一样，罗基没能熬过去。战争结束后，塔尤回到家乡，看到久旱的大地、族人的苦难，他认为是自己把积雨云诅咒走了。塔尤的战争创伤需要愈合；他的印第安同胞和部落在过去几百年间受到的不公正待遇需要纠正；毁灭者，即操纵战争、破坏人与自然平衡的黑暗力量应该被阻止。《仪式》正是以思想女人，即蜘蛛女人（也是大地之母），开始思索为开端，她的沉思就像织网一样，绵延不绝，把所有人都包容进去。而治愈的方式有赖于一个仪式——讲述一个故事，它应该以对的方式讲述，故事的结尾必须正确。更重要的是，这个故事的完成有赖于其他种种故事；与此同时，它也会变成其他故事的一部分。

女儿的出生带来了久盼的雨水,我也鼓起了勇气,重拾翻译。刚开始时,那种感觉很痛苦,因为每译一段话,就记得以前曾翻译过,真希望过去的译文能够失而复得。大概是2016年左右,通过朋友的介绍,我与浙江文艺出版社签了出版合约,小说真的可以在中国出版了,这大大地鼓舞了我。

在我的文学课上,我教过几次《仪式》,对整本小说很熟悉。但是只有当我逐字逐句地翻译时,我才真正读懂了它。作为小说的译者,生活在新墨西哥州是幸运的,这让我对塔尤生活过的保留地非常熟悉。我走过塔尤步行的小径,到过他取水的滴水泉;我在平顶山的凹地露过营,见过红色的砂岩;我嗅着松脂的清香,听见郊狼的长嚎,也碰到过麋鹿和美洲狮(当然不是塔尤遇见的那只)。也是在一字一句的翻译过程中,通过作者的眼睛和笔触,我才真正体会到那种与万事万物相连的感觉。你知道吗,牵牛花的中心是一朵云。蜻蜓背上是各色的蓝——粉末状的天蓝、夜空的暗蓝,还有山峰的黛蓝。这儿的蓝天清澈辽远,站在山顶上,天空如穹庐,把人包围住,仿佛在整个世界的中心,静逸却不孤独。我生活在我的翻译中。某个冬夜,当我拂去苹果树枝条上的积雪时,我想起了塔尤在茨娥的院子里做过同样的动作,而那时他又想起和舅舅乔塞亚还有罗基曾经同样地呵护过冬雪压枝的苹果树。故事就是这么流淌的,当你不经意拂过时间的枝丫时,你也就成了时间的一部分。

痛苦。《仪式》这本小说的主题是痛苦和疗愈。塔尤的痛苦首先来自两种文化的冲突——身为混血儿,他处于中间,同时被两边拒绝。他的痛苦还源自他对大地、山川、动植物和族人的痛苦感同身受。部落巫医库莪什的头皮仪式不能洁净塔尤;从前给勇士净化、让亡灵安息的印第安仪式,无法治愈像塔尤这样二战期间退伍的印第安士兵。第二次世界大战中,四万四千多印第安人加入美军作战,大概占当时全美印第安人口总数的百分之十。现代战争机器的残暴、战后犹存的种族歧视、酗酒和迷失,以及人和自然万物的隔离等都使得塔尤越来越陷入疯癫和幻觉。库茀什让塔尤去找老比托尼,一个名声不好的纳瓦霍巫医。大家畏惧比托尼,因为他更改了既定的传统仪式,加入新的元素,甚至使用白人的物品。但比托尼又是对的,他说仪式怎么可能从来都不变。作为乐器的葫芦鼓会老化,用来占卜的鹰爪会枯缩,每一代歌者吟唱的声调和音色也都不尽相同——仪式从来都是处于变化中的。他为塔尤作沙画,在沙画中预示了四样东西:牛群、星星、山峰和一个女人。塔尤寻找丢失的牛群的经历实际上就是他的归家路,是他重新获得自我认知,与部落和自己的文化认同,让世界重归于平衡的过程。同时,他也认识到这不是他一个人的痛苦,他能否被疗愈取决于更大范围的仪式,让每个人都参与进来。世界不是简单的黑白分明,非善即恶。西尔科想讲述的是:黑巫术让人简单地归咎于某一人或是某一种族。实际上,白人和印第安人的区别是相对的,正如在某次印第安巫师的集会上,一个巫师讲述了一个关于白人的故事,当故事讲出来的那一瞬间,词语就开始生效,白人和他们的世界就被创造出来了。而毁灭者和操纵者并不仅仅是白人,和塔尤同为退伍军人的鄂摩就沉迷于暴力,身为战斗英雄,他喜欢那种支配枪炮去毁灭生命的感觉,为了杀戮而杀戮。与之相反,塔尤、乔塞亚,还有其他印第安人会在死去的鹿的鼻子上放上花粉,安抚它的灵魂,为它吟唱,感激它给予的食物。世界由创造的力量和毁灭的力量共同组成。玉米母亲之所以生气,是因为她的孩子们被巫术迷住,被白人的奇工巧物迷住,忘了自己的文化与责任。当塔尤来到原子弹试爆点——

离拉古纳部落不远的美国白沙导弹基地时,他找到了黑巫术的中心,因为这里是毁灭开始的地方。最后的搏斗也在这里进行。鄂摩、勒罗伊和小拇指折磨着哈利,他们都是受到毁灭力量影响、被黑巫术操纵的人。塔尤的仪式得以完成,恰恰是因为他抵制了暴力的诱惑,没有成为黑巫术的一部分。

仪式开始于蜘蛛女人编织的故事。只有故事不能被放弃,她告诫道。塔尤的故事并非源于菲律宾丛林,而是更早,在他的母亲被送去印第安学校时,在他的母亲和其他学生被教育引导着蔑视"愚昧的"印第安传统时,在老师解剖青蛙并嘲笑印第安女孩的迷信时,故事就已经开始了。《仪式》中关于塔尤的治愈的故事,如同蛛网,层层叠叠,和其他故事交织在一起。在拉古纳部落的创世神话里,地底有四个世界,他们的祖先起源于地底,在每个世界终结后,他们就上升到下一个世界。在神话中,蜂鸟、绿头苍蝇以及其他动物们要么是信使,要么帮助人类进入新的世界。印第安人的祖先们经历了四个世界,他们所经历过的每一个世界都会变成将要进入的下一个世界的一部分。现在,人类生活在第五个世界,因此,"四"是一个神圣的数字。我已经记不清楚在翻译时用了多少个"四"字。"四"表明新的世界要开始了,或是变化正在酝酿,准备进入第五个世界。故事开始时,塔尤在洛杉矶火车站,他乘坐的火车将从四号轨道出发;哈利劝塔尤和他一起穿过保留地边界时,给塔尤找来四条麻布袋当马鞍;在鄂摩夸夸其谈的叙事诗里,他走进的是位于第四大街的酒吧;在比托尼的沙画仪式上,有四个花环和四束草;茨娥身披的织着暴雨图案的毛毯有四种颜色;黑巫师的仪式里,他们要绕着篝火走四圈;在男人变成郊狼的故事中,四个村民出去找他,而他们的希望是到黑山去找四个熊族老人,因为他们具有让动物变回人类的魔力。这些都是时刻变化、成长和形成的故事。

塔尤能否康复取决于他是否能完成仪式,即实现比托尼沙画里的预言。他的故事不是单声道的,不像传统的主人公一样,依逻辑明确地推进,而是糅合了种种声音和各种叙事。小说没有章节,大致依靠不同的诗歌叙事来划分一章的结束和另一章的开始。这些诗歌包含了部落的创世神话、广为流传的民谣和故事、巫医的吟唱、猎人的歌谣、人物小传(比如说比托尼的半人半熊的徒弟苏胥),甚至人物的内心独白。塔尤的心事飘忽不定,他的回忆跨越时空,各个不同的角色都可能倏忽闯入读者的视野,带来各自的背景和故事。这大概正是西尔科所熟悉的拉古纳部落里讲述故事的方法和传统。故事没有开端,因为在开始之前就有了故事;故事也没有结尾,因为塔尤在完成仪式后回到了村庄,在会堂里给库栽什和其他人讲述他的所见所闻,这就成了所讲述的故事的一部分,也会被其他讲故事的人再次编入他们的故事。小说的结尾以外婆的评论告终,当听到鄂摩和小拇指的结局时,她说:"我总觉得以前都听过这些故事……唯一的区别是,名字听起来不同。"

我的翻译完稿于 2020 年 7 月 22 日,历时逾十年。在此期间,奶奶离世,家人患病,自己抑郁,猫咪意外身亡。译完这部作品,我也完成了我的仪式。请接受这个故事,这是我的奉献。晨曦,日出。

感谢我的女儿们,周抱朴和见素·查普曼,她们是我的希望和阳光,是一切的动力源泉。感谢我的先生罗伯特·查普曼,本书最终得以完成,要归功于他一直以来的支持和鼓励,很多时候,他对我的期许已经胜过我对自己的期盼。感谢我的母亲刘向英,她是我忠实的听众;而我在另一个世界的父亲徐泽图,如同乔塞亚舅舅一样,一直在与我对话。谢谢徐顾,我们多年的契合,即便大洋也不能隔断。我要谢谢丁昭不离不弃,同欢喜,共悲伤,愿我们一道勇猛前行。感谢温惠娟、刘红梅和何翔,在不同的阶段提供了帮助和支持。感谢浙江文艺出版社的金荣良、曹元勇以及其他参与本书出版的工作人员,尤其是我的编辑苏牧晴,译文最后的校订得益于她耐心细致的工作。当然还要谢谢我的代理詹妮弗·伯恩斯坦的支持。

最后,我深深地感谢莱斯利·马蒙·西尔科,不仅感谢她的信赖和授权,更要谢谢她的作品让我在翻译的过程中获得了新生。

徐颖

2023 年 3 月 23 日

于阿尔伯克基

一本书打开一个世界

欢迎订购、合作
订购电话：0571-85153371
服务热线：0571-85152727

KEY-可以文化

浙江文艺出版社

京东自营店

关注KEY-可以文化、浙江文艺出版社公众号，及浙江文艺出版社京东自营店，随时获取最新图书资讯，享受最优购书福利以及意想不到的作家惊喜